EDITION 211

Jürgen Siegmann

SCHATTENMENSCH

Thriller

EDITION 211

Alle Akteure des Romans sind fiktiv, Ähnlichkeiten mit lebenden oder verstorbenen Personen wären rein zufällig und sind vom Autor nicht beabsichtigt.

1. Auflage
Lektorat: Martina Kuscheck
Satz/Layout: Martina Stolzmann
Covergestaltung: Nele Schütz Design, München
Druck: CPI – Clausen & Bosse, Leck
Made in Germany
ISBN 978-3-95669-086-0
www.bookspot.de

Für Emely, Eveline, Lea, Nadine und Dennis

Prolog

München, 26. September 1980

Irgendwann tut man alles zum letzten Mal.
Irgendwann küsst man ein letztes Mal.
Irgendwann liebt man ein letztes Mal.
Irgendwann lacht man ein letztes Mal.
Und irgendwann stirbt man ein erstes Mal.

Es war der Tag vor Elenas zwanzigstem Geburtstag. Und als sie beim Frühstück in ihrer kleinen Studentenbude saß, ahnte sie nicht, dass ihr nur noch wenige Stunden zu leben blieben.

Es war schon kurz vor zwölf und sie stellte rasch ihre Kaffeetasse in den Ausguss, zog ihre roten Schuhe an und eilte aus dem Haus. Sie musste sich sputen, um an die Uni zu kommen. Elena studierte Kunstgeschichte und verbrachte den Nachmittag in der Bibliothek, um eine Semesterarbeit vorzubereiten. Gegen 19:00 Uhr traf sie sich mit einer Freundin in einer Pizzeria, von wo aus sie sich um kurz vor 22:00 Uhr mit dem Fahrrad zur Theresienwiese aufmachte, um ihren Freund Ulrich abzuholen, der beim Oktoberfest einen Aushilfsjob als Bierzapfer ergattert hatte.

Elena kettete ihr Fahrrad am Bavariaring an einem Verkehrsschild an und überquerte die Straße in Richtung des Haupteingangs. In Kürze würden die Festzelte schließen und es kamen ihr viele Menschen entgegen, die den Platz verließen.

Es war die reinste Völkerwanderung an diesem Abend. Millionen von Besuchern kamen jedes Jahr aufs Oktoberfest. Und Elena begegneten Asiaten in Lederhosen, einem verliebten Pärchen, bei dem sie einige Brocken Italienisch aufschnappte, ein paar skandinavischen Männern, die sich singend in den Armen lagen, Eltern, die ihre übermüdeten Kinder im Arm hielten.

Elena blieb mitten im Gewühl stehen, aus Angst, Ulrich zu verpassen. Im Hintergrund leuchteten die bunten Lichter des Riesenrads und der anderen Fahrgeschäfte und aus den Bierzelten drang Blasmusik und begleitete die Menschen auf ihrem Nachhauseweg.

Sie sah auf ihre Armbanduhr. 22:18 Uhr. Ulrich hatte offiziell um 22:15 Uhr Feierabend und musste jeden Moment auftauchen. Sie reckte den Kopf und hielt in der Menschenmenge nach ihm Ausschau. Und sobald sie ihn entdeckte, würde sie ihm entgegenfliegen, ihre Arme um seinen Hals schlingen und ihn küssen, auch wenn er nach Bier, Tabak und Schweiß stinken würde.

Mit Ulrich war alles so leicht. Wie eine kühle Brise an einem heißen Sommertag. Vom ersten Moment an hatten sie sich auch ohne Worte verstanden, und wenn sie zusammen waren, dann fühlte es sich einfach richtig an. Alles, was sie miteinander taten.

Sie drehte unbewusst eine Locke ihres dunkelbraunen Haares um den Finger, wie sie es oft tat, wenn sie an Ulrich dachte, und senkte den Blick auf ihre Schuhe. Er hatte sie ihr voriges Jahr zum Geburtstag geschenkt. Was würde er ihr wohl in diesem Jahr schenken?

Es war der letzte Gedanke in Elenas kurzem Leben. Nur wenige Meter neben ihr war in einem Abfallkorb eine Bombe deponiert worden, die in diesem Moment explodierte. Die gewaltige Explosion riss mehr als ein Dutzend Menschen in den Tod und auch Elena war auf der Stelle tot.

Die ungeheure Druckwelle erzeugte kaum Sachschaden, aber im Umkreis von mehr als 20 Metern lagen Tote und Verletzte und den herbeieilenden Helfern bot sich ein schreckliches Bild. Abgerissene Arme und Beine, verstümmelte Leichen und Menschen, die blutüberströmt umherirrten.

Später würden die Helfer einen von Elenas roten Schuhen finden. Der andere blieb auf ewig verschwunden.

1

Köln, August 2016

Einschlafen ist wie sterben. Der Unterschied besteht im Aufwachen. Und in letzter Zeit wünschte sich Maundu Odera immer öfter, nicht mehr aufzuwachen.

Einen Moment lang war er völlig orientierungslos. Über ihm der blaue Himmel. Genau wie zu Hause. Doch dann schreckte er hoch. Wie lange hatte er geschlafen?

Er hatte seinen schlaksigen Körper doch nur einen Augenblick auf den Rechen gestützt und die Augen geschlossen. Wieso lag er jetzt hier im Gras? Maundu wusste, dass er sofort rausfliegen würde, wenn der Anwalt ihn erwischte. Aber er bekam einfach zu wenig Schlaf.

Um drei Uhr morgens war er aufgestanden und hatte den ganzen Tag in dem Hotel in der Innenstadt geschuftet. Spülen, Schuhe putzen, Wäschesäcke schleppen. Zehn Stunden lang. Nach Feierabend waren ihm nur ein paar Minuten geblieben, um den Bus zu erwischen. Die Fahrt raus aus der Stadt war die erste Pause des Tages gewesen.

Von der Bushaltestelle musste Maundu noch einige Minuten in der brütenden Hitze laufen bis zum Anwesen des Anwalts, bei dem er zweimal in der Woche einen Job als Gärtner hatte.

Und dann half er noch an zwei Abenden in einem Restaurant aus. Doch das Geld, das er verdiente, reichte gerade, um nicht zu verhungern und seiner Familie jeden Monat eine kleine Summe zu schicken. Hatte er dafür seine Heimat verlassen und die lange Reise von Kenia nach Europa auf sich genommen?

Aber warum war er aufgewacht? Ängstlich wie ein gehetztes Tier sah Maundu sich um. Da war niemand. Mühsam rappelte er sich hoch. Irgendein Geräusch hatte ihn geweckt. Hinten beim Haus. Es war hier immer so unwirklich still, dass man jedes Türenschlagen wahrnahm. Diese Gärten der reichen Leute erinnerten ihn an Friedhöfe. Es gab dort kein Leben. Kein Lachen, kein Streiten, kein Kindergeschrei. Höchstens mal einen Hund, der bellte, und das Zwitschern der Vögel. Aber wenigstens gab es Arbeit für Menschen wie ihn. Mehr interessierte ihn nicht.

Das Anwesen zog sich in einem sanften Schwung einen kleinen Hügel hinauf und Maundu ging mit seinem Rechen zu der Rasenfläche oben beim Haus. Besser, wenn der Chef sah, dass er was tat für sein Geld, auch wenn es ein schlechter Witz war, was er hier verdiente. Aber er musste froh sein, dass es überhaupt Leute gab, die jemanden wie ihn beschäftigten. Menschen, die es eigentlich gar nicht gab. Die es nicht geben durfte. Die aber trotzdem da waren. Illegale. Schattenmenschen. Wie Maundu, der gezwungen war, ein unsichtbares Leben in Deutschland zu führen.

Es machte ihn nervös, wenn der Anwalt zu Hause war. Er hatte immer etwas an seiner Arbeit auszusetzen und noch nie ein freundliches Wort für ihn übrig gehabt. Aber zum Glück bekam Maundu ihn nur selten zu Gesicht. Meist war bloß seine Frau da, die viel Zeit telefonierend am Swimmingpool verbrachte.

Oft sonnte sie sich auch mit nackten Brüsten, während er den Rasen mähte. Aber nur, wenn der Anwalt nicht zu Hause war. Vielleicht wollte sie ihn provozieren oder sich über ihn lustig machen. Vielleicht existierte er für sie aber auch einfach nicht. Dieses schamlose Verhalten widersprach all seinen Moralvorstellungen. In Maundus Augen war diese Frau nichts anderes als eine Hure. Aber wenigstens hatte sie nie etwas an seiner Arbeit auszusetzen.

Im Moment war allerdings weder der Anwalt noch dessen

Frau zu sehen. Sein kleines Schläfchen war also folgenlos geblieben. Die Terrassentür des Hauses stand offen und die weiße Gardine bewegte sich leicht im Wind. Maundu harkte gewissenhaft die letzten Grasreste zusammen, die nach dem Mähen zurückgeblieben waren. Wer wusste schon, ob er vom Haus aus beobachtet wurde? Dann hörte er sie. Erst ihn, kurz darauf auch sie. Die beiden hatten Sex. Sehr gut, so waren sie eine Weile beschäftigt. Maundu verschwand wieder in den schattigen Teil des Gartens, um in aller Ruhe eine Hecke beim Eingang zu beschneiden.

Nach wenigen Minuten fielen ihm erneut die Augen zu. Eine Stunde musste er noch durchhalten. Im Bus würde er ein wenig schlafen können. Da hörte er den lauten Gong der Türklingel. Sofort legte Maundu einen Zacken zu. Und im nächsten Augenblick kam auch schon der Anwalt den Weg herunter, um seinen Besuch persönlich in Empfang zu nehmen. Die Männer begrüßten sich und gingen den Weg hinauf, ohne den Gärtner auch nur eines Blickes zu würdigen.

Als er beinahe mit seiner Hecke fertig war, hörte Maundu Schreie vom Haus her. Er wandte den Kopf und da stürmte der Anwalt auch schon mit hochrotem Kopf auf ihn zu. Sofort wusste er, dass ihm Ärger bevorstand, auch wenn er keinen Schimmer hatte, warum.

Kaum hatte der Anwalt ihn erreicht, brüllte er los. Maundu verstand kein Wort und guckte ihn nur verständnislos an. Obwohl sein Gegenüber einen Kopf kleiner als Maundu war, packte der ihn am T-Shirt und schüttelte ihn. Wenn die verdammten Deutschen ruhig und langsam sprachen, kapierte er inzwischen einiges. Aber das taten sie ja nie.

Der Anwalt war wütend, das war unübersehbar. In einer solchen Verfassung hatte er ihn noch nie erlebt. Er tobte. Er brüllte. Und seine Arme wedelten wie die eines verrückt gewordenen Mganga, eines mächtigen Zauberers. Ganz nah sah er das Gesicht des älteren Mannes vor seinem. Die roten Äderchen auf der Nase, die Tränensäcke unter den Augen. Was wollte der Anwalt von ihm? Warum bedrängte er ihn? Was hatte ihn so wütend werden lassen?

Maundu hob die Arme und sprach beschwichtigend in Kisuaheli auf ihn ein. Doch der Anwalt schrie immer weiter. Schnell. Laut. Aggressiv. »Koffer« war eines der Worte, das er aus dem Wortschwall heraushören konnte. »Geld« ein anderes. Aber er wusste beim besten Willen nicht, von welchem Koffer und von welchem Geld hier die Rede war. Also verhielt er sich ruhig und hoffte, dass der Anwalt bald fertig war.

Dass Maundu nur dastand und den Anwalt teilnahmslos anstarrte, machte diesen aber nur noch wütender. Ein Schlag auf die Brust. Maundu wich verängstigt zurück, bis er die Hecke in seinem Rücken spürte. Er könnte diesen alten Mann mit einem Hieb niederstrecken, aber er wusste, dass alle weißen Männer eine Macht hatten, die weit über ihre körperlichen Kräfte hinausgingen.

Verzweifelt versuchte er, den Anwalt zu beschwichtigen. Doch er musste hilflos mit ansehen, wie der Mann immer wütender wurde. Er schrie und schubste ihn erneut. Er sah den Zorn in den Augen des weißen Mannes. Aber er sah noch etwas anderes. Angst. Und das verstand Maundu überhaupt nicht.

»Geld! Geld! Geld!«

Immer wieder schrie der Anwalt dieses Wort. Glaubte er, dass Maundu irgendwelches Geld genommen hatte? Warum sollte er so verrückt sein? Aber natürlich war es der schwarze Mann, der als Erster verdächtigt wurde.

Maundu hatte nichts getan, doch außer ihm war hier niemand weit und breit. Wer hätte denn irgendwelches Geld stehlen sollen? Und wo überhaupt? Im Haus? Er war doch nicht mal in die Nähe des Hauses gekommen und der Anwalt und seine Frau waren die ganze Zeit zu Hause gewesen.

Maundu kapierte immer weniger. Aber eines war ihm klar. Er steckte in der Klemme. Wenn der Anwalt glaubte, dass er etwas gestohlen hatte, spielte es keine Rolle, ob er es tatsächlich getan hatte. Das Ergebnis wäre das Gleiche.

Wenn der die Polizei rief, wäre es Maundus kleinstes Problem, dass ihm niemand glauben würde. Wenn die Polizisten kamen, drohte ihm die Abschiebung, egal, ob er etwas verbrochen hatte oder nicht.

Wieder und wieder stieß ihn der Anwalt vor die Brust und brüllte dabei: »Wo ist mein Geld?« Und dann hörte Maundu in dem Wortschwall etwas heraus, das jeder afrikanische Einwanderer schnell lernte: »Dreckiger Neger.«

Unvermittelt schlug er zu und sofort wurde es himmlisch still. Der Anwalt sackte stöhnend zu Boden. Blut lief aus seiner Nase und besudelte sein weißes Hemd. Maundu trat ihm in den Bauch. Das war für den dreckigen Neger.

Als er merkte, dass der Anwalt sich nicht mehr rührte, hielt Maundu erschrocken inne. Hatte er ihn umgebracht? Maundu stupste den Anwalt mit der Fußspitze an. Der stöhnte leise, rührte sich aber immer noch nicht. Gott sei Dank, er lebte! Erst jetzt wurde Maundu klar, was er getan hatte. Wenn der Anwalt wieder bei Bewusstsein war, würde er die Polizei rufen. Polizei bedeutete Abschiebung. Er musste weg von hier. Sofort! Ohne sich noch einmal nach dem Anwalt umzusehen, rannte Maundu los.

Die Straße lag einsam in der Hitze des späten Nachmittags. Links und rechts hohe Mauern, Hecken, massive Eisentore, Videokameras. Maundu lief so schnell er konnte in seinen alten Schuhen, die ihm eine Nummer zu groß waren. Zurück in Richtung Hauptstraße, einen anderen Weg gab es sowieso nicht. Dort unten war die Bushaltestelle. Wenn er erst im Bus saß, würde alles gut werden. Dann konnte ihn der Anwalt nicht mehr finden. Er wusste ja nicht mal Maundus vollen Namen, er war immer nur der Gärtner gewesen.

Die Straße lag still vor ihm. Nur das Zirpen der Grillen und das Platschen seiner Sohlen auf dem Asphalt waren zu hören. Bis er hinter sich das Aufheulen eines Automotors hört. Maundu lief schneller. Hier konnte man nirgends abbiegen oder sich verstecken.

Er lief so schnell er konnte. Das Auto war noch nicht zu sehen, aber der Motorenlärm kam immer näher. Und er wusste, dass er keine Chance hatte, zu entkommen. Er spürte, dass dieses Auto nicht zufällig die Straße entlangfuhr.

Seine Lunge schmerzte und der Schweiß lief ihm übers Gesicht. Verzweifelt blickte er sich um. Und da war es. Groß, schwarz und aggressiv. Der silberne Kühler wie ein aufgerissenes Maul. Die Scheinwerfer wie Augen. Dieser Wagen machte Jagd auf ihn. Wie ein Tier. Groß, wild und ausgehungert. An den Fahrer verschwendete er keinen Gedanken, es war dieses dunkle Raubtier, das ihm Todesangst bereitete.

Er wusste, dass das Tier ihn gesehen, ihn gewittert hatte. Der Motor heulte auf. Wie das Fauchen einer Raubkatze. Das Tier machte einen Sprung nach vorne und raste auf ihn zu.

Lauf schneller!, schoss es Maundu durch den Kopf. *Achte nicht auf die Schmerzen. Renn!*

Da vorn, die nächste Kurve auf der engen Straße. Nur noch wenige Meter. Er musste diese Kurve erreichen, weiter konnte er im Moment nicht denken. Maundu schleuderte seine Schuhe von sich und rannte so schnell ihn seine Füße trugen. Sein Herz schlug ihm bis zum Hals.

Doch das Tier kam unbarmherzig näher. Völlig mühelos. Die Kurve ... nur noch drei Meter, noch zwei. Er hört das Brüllen des Motors in seinem Rücken. Das Raubtier war direkt hinter ihm, bereit zum Sprung. Noch ein Meter ... die Kurve ... geschafft! Die Straße machte hier eine scharfe Wendung und das verschaffte ihm ein paar Sekunden. Aber Maundu kannte den Weg und wusste, dass es noch weit war bis zur rettenden Kreuzung. Viel zu weit. Dennoch rannte er einfach weiter.

Er kam um die Kurve und plötzlich tauchte vor ihm dieser weiße Lieferwagen auf. Es war viel zu eng für zwei Wagen, was meist kein Problem war, weil es kaum Verkehr gab. Aber wenn sich doch einmal zwei Wagen trafen, musste einer von beiden bis zur nächsten Einfahrt zurücksetzen. Der Mann in dem Lieferwagen schien sich hier aber nicht auszukennen und Maundu hörte, wie er eine Vollbremsung machte, um eine Kollision zu vermeiden.

Maundu drückte sich auf dem schmalen Fußweg an dem Transporter vorbei und drehte sich kurz um. Er sah, wie sich die Augen des Fahrers weiteten und wie er fluchte. Und er hörte, wie im Inneren des Wagens bei der Bremsung etwas mit lautem Geschepper zu Bruch ging.

Panisch schaute sich Maundu um. Sein Verfolger hatte mitten in der Kurve gestoppt. Einen winzigen Moment lang schien die Zeit eingefroren zu sein. Alles war in der Schwebe. Dann öffnete sich die Tür des Geländewagens.

Ohne wirklich zu wissen, was er tat, setzte Maundu einen Fuß auf das Hinterrad des weißen Lieferwagens. Er drückte sich hoch und bekam den Rand der anliegenden Grundstücksmauer zu fassen. Ein unglaublicher Schmerz trieb ihm die Tränen in die Augen, als die Glasscherben auf der Mauerkrone sich in seine Hände bohrten. Aber er ließ nicht los. Mit letzter Kraft zog er sich nach oben. Die Glassplitter hatten sich tief in beide Hände gebohrt, aber er ignorierte die Schmerzen und fiel auf der anderen Seite der Mauer in ein Blumenbeet.

Nur noch gedämpft vernahm er das wütende Geschrei des Lieferwagenfahrers. Motorengeräusche. Der Geländewagen setzte zurück. Einen kurzen Moment lang fühlte Maundu sich in Sicherheit. Bis er das Knurren eines großen Hundes hörte. Eben, auf der Straße, da war er panisch gewesen. Vor lauter Angst nicht fähig, einen klaren Gedanken zu fassen. Doch jetzt beim Anblick dieser grauen Dogge überkam ihn eine tiefe Ruhe. Mit Hunden kam Maundu schon immer besser klar als mit Menschen. Sie waren die harmloseren Raubtiere. Ganz langsam erhob er sich und ging beschwichtigend auf den Hund zu. Maundu murmelte beruhigende Worte in seiner Muttersprache. Er wusste, dass er sich diese Zeit nehmen musste, sonst würde ihn der Hund zerfleischen. Zum Glück konnte man sich darauf verlassen, dass die Hunde reicher Leute gut genährt waren. Er fasste in die Tasche seiner Hose und holte das halbe Brötchen heraus, dass er sich für den Nachhauseweg aufgehoben hatte. Er streckte dem Hund die Hand entgegen. Der schnuppert kurz und schon verschwand das Brot in seinem Maul. Vorsichtig kraulte Maundu das Riesenvieh hinter den Ohren. Der Hund ließ ihn gewähren.

Maundu schaute sich wachsam um, ob jemand etwas von seinem Eindringen bemerkt hatte, aber der Garten lag verlassen vor ihm. Noch einmal tätschelte er den Hund, dann schlich er sich vorsichtig die Mauer entlang. Der Hund folgte ihm, bellte aber nicht. Das Grundstück schien riesig zu sein, aber schließlich kam er zu einer niedrigen Hecke, die die Grenze zum Nachbargrundstück markierte. Untereinander waren die Gärten durch kleine Zäunchen oder Gebüsche getrennt. Nur zur Außenwelt schotteten sich die Reichen mit massiven Mauern ab.

Er vergewisserte sich, dass auch beim Nachbarn niemand zu sehen war und schlüpfte durch die Hecke. Hoffend, dass nicht gleich der nächste Hund angerannt kam. Aber der wäre längst da gewesen.

Die Dogge blieb auf ihrer Seite und blickte ihm unschlüssig hinterher. Doch plötzlich spitzte der Hund die Ohren und begann zu knurren. Geräusche von dort, wo Maundu über die Mauer geklettert war. Der Hund raste los und Maundu machte, dass er wegkam.

So schnell er konnte lief er im Schutz einiger Bäume entlang der Mauer, ohne sich auch nur einmal umzuwenden. Hinter sich das Fluchen eines Mannes. Bellen. Wahrscheinlich hatte sein Verfolger versucht, den gleichen Weg zu nehmen, beim Anblick des Hundes aber aufgegeben. Maundu war inzwischen an der Ecke des nächsten Grundstücks angekommen und lauschte. Ein Moment der Stille, dann hörte er, wie der Geländewagen angelassen wurde und sich langsam entfernte. Höchste Zeit für Maundu, zu verschwinden.

2

Der Wecker klingelte und wie jeden Morgen brauchte Tarek Bajari eine kleine Ewigkeit, um zu realisieren, wo er war. Wie jede Nacht im Sommer träumte er den gleichen Traum. Nur im Sommer, wenn die brütende Hitze, die über der Stadt lag, ihn so schmerzlich an sein Daheim erinnerte.

Im Traum war er ein kleiner Junge und schlief in seinem Zimmer in der Villa am Stadtrand von Tripolis. Vom Meer wehte ein angenehm kühler Wind herüber und bewegte sanft die weißen Vorhänge. Er war bereits wach, hatte aber die Augen noch geschlossen und lauschte dem Wind, der durch die Blätter des großen Gummibaums vor seinem Fenster strich.

Gleich würde seine Mutter das Zimmer betreten, ihn sachte an der Schulter berühren und ihn ermahnen, dass es Zeit sei, aufzustehen, wenn er nicht zu spät zur Schule kommen wolle.

Er liebte und fürchtete diesen Traum gleichermaßen. Denn außer seinen Erinnerungen war ihm nichts geblieben von der Heimat. Je mehr diese im Laufe der Jahre verblassten, desto kraftvoller wurden die Bilder in seinen Träumen.

Doch auch an diesem Morgen würde er seine Mutter nicht zu Gesicht bekommen. Denn immer, wenn in seinem Traum der Moment kam, in dem sie das Zimmer betrat, klingelte sein Wecker, der ihn schmerzhaft zurück in die Wirklichkeit holte. Und das Rauschen des Gummibaums verwandelte sich in den Lärm der nahen Hauptverkehrsstraße, die ins Zentrum Kölns führte.

Er stellte den Wecker ab und öffnete die Augen. Vor dem Fenster zeigten sich bereits die ersten Lichtstrahlen des neuen Tages, der die Stadt mit Temperaturen weit über 30 Grad lähmen würde.

Der Wecker seines Nachbarn klingelte ebenfalls und Tarek hörte ihn wie jeden Morgen fluchen. Die Wände der Wohnungen waren so dünn, dass sie sich eigentlich auch einen Wecker teilen könnten. Seine beiden Mitbewohner, die er nur selten zu Gesicht bekam, schliefen noch, sodass er das winzige Badezimmer für sich hatte.

Zu dritt wohnten sie in dieser kleinen Hochhauswohnung am Stadtrand. Tarek aus Libyen, Mohamed aus Marokko und Khaled, der Ägypter, der als Einziger eine offizielle Aufenthaltsgenehmigung besaß und deshalb diese Wohnung gemietet hatte. Und aus dem gleichen Grund zahlten Tarek und Mohamed auch die komplette Miete und waren für sämtliche häuslichen Arbeiten zuständig. Nicht die Basis für eine große Freundschaft, aber dafür funktionierte das Zusammenleben der drei Männer erstaunlich gut.

Keine halbe Stunde später stand Tarek bereits an der Bushaltestelle. Hinter sich die triste Hochhaussiedlung Kölnberg, gebaut aus Beton und geplatzten Träumen. Wer hier wohnte, für den war das Leben ganz sicher kein Zuckerschlecken. Auf der anderen Straßenseite, zwischen der vierspurigen Straße, die in die Innenstadt führte und einem Aldi-Supermarkt, hatten sie vor ein paar Tagen einige Holztafeln aufgestellt. Seit gestern reihten sich dort die Konterfeis von Politikern aneinander, die mit ihrem falschen Lächeln für Tarek alle gleich aussahen. Er interessierte sich nicht für Politik. Warum auch? Wählen durfte er sowieso nicht. Und keiner von diesen Männern, die da um sein Vertrauen warben, würde je etwas für ihn tun.

Eine weitere halbe Stunde später betrat Tarek das vornehme Hotel in der Nähe des Kölner Doms unauffällig durch den Hintereingang. Hier arbeitete er seit fast einem Jahr für einen lächerlichen Lohn sechs Tage in der Woche. Illegal natürlich.

Aus ständiger Angst vor der Abschiebung nach Libyen versuchte Tarek, so unsichtbar wie möglich zu leben. Und genauso arbeitete er auch in diesem Hotel. Er hatte hier schon jede erdenkliche Arbeit gemacht. Koffer geschleppt, Zimmer geputzt und Duschen repariert. Aber mit einem der Gäste war er noch nie in Kontakt gekommen.

An diesem Morgen war eines der Zimmermädchen nicht zur Arbeit erschienen, was bedeutete, dass sie sich einen neuen Job suchen konnte. Denn Krankheit oder Urlaub waren Vokabeln, die Tareks Arbeitgeber ebenso wenig kannte wie er selbst.

Also war er an diesem Vormittag nach seiner Arbeit in der Küche für sie eingesprungen und durfte nun das blaue Jäckchen des Zimmerservice tragen. Darin sah er aus wie die Bediensteten, die ihm in seiner Kindheit jeden Wunsch von den Augen abgelesen hatten. Aber er war sich nicht zu schade dafür, nun selbst in so einer Jacke herumzulaufen. Seinen Stolz hatte er schon vor langer Zeit irgendwo auf der langen Überfahrt nach Europa verloren. Aber die Erinnerungen, die dieses Kleidungsstück weckte, schmerzten stets aufs Neue. Damals wäre es ihm nie in den Sinn gekommen, dass er zu den Privilegierten gehörte. Heute wusste er, dass zum luxuriösen Leben der einen immer die harte Arbeit der anderen nötig war.

Er war inzwischen mit seinem Wagen voller Handtücher und Putzmittel im letzten Zimmer seines Flurs im dritten Stock angekommen. Tarek staubsaugte den Fußboden, machte das Bett, putzte das Waschbecken und leerte den Mülleimer. Als das Zimmer fertig war, warf er einen raschen Blick auf den Flur hinaus, dann lehnte er die Tür an und schaute sich die Gegenstände auf dem kleinen Mahagonischreibtisch an, die dem Gast gehörten. Ein goldenes Feuerzeug, Zigaretten, ein französisches Buch und ein Bündel Geldscheine, das von einer silbernen Geldklammer zusammengehalten wurde. Tarek schätzte, dass es mehr war als er im ganzen Jahr verdiente, aber er war nicht so dumm, im Hotel zu klauen. Wenn ein Gast sich beschwerte, konnte er sich eine neue Arbeit suchen, egal, ob er wirklich etwas eingesteckt hatte oder nicht.

Sanft strich er mit den Fingern über die Gegenstände, die vor ihm ausgebreitet lagen, und versuchte, sich das Leben vorzustellen, das sie repräsentierten. Wenn er in den Zimmern der Gäste war, malte er sich immer aus, was das für Menschen waren, die hier vorübergehend wohnten. Was arbeiteten sie? Wo kamen sie her? Was machten sie in Köln? Waren sie verheiratet? Jung oder alt? Glücklich oder unglücklich? Groß? Klein? Dick? Dünn?

Er erstellte ein Profil der Person, schlüpfte im Geiste in

deren Rolle und stellte sich vor, wie es wäre, dieses Leben zu leben. Ein kleiner, sentimentaler Luxus, den er sich gestattete. Noch einmal vergewisserte er sich, dass sich niemand auf dem Flur befand, ging zum Schrank, öffnete die Türen und durchsuchte mit flinken Fingern die Taschen der beiden Anzüge, die dort hingen. In der Innentasche des zweiten wurde er fündig. Er hielt ein silbernes Etui in der Hand, aber das interessierte ihn überhaupt nicht. Rasch warf er einen Blick auf die Visitenkarten, die sich darin befanden. Ein Anwalt aus Paris! Perfekt. Zwei der Visitenkarten verschwanden in seiner Tasche, dann steckte er das Etui zurück in den Anzug und schloss die Tür des Schrankes. Keine Sekunde zu früh. Denn in diesem Moment öffnete sich die Tür des Zimmers.

»Verdammt, Maundu. Was hast du denn hier zu suchen?«, fluchte Tarek, dem das Herz fast stehen geblieben wäre, als die Tür aufging. Einen Moment lang hatte er geglaubt, es wäre der Anwalt, dessen Visitenkarten er gerade eingesteckt hatte. Maundu und er hatten fast am gleichen Tag mit ihrer Arbeit in dem Hotel begonnen und in dieser Zeit war beinahe so etwas wie eine Freundschaft zwischen ihnen entstanden. Soweit das möglich war bei all den Sprachproblemen und kulturellen Gräben.

Tarek wusste sofort, dass Ärger in der Luft lag, als er Maundus Gesichtsausdruck sah. Der schloss die Tür hinter sich und schaute unschlüssig umher. »Ich Problem. Groß Problem. Du mir helfen.«

»Halt!« Tarek hob abwehrend die Hand. »Ich will davon nichts wissen, Maundu. Was auch immer du für Ärger hast, ich will da nicht mit reingezogen werden.« Wie ein Blitz die Dunkelheit erhellte, tauchte vor seinen Augen ein Bild auf und verschwand gleich wieder.

Die Hitze flimmerte in der Ferne über der Wüste. Das Einzige, was die Einöde hier unterbrach, war ein Grenzposten im Niemandsland. Vor ihm stand ein Wagen und die zwei Minuten, die die Grenzer brauchten, um ihn abzufertigen, waren die längsten seines Lebens gewesen. Er hatte die Hand an der Pistole im Seitenfach und fürchtete, dass man ihm seine Nervosität schon von Weitem ansah. Aber die Libyer warfen nur einen gelangweilten Blick ins Wageninnere, dann winkten sie ihn durch. Und als der Beamte auf der tunesischen Seite einen Stempel in seinen gefälschten Pass drückte und ihn weiterfahren ließ, hatte er sich geschworen, nie wieder seine Nase in fremde Angelegenheiten zu stecken.

Das Bild verschwand. Maundu leider nicht.

»Bitte.« Maundu hob den Blick und sah ihn flehend an.

»Verdammt, Maundu, was auch immer du für ein Problem hast, ich kann dir dabei nicht helfen. Ich bin genauso illegal in diesem Land wie du. Wenn du Ärger hast, tut mir das leid für dich. Aber zieh mich da nicht mit hinein.«

»Du mir helfen. Ich sonst tot.« Wie zum Beweis hob Maundu seine Hände und zeigte die blutverschmierten Verbände.

»Ach, verdammt!« Tarek schlug wütend gegen die Schranktür. »Also gut, erzähl schon. Was ist passiert?«

Und Maundu erzählte ihm die ganze Geschichte. Wirr, unzusammenhängend und mit den wenigen Brocken Deutsch, die er sprach. Aber am Ende hatte Tarek halbwegs verstanden, was vorgefallen war. Hoffte er zumindest. Denn das alles klang völlig absurd. Sollte wirklich jemand versucht haben, Maundu umzubringen? Dass ihn ein großer Geländewagen verfolgt hatte, glaubte Tarek ja noch. Aber dass der Fahrer ihn umbringen wollte, war wohl eher Maundus überdrehter Fantasie entsprungen. Wahrscheinlich nur ein arrogantes Arschloch, das es spaßig fand, einen Schwarzen ein wenig durch die Straßen zu jagen. Und von was für einem

Koffer hatte Maundu geredet? Diese ganze Geschichte ergab keinen Sinn. Dass Maundu den Anwalt geschlagen hatte, war das Einzige, was sicher zu sein schien.

Doch am Ende hatte Tarek sich überreden lassen, beim Haus des Anwalts vorbeizuschauen. Maundu war vor Angst völlig aus dem Häuschen gewesen. Nicht nur wegen des Wagens, der ihn verfolgt hatte, sondern vor allem, weil er fürchtete, den Anwalt getötet zu haben.

3

Tarek war nach der Arbeit extra noch nach Hause gegangen, um seinen Anzug anzuziehen. Seinen einzigen, den er pflegte, wie sonst nichts von den wenigen Dingen, die er besaß. Den Anzug, der nur zu besonderen Gelegenheiten angezogen wurde. Denn er wusste, wie sehr die Deutschen sich von Äußerlichkeiten beeindrucken ließen.

Sein volles schwarzes Haar trug er kurz geschnitten, trotzdem war es nur schwer zu bändigen. Tarek war nur 1,70 Meter groß, schlank und schmächtig und sein Anzug sah aus, als wäre er eine Nummer zu groß für ihn. Wenn er darin herumstand, wirkte er immer etwas linkisch, aber sobald er sich bewegte, zeigte Tarek eine lässige Eleganz, die bei Frauen gut ankam und Männer dazu brachte, ihn zu unterschätzen.

Doch nun klebte Tarek das Hemd auf dem Rücken und der Schweiß stand ihm auf der Stirn, als er um die letzte Ecke bog. Und seine Eleganz war in der Sommerhitze mit jedem Schritt wie ein Eiswürfel geschmolzen. Ihm war klar, dass er so niemanden täuschen konnte. Absolut jeder, der etwas auf sich hielt, würde in diesem Viertel mit dem Auto vorfahren.

Das da vorne musste das Anwesen des Anwalts sein. Jetzt, wo er sein Ziel erreicht hatte, fragte Tarek sich, wie es weitergehen sollte. Das Haus, das er zwischen den Hecken erkennen konnte, lag still da wie die ganze Nachbarschaft. Zumindest war ihm längst klar, dass Maundu den Anwalt nicht umgebracht hatte, sonst würde es hier von Polizei nur so wimmeln.

Er erreichte das große metallene Tor, das die Zufahrt versperrte. Daneben eine Tür. Tarek vergewisserte sich auf dem Klingelschild, dass hier der Anwalt wohnte. Und nun? Sollte er versuchen, mit ihm zu reden? Worüber? Seinen Job war Maundu in jedem Fall los, nachdem er ihn geschlagen hatte.

Tarek verfluchte sich zum wiederholten Mal, dass er sich in diese Sache hatte hineinziehen lassen. Es gab hier nichts für ihn zu tun. Aber dann sah er, dass die Tür einen Spaltbreit offenstand. Ein vorsichtiger Blick die Straße hinunter und schon war er im Garten. Er hatte nicht den weiten Weg gemacht, bloß um das Klingelschild zu lesen. Jetzt konnte er sich ebenso gut ein wenig umsehen. Und von Maundu wusste er, dass es hier keinen Hund gab.

Tarek trat rasch aus der Einfahrt einige Meter zur Seite in den Schutz einer kleinen Baumgruppe. In der Abenddämmerung war er in ihrem Schatten schon fast unsichtbar. Er stand still da und lauschte. Irgendwo in der Nachbarschaft lief ein Fernseher. In der Ferne hörte er ein Motorrad. Nur wenige Meter vor ihm lag eine Harke auf dem Rasen und in der angrenzenden Hecke waren einige Zweige abgebrochen. Das musste die Stelle sein, wo es zu dem Streit zwischen dem Anwalt und Maundu gekommen war. Es ging ihn nichts an, was hier passiert war. Aber dennoch fragte er sich, was den Anwalt veranlasst haben könnte, so wütend auf Maundu zu sein. Glaubte er wirklich, dass Maundu ihm Geld geklaut hatte, während er sich im Haus aufhielt?

Dies wäre der Moment gewesen, an dem Tarek sich noch hätte davonmachen können. Stattdessen schlich er den Weg zum Haus entlang. Seine Neugier hatte die Oberhand gewonnen. Er hatte das Haus fast erreicht, als der Eingangsbereich plötzlich in helles Licht getaucht wurde. Tarek machte erschrocken einen Satz rückwärts, bevor er erkannte, dass bloß ein Bewegungsmelder das Licht eingeschaltet hatte. Nachdem er sich wieder beruhigt hatte, sah er, dass auch die Haustür nur angelehnt war. Vielleicht wollte nur jemand nach der Hitze des Tages im Haus für etwas Durchzug sorgen, aber so recht glaubte Tarek nicht daran. Hier lag eindeutig der unangenehme Geruch von Ärger in der Luft. Instinktiv wusste er, dass es nur eine vernünftige Option gab. Nämlich sofort zu verschwinden. Er war ohnehin schon viel zu weit gegangen. Stattdessen sollte er sich an einem kühlen Ort ein noch kühleres Getränk spendieren und vergessen, dass er jemals hier gewesen war.

Die Außenbeleuchtung ging wieder aus und Tarek war hin- und hergerissen zwischen Vernunft und Neugier. Sein Kopf wollte nach Hause, doch seine Hand wanderte langsam zum Türgriff.

Plötzlich wurde die Tür von innen aufgerissen. Eine Frau rannte ihn beinahe über den Haufen und stieß einen überraschten Schrei aus, als sie ihn erblickte.

Tarek hob beschwichtigend die Arme. »Entschuldigen Sie bitte vielmals. Ich wollte gerade klingeln. Das Gartentor stand offen und da …«

Er beendete den Satz nicht und zog stattdessen die Visitenkarte heraus, die er am Morgen im Hotel eingesteckt hatte. »Ich habe eine Verabredung mit Ihrem Mann.« Mit einem raschen Blick taxierte er die Frau, die schnell ihre Fassung zurückgewonnen hatte. Sie war groß und blond, trug einen eleganten beigefarbenen Hosenanzug und besaß diese gewisse Ausstrahlung von Geld und Macht, die er nur zu gut kannte. Er hatte sie selbst einmal besessen. In einem früheren Leben.

»Mein Gott, Sie haben mich zu Tode erschreckt.« Sie musterte ihn misstrauisch, würdigte seine Visitenkarte aber keines Blickes. »Entschuldigen Sie, aber ich bin furchtbar in Eile. Gehen Sie einfach rein, mein Mann ist im Wohnzimmer. Immer geradeaus. Die große Glastür.« Und mit diesen Worten eilte sie auch schon zum Gartentor.

Bevor die Frau sich noch einmal umdrehen konnte, betrat Tarek das Haus. Dies war die Eingangshalle einer Welt, zu der er vor langer Zeit die Eintrittskarte verlegt hatte. Die Welt der Schönen und Reichen. Wieder war es die Neugier, die ihn vorwärtstrieb, obwohl alle Alarmglocken in seinem Kopf schrillten.

Auf Zehenspitzen bewegte er sich den Flur entlang. Es war vollkommen still und sein eigener Atem kam ihm mit einem Mal furchtbar laut vor. Er hatte keine Ahnung, was er sagen sollte, wenn er jetzt dem Anwalt begegnete. Auch die dritte Tür an diesem Abend war bloß angelehnt. Tarek betrachtete das als Aufforderung zum Eintreten. Vorsichtig drückte er sie auf, steckt den Kopf ins Zimmer und sagte leise »Hallo«.

Nichts.

Die schweren Vorhänge waren zugezogen und er musste erst den Lichtschalter betätigen, bevor er die Gewissheit hatte, in etwas Unangenehmes hineingeraten zu sein. Auf den ersten Blick sah alles normal aus, bis auf die leere Rotweinflasche, die auf dem marmornen Fußboden des sorgsam aufgeräumten Zimmers seltsam deplatziert wirkte. Die zwei Füße, die hinter dem riesigen weißen Sofa hervorschauten, sahen auf den zweiten Blick aber noch viel seltsamer aus.

Man musste kein Arzt sein, um zu erkennen, dass der Mann, der dort lag, tot war. Nach Maundus Beschreibung war das der Anwalt. Sein einst weißes Hemd war blutgetränkt und neben ihm auf dem Boden lag ein großes Küchenmesser mit blutverschmierter Klinge. Wider besseres Wissen ging Tarek in die Hocke, um den Puls des Mannes zu fühlen. Aber da war nichts. Er zählte mindestens fünf Stiche im Bauch- und Brustbereich. Man konnte nur entweder einen Puls oder solche Wunden haben, aber auf keinen Fall beides. Darauf achtend, nicht in das Blut auf dem Boden zu treten, erhob er sich.

Die Haut des Opfers war noch warm, der Täter konnte also nicht weit sein. Oder womöglich die Täterin. War er hier in ein Ehedrama geplatzt? Hatte die Frau, der er an der Tür begegnet war, Blut an der Kleidung gehabt? Aber egal, was hier passiert war, er musste schleunigst verschwinden, wenn er nicht der perfekte Sündenbock werden wollte.

Geräuschlos huschte Tarek zur Tür und schaltete das Licht aus. Die Dunkelheit legte sich wie ein schützender Umhang um ihn. Auf dem Weg nach draußen wischte er die Türklinken und Schalter ab und überlegte fieberhaft, ob er noch irgendetwas anderes angefasst hatte.

Die Ehefrau hatte ihn gesehen und würde der Polizei mit Sicherheit von ihm erzählen. Vor allem, wenn sie selbst die Mörderin war. Aber konnte sie ihn nach der kurzen Begegnung auch beschreiben? Aber das war derzeit seine kleinste Sorge. Jetzt musste er erst einmal weg von hier. Und in Ruhe überlegen, was er als Nächstes tun sollte. Die Polizei würde er bestimmt nicht verständigen, denn das war nicht mehr nötig.

Von der Straße her war eine Sirene zu hören. Tarek lief zurück ins Wohnzimmer und lugte durch die Vorhänge nach draußen. Zwei Uniformierte kamen den Weg hinauf. Die Waffen in der Hand schlichen sie langsam vorwärts. Blitzschnell fasste er einen Entschluss. Die beiden würden sich genau wie er vorsichtig ins Haus tasten und ihm so die Sekunden verschaffen, die er brauchte. Als sie aus seinem Blickwinkel verschwunden waren, öffnete er die Terrassentür einen Spaltbreit und schlüpfte hinaus. Der Rasen verschluckte das Geräusch seiner Schritte, als er durch den Garten zum Eingangstor lief. In Gedanken war er schon bei der Frage, wie er zu Fuß unbemerkt von hier wegkommen konnte. Er wusste, dass er erst in Sicherheit war, wenn er die Hauptstraße erreicht hatte. Aber das war zu weit vorausgedacht.

Er schlüpfte durch das Tor nach draußen, aber weiter kam er nicht. Tarek erstarrte, als er den Lauf einer Pistole am Hinterkopf spürte und eine Stimme hörte, die schon jede Menge Alkohol und Nikotin abbekommen hatte.

»Leg dich flach auf den Boden. Und atme erst wieder, wenn ich es dir sage.«

Ganz langsam kam Tarek dem Befehl nach, legte sich auf die staubige Straße und versuchte, nicht daran zu denken, was er seinem Anzug damit antat. Er verfluchte sich für seine Blödheit. Wieso hatte er sich in diese Sache hineinziehen lassen? Ein Knie presste sich in seinen Rücken und er konnte den Ärmel einer Polizeiuniform erkennen, als er nach Waffen abgetastet wurde.

Als der Polizist nichts fand, erhob er sich ächzend und fragte: »Wo ist deine Knarre, Arschloch?«

Tarek wusste, dass er nicht für den diplomatischen Dienst geschaffen war. Und er hatte an diesem Tag schon alles falsch gemacht, was falsch zu machen war. Da wollte er jetzt nicht mit dieser Tradition brechen und sagte: »Die habe ich heute Mittag bei deiner Frau vergessen.«

Die Antwort kam sofort. Eine Hand packte ihn an den Haaren, hob seinen Kopf an und knallte ihn auf den rauen Asphalt. »Mach nur weiter so«, knurrte ihm der Mann ins

Ohr. »Auf Klugscheißer wie dich haben wir gerade noch gewartet. Also, noch mal, wo ist deine Waffe?«

Tarek beschloss, dass es die Sache nicht wert sei und antwortete ganz brav: »Ich habe keine.«

Offensichtlich gab sich der Polizist damit zufrieden, denn er grunzte nur und drehte Tarek die Arme auf den Rücken. Ein Paar Handschellen klickten. Und als kleinen Bonus bekam er noch einen Tritt in die Rippen. Der Mann griff ihm erneut in die Haare und zog ihn auf die Beine. Trotz der Fesseln nahm der Polizist ihn in einen schmerzhaften Polizeigriff und trieb ihn voran.

Tarek konzentrierte sich darauf, nicht das Gleichgewicht zu verlieren und sah nur ein Paar auf Hochglanz polierte schwarze Schuhe, als er wie ein Stück Vieh zurück zum Haus getrieben wurde.

Vom Wohnzimmer her hörte man die aufgeregten Stimmen der beiden Polizisten, die Tarek im Garten gesehen hatte. Beim Eintreten ließ der Mann ihn endlich los. Zum ersten Mal sah Tarek sein wettergegerbtes Gesicht, das zufrieden lächelte, als er den anderen erzählte, wie er ihn geschnappt hatte. Doch dann entdeckte der Polizist die Beine hinter dem Sofa und verstummte mitten im Satz. Die Blicke aller drei Polizisten hefteten sich auf Tarek und ohne dass jemand auch nur ein Wort sagte, wusste er, was sie in ihm sahen: den Mörder des Anwalts.

Der Alte ging um das Sofa herum und als er sich bückte, war er für einen Moment aus Tareks Blickfeld verschwunden. »Komm, mach dir das Leben nicht unnötig schwer und leg ein Geständnis ab«, sagte er in väterlichem Ton, als er wieder hochkam.

»Ich muss Sie enttäuschen, ich war es nicht.«

Die Augen des Polizisten verengten sich und er verpasste Tarek eine Ohrfeige. »Lüg uns nicht an, Bürschchen. Wir haben dich doch auf frischer Tat ertappt. Haben wir dich dabei gestört, als du die Bude hier ausräumen wolltest?«

»Ich weiß, wie das hier aussieht«, erwiderte Tarek. »Aber der Mann war schon tot, als ich das Haus betrat.«

»Du bist anscheinend noch blöder als du aussiehst«, schnauzte ihn der Alte an und verpasste ihm eine zweite Ohrfeige. Der Polizist hatte die Hand bereits zum nächsten Schlag erhoben, als die schneidende Stimme einer Frau Tarek vor der dritten Ohrfeige bewahrte.

»Was geht hier vor sich?«

»Wir haben den Kerl am Tatort erwischt. Er hat sich mit Gewalt seiner Verhaftung widersetzt«, mischte sich einer der beiden Polizisten ein, die bislang geschwiegen hatten.

Ohne jemanden eines Blickes zu würdigen, ging die Kommissarin durch den Raum, bis auch sie die Leiche entdeckte. »Und deshalb glaubt ihr, an einem Tatort alle Spuren zertrampeln zu können? Raus hier. Alle, und zwar sofort!«

Schleunigst verließen die Uniformierten das Wohnzimmer und brachten Tarek in die Küche, wo er sich auf eine Bank setzen musste, während die drei Polizisten stehen blieben. Einige Minuten verstrichen, ohne dass jemand etwas sagte oder tat.

Irgendwann kam die Kommissarin herein und richtete ihren Blick auf Tarek. Der hielt ihm stand, bis sie es war, die zu Boden schaute.

Eine schöne Frau, dachte Tarek. *Und eine starke Frau.*

»Nehmen Sie ihm die Handschellen ab«, sagte sie zu dem Polizisten, der ihn festgenommen hatte.

»Der Kerl ist gefährlich«, murrte der Alte.

»Ich sagte, dass Sie ihm die Handschellen abnehmen sollen.«

Brummend tat er wie geheißen. Tarek, der dazu aufgestanden war, rieb sich die schmerzenden Handgelenke und wischte sich den Staub von seinem Anzug.

»Haben Sie ihn durchsucht?«

»Nur bei der Verhaftung nach Waffen abgetastet.«

Die Kommissarin nickte in Tareks Richtung und der Polizist durchwühlte dessen Taschen. Was er zutage förderte, legte er auf den Tisch. Ein paar Euro. Ein Feuerzeug und eine zerknautschte Packung Zigaretten. Die Visitenkarte des Franzosen, die Tarek aus dem Hotel mitgenommen hatte, übersah er.

»Setzen Sie sich«, sagte die Kommissarin und nahm sich eine von Tareks Zigaretten, bot ihm aber auch eine an und gab ihm Feuer. Ihre Blicke trafen sich.

Plötzlich hatte Tarek das Gefühl, das sie ihn an jemanden erinnerte. Es dauert nur einen winzigen Moment, bis es ihm wieder einfiel. Lyra. Seine Ex-Verlobte aus Libyen. Diese Art, wie sie die Haare hinters Ohr strich, obwohl sie gleich wieder nach vorne rutschten und wie sie dabei lächelte. Den einen Mundwinkel etwas weiter nach oben gezogen als den anderen. Wie sie die Zigarette hielt. Genau wie Lyra. Eine Welle der Traurigkeit überrollte Tarek. Lyra ... es fiel ihm mit jedem Tag schwerer, sich ihr Gesicht ins Gedächtnis zu rufen, sie war längst nur noch ein fernes Echo der Vergangenheit. Und jetzt saß diese Frau vor ihm, strich sich mit einer einfachen Handbewegung die Haare hinters Ohr und es war, als hätte er Lyra erst gestern zum letzten Mal gesehen.

»Hallo. Geht es Ihnen gut?« Ihre Stimme holte ihn in die Wirklichkeit zurück.

»Entschuldigen Sie«, sagte Tarek leise. »Die Hitze ... Was haben Sie gesagt?«

Auf ihrer Stirn bildeten sich einige Falten, sie schwankte zwischen Ärger und Verwunderung. »Das Ganze hier scheint Sie ja nur mäßig zu interessieren.«

Er zuckte mit den Schultern.

»Wie heißen Sie?«

»Das möchte ich lieber nicht sagen.«

»Und wo wohnen Sie?«

»Das möchte ich auch nicht sagen.«

»Sie sprechen gut Deutsch ... wo haben Sie das gelernt?«

»Auf einer teuren Privatschule.«

Sie nickte bei jeder Antwort und schaute ihn nachdenklich an. Wieder strich sie sich die Haare nach hinten und Tarek fiel es schwer, sich auf den Ernst seiner Lage zu konzentrieren.

Vom Kühlschrank, an den der Alte sich lehnte, ertönte ein höhnisches Lachen, als er die Privatschule erwähnte.

Aber die Kommissarin musterte ihn unverwandt. »Haben Sie den Anwalt Dennis Probst umgebracht?«

»Nein.«

»Sie sind nicht gerade ein Schwätzer, Herr ...«

»Nennen Sie mich einfach Tarek. Das tun die meisten.«

»Nun, Tarek. Sie werden direkt nach der Tat im Haus eines Mordopfers angetroffen, in dem Sie nichts zu suchen haben. Und beim Eintreffen der Polizei versuchen Sie zu fliehen. Möchten Sie mir irgendetwas sagen, was mich davon abhalten könnte, Sie in einen dunklen Keller zu sperren und dort die nächsten zwanzig Jahre zu vergessen?«

Tarek ließ sich seine Möglichkeiten durch den Kopf gehen. Sie hatte Recht. Es gab nicht viel, was für ihn sprach. Im Gegenteil. Alles deutete darauf hin, dass er der Mörder war. Er rieb sich die Augen. Dann erzählte er ihr die ganze Geschichte. Von Maundu, dem Streit und dem Koffer. Und wieso er sich da eingemischt hatte. Und als sie noch einmal nach seinem Namen fragte, erklärte er ganz offen, dass er ein Illegaler sei und sich deshalb weigere, nähere Auskünfte zu sich und Maundu zu machen, was sie regungslos zur Kenntnis nahm. Währenddessen stand der ältere Polizist mit verschränkten Armen an den Kühlschrank gelehnt und schnaubte nur von

Zeit zu Zeit ungläubig. Als Tarek von dem geheimnisvollen Koffer erzählte, platzte ihm der Kragen.

»Das hat doch keinen Zweck mit diesem Penner«, brüllte er. »Der tischt uns hier nur Lügenmärchen auf. Lassen Sie mich zehn Minuten mit ihm allein. Danach wird er eine andere Geschichte erzählen, das schwöre ich.«

Die Kommissarin sagte ihm, ohne die Stimme zu heben, dass er die Klappe halten solle. Der Blick, den sie ihm dabei zuwarf, ließ erahnen, dass die beiden schon öfters solche Diskussionen geführt hatten.

Immerhin war die Kommissarin bereit, ihm zuzuhören und das war mehr, als Tarek überhaupt zu hoffen gewagt hatte.

»Was sagten Sie, wie sind sie ins Haus gelangt?«, fragte sie ihn, obwohl er das gerade erzählt hatte.

Noch einmal schilderte Tarek, wie die Ehefrau ihn reingelassen hatte und dann eilig verschwunden war.

»Wie hat die Frau ausgesehen?«

»Lange blonde Haare ... mittelgroß ... schlank ... elegant ... heller Hosenanzug. Aber ich habe sie nur kurz gesehen. Sie ist erschrocken, als sie mich sah. Aber als ich sagte, dass ich mit ihrem Mann verabredet sei, hat sie gesagt, ich solle reingehen und ist verschwunden. Dann habe ich die Leiche des Anwalts im Wohnzimmer gefunden und kurz darauf waren Sie auch schon hier.«

»Wenn Sie nicht der Mörder sind, warum sind Sie dann bei unserem Eintreffen geflüchtet?«

»Da ich den Mann nicht erstochen habe, wollte ich Ihnen unnötigen bürokratischen Aufwand ersparen.«

»Dich in der Badewanne zu ersäufen, würde uns Arbeit ersparen«, schnarrte der Alte und trat wütend gegen die Kühlschranktür.

»Halt die Klappe«, zischte die Kommissarin ihn an, ohne den Blick von Tarek abzuwenden. »Na schön, Schlauberger«, sagte sie. »Belassen wir es erst mal dabei. Vielleicht sagen Sie ja sogar die Wahrheit.«

»Ich fasse es nicht, Sie glauben diesem Stück Mist doch hoffentlich kein Wort!«

»Keine unnötige Aufregung«, sagte die Kommissarin gelassen. Ihr Blick war immer noch auf Tarek gerichtet. Und er glaubte, den Anflug eines Lächelns zu erkennen, als sie wieder ihre Haare zurückstrich. »Wenn er es war, dann wird die Spurensicherung genügend Beweise dafür finden. Und bis dahin ziehen wir es einfach mal in Erwägung, dass seine Geschichte stimmt.«

Wie aufs Stichwort hörte man im Flur Geräusche. Die Küchentür flog auf und eine völlig aufgelöste Frau stürmte herein, gefolgt von einem Polizisten in Zivil.

»Was ist hier los?« Mühsam beherrschte Hysterie lag in ihrer Stimme. »Wo ist mein Mann?«

Ihr Verhalten war völlig normal für eine Ehefrau, die nach Hause kommt und das Haus voller Polizei vorfindet. Die Sache hatte für Tarek nur einen winzig kleinen Schönheitsfehler. Diese Ehefrau war nicht die Ehefrau, die ihn ins Haus gelassen hatte. Er hatte diese Frau noch nie im Leben gesehen.

4

Das große vierstöckige Haus im Industriegebiet war nachts noch bedrohlicher als am Tage. Die verbretterten Fenster im Erdgeschoss, die tagsüber nur abweisend und heruntergekommen wirkten, machten es nach Einbruch der Dunkelheit zu einem Ort voll böser Geister. Zumal das einzige Licht von einer Straßenlampe kam, die an der Hauswand befestigt war und einen trostlosen Schotterplatz beleuchtete. Verkehr gab es hier in der Nacht keinen, denn die Straße war eine Sackgasse, die von zwei Hauptverkehrsstraßen und der Eisenbahnlinie umschlossen wurde.

Maundu lag im Dunkeln auf einer schmalen Matratze, dem einzigen Einrichtungsgegenstand in dem winzigen Zimmer, außer einem altersschwachen Metallstuhl. Den Blick hatte er an die dunkle Zimmerdecke gerichtet. Es war schon weit nach Mitternacht, aber an Schlaf war nicht zu denken. Die Ereignisse der letzten zwei Tage ließen ihn nicht zur Ruhe kommen. Und was war mit Tarek? Er hatte versprochen, dass er nach dem Besuch beim Anwalt noch vorbeikommen würde. Aber das war vor Stunden gewesen.

Maundu betete inständig, dass alles in Ordnung sei. Bestimmt war Tarek bloß zu müde, um so spät noch den weiten Weg zu ihm hinaus zu machen. Wenn man kein Auto besaß, schmolz die eigene Welt auf einen überschaubaren Radius zusammen. Sie würden sich ohnehin morgen früh bei der Arbeit im Hotel sehen. Maundu ermahnte sich zu schlafen. Er durfte auf keinen Fall verschlafen. Nachdem er seine Arbeit als Gärtner verloren hatte, war er mehr denn je auf den Job im Hotel angewiesen. Wenn er den auch noch verlor, würde er als Nächstes hier ausziehen müssen. Und wo sollte er dann hin? Dieser Raum war ein Rattenloch, aber es war seine einzige Zuflucht. Im ganzen Haus war jedes Zimmer einzeln vermietet, alle an afrikanische Männer. Ein sehr gutes Geschäft für den Vermieter, aber sie mussten froh sein, dass ihnen überhaupt jemand etwas anbot. Die sanitären Anlagen waren in einem katastrophalen Zustand und durch die Fenster pfiff im Winter der Wind, aber Maundu war sich im Klaren darüber, dass er in der ganzen Stadt nichts Besseres finden würde. Nicht als Afrikaner, der sich illegal im Land aufhielt.

Wenn doch nur Tarek käme. Mit jeder Minute des Wartens hatte er sich mehr in die Vorstellung hineingesteigert, dass alles gut werden würde, wenn Tarek nur käme. Aber Tarek kam nicht. Und so schaute Maundu unverwandt in die Dunkelheit und lauschte auf jedes Geräusch in der Nacht.

Der Lärm, den so viele Menschen auf engstem Raum automatisch verursachten, war längst verebbt. Von irgendwoher war noch leise Hip-Hop-Musik zu hören, aber die meisten Männer schliefen inzwischen. Auf der nahen Bahnstrecke rauschte ein Güterzug vorüber und als der verschwunden war, hörte Maundu, wie ein Auto auf den Platz vor dem Haus fuhr. Autos um diese Uhrzeit bedeuteten entweder Sex oder Drogen. Oder beides.

Er hörte, wie kurz hintereinander zwei Autotüren zugeschlagen wurden und Hoffnung keimte in ihm auf. War Tarek doch noch gekommen? Und wenn ja, war das eine gute oder eine schlechte Nachricht, wenn er zu so später Stunde noch auftauchte?

Eine Weile war es still und Maundu hörte nur seinen eigenen Atem. Er hatte sich getäuscht. Wie sollte Tarek auch ins Haus kommen? Um diese Zeit war die Haustür immer verschlossen und die Klingeln funktionierten schon lange nicht mehr. Wozu auch, wenn kein einziges Namensschild zu finden war. Man musste wissen, zu wem man wollte, sich unter sein Fenster stellen und den Namen rufen.

Dann hörte er wie die schwere Haustür quietschend aufging und gleich darauf wieder ins Schloss fiel. Einen winzigen Augenblick lang hoffte er noch, dass es doch Tarek war, aber er wusste zugleich, dass es nicht sein konnte. Da niemand vor dem Haus gerufen hatte, musste es einer der Bewohner sein, der nach Hause kam. Maundu hörte schwere Schritte die Treppe heraufkommen. Sie waren zu zweit. Das erklärte das Auto. Denn keiner, der hier wohnte, besaß ein Auto. Es mussten also ein Bewohner und ein Freund mit einem Auto sein.

Die Schritte erreichten den ersten Stock, dann kehrte für einen Moment Stille ein. Als Maundu hörte, dass die unsichtbaren Männer sich wieder in Bewegung setzten, richtete er sich auf. Er zweifelte nicht daran, dass es Männer waren. Frauenschritte klangen anders. Alles war ganz normal. Zwei Männer gingen eine Treppe hinauf. Nichts, was einen beunruhigen musste. Und in keiner anderen Nacht hätte Maundu das überhaupt mitbekommen. Er hätte einfach friedlich weitergeschlafen, ohne sich von den Geräuschen stören zu lassen.

Die Schritte erreichten jetzt den zweiten Stock. Maundu wohnte im zweiten Stock. Er hielt den Atem an und die Angst kroch ihm das Rückgrat hoch. Geht weiter, flehte er. Wenn er auch nur einen Fuß auf der nächsten Treppenstufe hören würde, wäre alles in Ordnung.

Aber das Knarren der Holztreppe, das er so sehr herbeisehnte, blieb aus. Auch die Musik von oben war verstummt und kein Zug rauschte auf den Schienen vorüber. Maundu dachte plötzlich mit Schrecken an den Jeep, der ihn verfolgt hatte. Tarek hatte ihn beruhigen wollen, aber Maundu wusste, dass der Fahrer ihn töten wollte.

Gerade hatte er noch geglaubt, dass diese Stille schlimmer war als jedes Geräusch, das er je gehört hatte. Doch dann wurde er eines Besseren belehrt. Er hörte, wie die Tür zum Gemeinschaftsraum, den er sich mit drei anderen Männern teilte, geöffnet wurde. Da waren die Schritte wieder. Sie durchquerten den Raum. Doch dann erinnerte er sich daran, dass diese Tür immer abgeschlossen war. Es musste also einer seiner Mitbewohner nach Hause gekommen sein. Erleichtert atmete Maundu auf und ließ sich auf seiner Matratze zurückfallen.

Doch kaum hatte er das getan, hörte er das Quietschen einer Türklinke. Seiner Türklinke. Du hast die Tür nicht abgeschlossen, schoss es ihm durch den Kopf.

Und dann fiel Maundu noch etwas ein. Etwas Belangloses, das plötzlich sehr wichtig wurde. Damals, als er den Job bei dem Anwalt bekommen hatte, hatte Maundu ihm seine Adresse gegeben. Für alle Fälle, hatte der Anwalt gesagt.

5

Jetzt wusste Tarek, was ihm vorhin merkwürdig vorgekommen war. Die Frau, die ihn ins Haus gelassen hatte, war zu Fuß zum Gartentor gegangen. Normalerweise hatte die Ehefrau ihr Auto doch auf dem Grundstück geparkt. Wenn ihm das sofort klargeworden wäre, hätte er das Haus vielleicht nicht betreten. Vielleicht.

Denn zu diesem Zeitpunkt hatte er noch keinen Grund gehabt, daran zu zweifeln, dass sie die Ehefrau des Anwalts war. Schließlich war sie aus dem Haus gekommen. Hatte sie den Anwalt umgebracht? Tarek hatte kaum Zweifel daran. Aber er machte sich keine großen Hoffnungen, dass diese Frage jemals geklärt würde. Jedenfalls nicht, solange ihm niemand glaubte, dass diese Frau überhaupt existierte.

Denn hier stand jetzt die echte Frau des Anwalts vor ihnen. Und sie sah komplett anders aus als die Ehefrau, die er der Kommissarin gerade noch beschrieben hatte. Diese Frau war nicht blond, sondern hatte festes schwarzes Haar und sie war auch mindestens 15 Zentimeter kleiner als die Frau, die ihn ins Haus gelassen hatte.

Und dann zeigte die Kommissarin auf Tarek und fragte das Unvermeidliche. »Haben Sie diesen Mann schon einmal gesehen?«

Der Blick der Ehefrau heftete sich auf ihn und einen Augenblick schien es so, als würde sie es sich ernsthaft überlegen. Doch dann gab sie die Antwort, die Tareks Schicksal besiegelte. »Nein«, sagte sie mit einer Stimme, kühler als der Eisberg, der die Titanic versenkt hatte. »Den habe ich noch nie gesehen. Hat er meinen Mann ermordet?«

»Das wissen wir bislang nicht«, antwortete die Kommissarin. »Er behauptet, dass er es nicht war. Aber er behauptet auch, dass Sie ihn vor etwa eine Stunde ins Haus gelassen haben.«

Im Gesicht der Ehefrau wechselten in rascher Folge Überraschung, Wut und Unverständnis. Nichts davon gefiel Tarek besonders gut.

»Dieser Mann ist ein Lügner«, sagte sie ohne die Spur eines Zweifels. »Ich habe ihn noch nie im Leben gesehen. Und ich habe ihn ganz bestimmt nicht in unser Haus gelassen. Ich bin heute um die Mittagszeit in die Stadt gefahren und war seitdem gar nicht mehr hier.«

Dies wäre der richtige Moment für Tarek gewesen, seine Sicht der Dinge darzulegen. Aber er wusste, dass es sinnlos war. Die Frau redete weiter und gestikulierte aufgeregt mit den Armen, doch Tarek hörte nicht mehr zu. Mit einem Mal war ihm alles egal und er wollte nur noch schlafen. *Reiß dich zusammen*, ermahnte er sich. Er kapierte nicht mal ansatzweise, in was er da hineingeraten war. Aber ihm wurde schlagartig klar, dass er sich selbst aus diesem Schlamassel befreien musste. Für die Polizei war der Fall schon so gut wie abgeschlossen.

»Haben Sie bei Ihrem Mann einen Koffer gesehen?«, fragte die Kommissarin die Ehefrau.

»Was denn für einen Koffer?«

»Ich weiß nicht ... einen Aktenkoffer vielleicht? Irgendeinen, der Ihnen aufgefallen ist, weil er sonst nicht da war.«

»Nein ... nein, mir ist nichts aufgefallen. Ich bin aber auch nur selten im Büro meines Mannes.«

Tarek fragte sich, ob sie log. Aber er enthielt sich eines Kommentars. Es würde ihm sowieso niemand mehr glauben. Dieser Koffer existierte, sonst machte die ganze Geschichte von Maundu überhaupt keinen Sinn. Aber konnte es sein, dass der Anwalt nicht mit seiner Frau über das Verschwinden des Koffers gesprochen hatte?

»Ist Ihnen in den letzten Tagen etwas Ungewöhnliches aufgefallen?«, fragte die Kommissarin.

»Nein, nichts ... alles war wie immer. Außer ...«

»Ja?«

»Na ja, ich glaube kaum, dass es wichtig ist. Aber gestern hatte mein Mann einen heftigen Streit mit dem Gärtner.«

»Mit dem Gärtner? Und worum ging es dabei?«

»Normalerweise kümmert sich mein Mann ja gar nicht um solche Sachen. Doch gestern ist ihm der Kragen geplatzt, weil der unverschämte Kerl wieder mal im Garten geschlafen hat.« Auf ihrer Stirn erschienen kleine Falten und ihr Mund wurde schmaler als die Klinge, die ihren Mann getötet hatte. »Wissen Sie, das hat man jetzt von seiner Gutmütigkeit. Da versucht man diesem Gesindel etwas zu helfen und kaum dreht man ihnen den Rücken zu, da rührt keiner mehr einen Finger. Ich verstehe ehrlich gesagt nicht, warum die Regierung all diese Nichtsnutze überhaupt ins Land lässt, nur damit sie sich auf unsere Kosten ein schönes Leben machen.«

Die Kommissarin zeigte keinerlei Regung. »Ist dieser Streit in irgendeiner Weise eskaliert?«

»Mein Gott, nein. Dann wäre dieser unverschämte Kerl auch nicht so glimpflich davongekommen, das können Sie mir glauben. Mein Mann hat ihm in seiner Gutmütigkeit sogar noch 50 Euro gegeben. Er hat ihm gesagt, dass er sich nie wieder hier blicken lassen soll und das war's. Dann ist der Bursche verschwunden.«

Diejenigen, die selbst nie arbeiten, sind immer die, die sich am lautesten über die Faulheit anderer beklagen, dachte Tarek, schwieg aber weiterhin. Wie konnte eine Frau so viel Dreck aus ihrem Mund kommen lassen und dabei so sauber aufgereihte weiße Zähne haben, als würde der Präsident gleich ihre Parade abnehmen? Aber immerhin war er sich nun sicher, dass sie eine Lügnerin war. Er wusste nur nicht, warum sie log.

Als hätte sie Tareks Gedanken gelesen, hielt die Frau inne. »Ich ... ich möchte jetzt meinen Mann sehen. Geht das?«

»Bayer, machst du das?«, fragte die Kommissarin ihren Kollegen, der einige Jahre älter war als sie. »Und nimm bitte auch die beiden Kollegen mit raus, mir ist das zu voll hier.«

Als sich die Tür hinter Kommissar Bayer schloss, befanden sich nur noch der ältere Polizist, die Kommissarin und Tarek in der Küche. Die Uhr tickte, eine Fliege summte nervös herum. Tarek floss der Schweiß die Schläfen herunter. Von nebenan hörte man lautes Schluchzen.

Die Kommissarin schaute ihn an wie einen Schuljungen, den sie beim Abschreiben erwischt hatte. Sie hatte auch Lyras Augen. Wie gerne wäre er dieser Frau unter anderen Umständen begegnet.

»Ihre Story scheint nicht ganz wasserdicht zu sein«, sagte sie und Tarek glaubte, einen Hauch von Bedauern in ihrer Stimme zu hören. Doch dieser Eindruck verflog schnell, als sie sich an den Uniformierten wandte und sagte: »Bringen Sie ihn ins Präsidium.«

Der Mann lachte schmierig. Es würde schwer sein, ihm heute noch die gute Laune zu verderben, aber Tarek schwor sich, es wenigstens zu versuchen.

Als Tarek aufstand, hatte der Polizist bereits seine Handschellen hervorgeholt. Tarek streckte ihm die Arme entgegen und das Grinsen des Mannes sagte ihm, dass dieser Abend mit einer Tracht Prügel in der Gefängniszelle enden würde.

Wenn er erst einmal gefesselt wäre, würde er keine Chance mehr haben. Keine Chance, zu entkommen und keine Chance, die Wahrheit zu beweisen. Lässig ließ der Polizist die Handschellen aufschnappen. Doch kurz bevor sie sich um Tareks Handgelenke legten, blickte der plötzlich mit weit aufgerissenen Augen zur Zimmerdecke. Der Blick des Polizisten folgte dem seinen. Dieser Moment reichte Tarek, um sein rechtes Knie ansatzlos nach vorne schnellen zu lassen.

Der Polizist stöhnte leise auf, für mehr fehlte ihm der Atem. Er ging vor Tarek in die Knie und kippte vornüber. Noch bevor er den Boden erreicht hatte, war Tarek schon an der Tür.

Raus aus der Küche, den Flur entlang zur Haustür. Hinaus ins Freie. Tareks erster Impuls war, zum Gartentor zu laufen und dann auf die Straße. Doch dann fiel ihm ein, was Maundu erzählt hatte. Diese Straße war wie eine Falle. Keine Fluchtmöglichkeiten. Und am Tor warteten wahrscheinlich weitere Polizisten. Also nach rechts, ums Haus herum. Noch mehr Garten. Rasen ... und dahinter Sträucher und Bäume. Eine andere Möglichkeit hatte er nicht. Wenn sich hinter den Bäumen eine hohe Mauer befand, dann hatte er verloren. Hinein ins Gebüsch. Hier war es stockdunkel. Ein Ast knallte ihm ins Gesicht. Hinter sich Geräusche. Schreie.

»Wo ist das Schwein hin?« ... »Du zur Straße, ich nehm mir den Garten vor.«

Sie teilten sich auf. Das war gut für ihn. Ein einzelner Bulle musste vorsichtiger sein. Und vorsichtig war gleichbedeutend mit langsam.

Die Büsche hatten ihn verschluckt, aber hier konnte er nicht bleiben. Hinter den Bäumen gab es eine dichte Hecke. Verzweifelt irrte Tareks Blick herum. Seine Augen gewöhnten sich schnell an die Dunkelheit. Kein Durchkommen. Eine Mauer aus Ästen. Aber eben eine Mauer. Genauso unüberwindlich. Und dann sah er es. An einer Stelle war die Hecke nicht ganz so dicht. Hier war schon öfter jemand durchgeschlüpft auf die andere Seite. Er hatte wieder eine Chance. Eine kleine, aber immerhin. Seine Verfolger würden bald wissen, dass er diesen Weg genommen hatte.

Sein Herz raste, als er sich durch die Lücke zwängte. Was würde ihn dort erwarten? *Alles, nur kein Hund*, flehte Tarek. Aber schon ein Schrei des Nachbarn würde genügen, um seine Verfolger herbeizulocken. Doch die andere Seite wirkte friedlich. Keine Spur von Nachbarn oder Hunden. Was aber noch lange nicht hieß, dass er gerettet war. Auf die Straße konnte er nicht und wenn er sich weiter von Garten zu Garten fortbewegte, dann war es nur eine Frage der Zeit, bis er einer Alarmanlage, einem Hund oder einem Anwohner begegnete. Panik. Das Denken setzte aus. *Sie dürfen mich nicht kriegen!* Ohne nachzudenken rannte Tarek los.

6

Mit einem Mal war da keine Luft mehr zum Atmen. Egal, wie weit er den Mund aufriss. Als hätte ihn Tareks Tritt ins Weltall befördert. Der Polizist lag zusammengekrümmt auf dem Boden, die Welt um ihn herum war weit entrückt. Er hörte Stimmen, verstand aber nicht, was sie sagten. Es war nur noch Schmerz. Alles andere war bedeutungslos.

Als endlich wieder Luft in seinen Lungen zirkulierte, rappelte er sich stöhnend auf. Er war allein in der Küche. Das Erste, was ihm durch den Kopf schoss, als er wieder denken konnte, war: *Drecksaraber, dich mach ich fertig!*

Mit wackligen Schritten erreichte er die Haustür, da waren

schon alle Kollegen ausgeschwärmt. Aber er wollte unbedingt dabei sein, wenn sie den Mistkerl schnappten. Noch lieber würde er ihn aber allein erwischen, um es ihm in aller Ruhe heimzuzahlen. Einen Moment lang überlegte er, wohin er selbst in einer solchen Situation flüchten würde. Dann entschied er sich für den Garten. Als er ums Haus bog, sah er gerade noch, wie Kommissar Bayer mit gezogener Waffe im Unterholz verschwand. Er lief über den Rasen und erreichte den Kommissar, als der soeben die Lücke in der Hecke entdeckt hatte.

Sie zwängten sich hindurch in den fremden Garten und blieben angespannt stehen. Jäger, die nach ihrem Wild witterten. Doch der Garten lag einsam vor ihnen, keine Spur des Flüchtigen. Auch nicht auf dem trockenen, kurz gemähten Rasen. Der Kommissar machte ihm wortlos ein Zeichen, dass er sich links halten würde, um die Grundstücksgrenze abzusuchen. Dann bedeutete er dem anderen mit einem Fingerzeig, dass der sich am Haus umsehen solle.

Die Waffe noch immer im Anschlag, huschte dieser über den Rasen. So leise wie möglich schlich er an der Hauswand entlang. Stehen bleiben. Lauschen. Noch immer hatte er Schmerzen.

Auf dieser Seite des Hauses waren alle Fenster dunkel, aber er hörte gedämpfte Musik. Also weiter. Vorsichtig schaute er um die Hausecke. Sich bloß nicht noch einmal überrumpeln lassen. Rechts ein beleuchteter Swimmingpool. Leer. Linker Hand eine große Terrasse. Beim Pool stand eine Hollywoodschaukel. Auf der saß ein junger Mann. T-Shirt und Bermudashorts. Schulterlanges Haar, 3-Tage-Bart. Neben der Hollywoodschaukel ein Tisch. Darüber eine Tischdecke. Auf dem Tisch ein paar Bücher und ein Cocktail. Alles ganz friedlich. Kein Anzeichen dafür, dass der Araber hier war.

Er steckte die Waffe weg und ging auf den jungen Mann

zu. Erschrocken sprang der auf, beruhigte sich aber gleich wieder, als er die Uniform sah.

»Wo kommen Sie denn her?«, fragte er erstaunt. »Ist etwas passiert?«

»Bei Ihren Nachbarn hat es ... einen Unfall gegeben.«

»Ein Unfall? Mein Gott, etwas Schlimmes?«

»Hören Sie, ich kann Ihnen dazu momentan nichts sagen. Ist hier jemand vorbeigekommen?«

»Ey, was glauben Sie, wo wir hier sind? Sieht das aus wie der Zentralbahnhof? Nein, natürlich ist hier niemand vorbeigekommen.«

Der Polizist beäugte den jungen Mann misstrauisch, schon allein deshalb, weil der lange Haare hatte. Irgendetwas stimmte mit dem doch nicht. Warum war der so nervös? In alle Richtungen schauend, ging er über die Terrasse, guckte durch die angelehnte Terrassentür ins Hausinnere. Aber er konnte nichts Verdächtiges entdecken. Gerade hatte er erkannt, dass er hier wohl seine Zeit vertrödelte, da fiel sein Blick auf den Tisch. Hatte sich da nicht etwas bewegt? Er zog die Waffe und richtete sie auf den Tisch. Ging darauf zu. Atmete noch einmal tief durch. Mit der Rechten hielt er die Waffe und mit der Linken riss er ruckartig die Tischdecke hoch, sodass der Cocktail umkippte.

7

Die Sonne ging auf und verhieß der Stadt schon jetzt einen weiteren heißen Tag. Die Tische vor Marcos kleiner Bar und Pizzeria in der Kölner Südstadt würden den ganzen Tag über belegt sein.

Die Leute, die um diese frühe Stunde vorbeihasteten, sahen alle aus, als wären sie lieber noch in ihren Betten. Marco Morandi, ein stämmiger Mann in den 50ern mit Vollbart, dichtem Haar und wachen blauen Augen, liebte das Gewimmel der erwachenden Stadt, weil es ihm das Gefühl gab, am Leben zu sein. Er saß auf den Stufen seiner Pizzeria *Unità* und rauchte eine erste Zigarette. Er würde zwar erst um 12:00 Uhr offiziell öffnen, aber Freunde wussten, dass sie bei ihm immer einen Espresso zum Frühstück bekommen würden. Seitdem er aus dem Gefängnis raus war, schlief er ohnehin keinen Morgen länger als bis 6:00 Uhr.

Vor sieben Jahren war er aus dem Gefängnis entlassen worden, in dem er seine besten Jahre wegen der Mitgliedschaft bei den *Roten Brigaden* verbracht hatte. Schmerzlich hatte er nach seiner Entlassung feststellen müssen, dass es das Italien seiner Jugend nicht mehr gab. Alte Freunde und große Träume hatten nicht auf ihn gewartet. Und so stand er ganz allein auf der Straße, als sich die Tore des Gefängnisses hinter ihm schlossen. Nach all den Jahren, in denen sein Leben von anderen geregelt wurde, war er plötzlich auf sich alleine gestellt.

Und so war er in die Heimat seiner Mutter nach Köln gegangen und hatte mit ihrem kleinen Erbe seine ebenso kleine Pizzeria eröffnet. Inzwischen kannte er jeden im Viertel und jeder kannte ihn. Aber niemand wusste um Marcos Vergangenheit.

Er schaltete seine leuchtend rote *Gaggia* Kaffeemaschine ein, auf der die Espressotassen in Reih und Glied auf ihren Einsatz warteten. Dann begann er, die Stühle von den Tischen zu heben und den Kölner Stadtanzeiger sowie die italienischen Tageszeitungen auszulegen, die er jeden Morgen am Bahnhof besorgte.

Marco ließ gerade den ersten Espresso in eine der dickwandigen Tassen laufen, als Tarek das Lokal betrat. Überrascht hob Marco eine Augenbraue. »Was willst du denn hier am frühen Morgen?«

»Ich hatte Sehnsucht nach dir.«

Marco stellte Tarek ungefragt einen Espresso hin und musterte ihn eindringlich. »Mein Gott, siehst du Scheiße aus. Hast du im Rinnstein geschlafen?«

»Nein, in einem Swimmingpool. Aber das ist eine längere Geschichte.«

Marco sah ihn prüfend an, konnte aber kein Anzeichen dafür entdecken, dass Tarek ihn auf den Arm nahm. Seufzend schüttelte er den Kopf und widmete sich der Politur seiner Kaffeemaschine.

Tarek schnappte sich den Stadtanzeiger und verzog sich an einen Tisch in der hinteren Ecke. Obwohl er wusste, dass es noch zu früh war, um etwas über den Mord in der Zeitung zu lesen, blätterte er sie aufmerksam von vorne bis hinten durch.

Die morgendliche Stille, die die Bar erfüllte, war wie ein alter Freund, der sich zu einem setzte, ohne dass man reden musste. Nach einer Weile kam Marco mit zwei Espressi zu Tarek an den Tisch, als der schon kurz davor war, einzuschlafen. Die letzte Nacht forderte allmählich ihren Tribut.

»Also, was hast du angestellt?«, fragte Marco ohne Umschweife.

»Ich? Nichts.«

»Und warum sitzt du dann hier und siehst aus, als hätte dich ein Zug überfahren?«

»Weil die Polizei glaubt, dass ich einen reichen Anwalt umgebracht habe.«

»Hast du aber nicht?«

»Nein, hab ich nicht.«

Tarek trank seinen Kaffee und erzählte die Geschichte. Wie Maundu ihn um Hilfe gebeten hatte. Von dem geheimnisvollen Fremden und wie er die Leiche des Anwalts gefunden hatte. Er erzählte von echten und falschen Ehefrauen, von dem verschwundenen Koffer und von der schönen Kommissarin. Alles, bis zu dem Moment, als er durch die Hecke auf das Nachbargrundstück geflüchtet war. Dann unterbrach ihn Marco, weil zwei Stammgäste auf einen schnellen morgendlichen Espresso hereinkamen.

»Weißt du, Tarek«, sagte er, als er zurückkam, »ich habe hier in den letzten Jahren schon einige Geschichten gehört. Aber die hier ist echt die Krönung. Also, wie kommt es, dass du jetzt hier sitzt und nicht in einer Polizeizelle?«

»Also ... Ich konnte abhauen und bin durch die Hecke auf das Nachbargrundstück rüber. Ich habe verzweifelt ein Versteck gesucht und da bin ich einem jungen Mann in die Arme gelaufen, der gerade aus dem Haus kam, als ich dort über die Terrasse schlich. Wie sich herausstellte, war es der Sohn der Nachbarn und zu meinem Glück war er allein zu Hause.

Ich sah sein erschrockenes Gesicht und dachte: *Jetzt ist alles vorbei. Gleich schreit er los und in wenigen Sekunden wimmelt es hier von Polizei.* Aber dann sah ich den riesigen Joint in seiner Hand und wusste, dass er auch nicht viel Interesse an einem Gespräch mit der Polizei hatte. Also setzte ich alles auf eine Karte.

›Das kommt jetzt vielleicht etwas plötzlich‹, sagte ich zu ihm. ›Sie müssen mir helfen. Die Polizei ist hinter mir her, aber das Ganze ist ein schrecklicher Irrtum.‹

Wieder rechnete ich fest damit, dass er gleich losschreien würde. Reiche Leute tun so etwas eigentlich immer, wenn nachts plötzlich ein fremder Araber bei ihnen auftaucht.

›Cool, Mann‹, sagte er jedoch nur grinsend. ›Und ich hatte schon Angst, dass das ein langweiliger Abend wird.‹

Von der Hecke her hörte ich Geräusche, doch noch verdeckte uns das Haus. Wir standen wie bei einer Cocktailparty auf der Terrasse. ›Vielleicht sollten Sie das da besser verschwinden lassen‹, sagte ich und deutete auf seine Hand.

Er sah verwundert den Joint an, als fragte er sich, wie der denn zwischen seine Finger gekommen war. Doch dann kam er in Bewegung. ›Oh verdammt, das könnte eine echt gute Idee sein‹, sagte er, immer noch grinsend, bückte sich, drückte die Zigarette auf dem Boden aus und ließ die Reste in einer Metallschachtel in der Tasche seiner Shorts verschwinden.

Dann lauschte er dem näher kommenden Lärm. ›Fuck. Ich glaube, die Bullen rücken schon an.‹ Er machte zwei Schritte zu einem kleinen Tisch, der mitten auf der Terrasse stand, und hob die Tischdecke an, die bis zum Boden reichte. ›Schnell, hier runter‹, flüsterte er.

Ich ging in die Hocke und wollte schon unter den Tisch klettern, als mein Blick auf den Cocktail fiel, der darauf stand. Ich sprang wieder auf. Jetzt war nichts mehr zu hören, aber ich wusste, dass mir nicht mehr viel Zeit blieb, bis der erste Polizist um die Ecke bog. Ich schnappte mir den Strohhalm aus dem Cocktailglas und warf noch einen Blick auf meinen ehemals guten Anzug.

Dann ließ ich mich vorsichtig ins Wasser des Pools gleiten, tauchte im wahrsten Sinne des Wortes ab und drückte mich an die Wand des Beckens. Hier würde mich niemand sehen können ... solange keiner auf die Idee kam, eine Runde um den Pool zu drehen. Ich hielt meinen Strohhalm über die Wasseroberfläche und atmete tief ein. In diesem Augenblick hörte ich auch schon seltsam gedämpfte Stimmen.

Ich konnte weder verstehen, was gesprochen wurde, noch etwas sehen und konzentrierte mich darauf, ruhig zu atmen. Keine Ahnung, wie lange ich so im Pool stand, als mir plötzlich von oben mein Strohhalm weggerissen wurde.

Einen Moment dachte ich, dass alles vorbei war. Aber

dann hörte ich über mir eine ganz relaxte Stimme. ›Hey Mann, du kannst rauskommen, der Bulle ist weg.‹

Mit letzter Kraft zog ich mich den Beckenrand hinauf und fiel triefend auf die Fliesen. Der junge Mann setzte sich neben mich und ließ die Füße ins Wasser baumeln.

›Fabian‹, sagte er und streckte mir die Hand entgegen.

Ich ergriff sie dankbar. ›Tarek‹.

›Ich glaube, du bist mir eine Erklärung schuldig.‹

Und die gab ich ihm dann auch. Ich erzählte ihm alles und er unterbrach mich kein einziges Mal.

Als ich fertig war, schüttelte er den Kopf. ›Mann, das ist die unglaublichste Geschichte, die ich je gehört habe. Die muss einfach wahr sein. Ich schätze aber, die Bullen werden das anders sehen. Du solltest denen in nächster Zeit besser aus dem Weg gehen.‹

Ich dachte, er würde mich jetzt vor die Tür setzen, aber stattdessen brachte er mich ins Haus, gab mir ein paar frische Klamotten von sich und einen Föhn, damit ich meinen Anzug und die Schuhe trocknen konnte. Ich muss auf seinem Sofa eingeschlafen sein, denn irgendwann rüttelte er mich sanft an der Schulter, um mir zu sagen, dass alle Bullen inzwischen abgezogen seien. Und du glaubst es nicht, er hat mich auch noch in die Stadt gefahren. Und hier bin ich.«

Die beiden Männer schwiegen eine Weile, dann stand Marco kopfschüttelnd auf und machte ihnen noch zwei Espressi. »Und du bist dir ganz sicher, dass du mich nicht bloß verarschst?«, fragte er, als er sich wieder setzte.

»Verdammt, Marco, ich würde nichts lieber tun. Aber die Sache ist todernst, glaub mir. Der Anwalt ist tot. Und er ist keines natürlichen Todes gestorben. Und alles wegen eines Koffers, den ich noch nie gesehen habe. Ich habe nicht die leiseste Ahnung, in was ich da hineingeraten bin. Und alle halten mich für den Mörder.«

»Aber was ist denn mit dieser mysteriösen Blondine? Die muss doch in die Sache verwickelt sein.«

»Ja, aber ich habe vergessen, mir ihre Telefonnummer geben zu lassen. Und außer mir glaubt niemand, dass diese Frau überhaupt existiert.«

»Aber was solltest du für ein Motiv haben?«

»Ich wurde neben der Leiche angetroffen. Ich bin geflohen. Und ich bin ein illegaler Araber. Was glaubst du, wer da noch nach einem Motiv fragt?«

»Und was willst du jetzt machen?«

»Es gibt nur eine Möglichkeit. Ich muss den wahren Mörder finden. Sonst wird mir niemand glauben.« Und damit stand Tarek auf. Er klopfte Marco auf die Schulter. »Danke für den Kaffee.«

»Tarek, mach keinen Mist«, rief ihm Marco hinterher, als dieser das Lokal verließ. »Komm heute nach Feierabend vorbei. Ich werde auf dich warten.«

Tarek hob nur den Arm, ohne sich noch einmal umzusehen. Nein, es gab noch eine andere Möglichkeit, als den Mörder selbst zu finden. Nämlich, sich an seinen Vorsatz zu halten und aus allem rauszuhalten. Nach Hause, Sachen packen und die Stadt verlassen. Das war das einzig Vernünftige. Den Mörder konnte er niemals auf eigene Faust stellen.

Es war ihm klar geworden, als Marco den Kaffee holte. Genau wie Marco hatte er der Kommissarin von Maundu erzählt. Sie würde bald wissen, wo der wohnte und dass er einen zweiten Job im Hotel hatte. Und einen Wimpernschlag später würde sie auf Tarek stoßen. Er durfte sich nichts vormachen, sein bisheriges Leben war jetzt und hier zu Ende. Er musste verschwinden und vielleicht würde er Marco niemals wiedersehen.

Als er am späten Morgen aus dem Bus stieg und die breite Straße bei seinem Wohnblock überquerte, hatte die Hitze die Stadt bereits fest im Griff und die Autos wirbelten Staub auf, der sich wie ein schmieriger Film auf der Haut festsetzte. Tarek ging über einen Spielplatz und erreichte kurz darauf das riesige Hochhaus, in dem er während der letzten 14 Monate gelebt hatte. Der Aufzug tat es wieder einmal nicht und so benutzte er das Treppenhaus. Oben im neunten Stock angekommen, schwitze er aus jeder Pore.

Er schloss die Wohnungstür hinter sich und lauschte. Nichts, außer dem allgegenwärtigen Lärm von der Straße. Mohamed und Khaled waren wahrscheinlich längst bei der Arbeit. Gut. Das sparte ihm langwierige Erklärungen. Die Männer waren sich gegenseitig nichts schuldig. Wenn er in einer Woche nicht die fällige Miete zahlte, würden sie seine restlichen Sachen zu Geld machen und sich einen neuen Mitbewohner suchen. Tarek ging in sein Zimmer und schaute aus dem Fenster, von dem aus er in der Ferne den Kölner Dom sehen konnte. Er hatte keine Idee, wohin er gehen sollte, aber für einen Mann, der nichts zu verlieren hatte, fand sich immer ein Ort.

Er zog seinen Anzug aus und legte ihn ordentlich zusammen, steckte die guten Schuhe, oder dass, was von ihnen nach den letzten 24 Stunden noch übrig war, in eine Plastiktüte und packte beides in seine Sporttasche.

Noch eine kühle Dusche. Wer wusste schon, wann er das nächste Mal dazu käme. Und zwanzig Minuten später war er bereit, das Leben, das er in den letzten zwei Jahren geführt hatte, hinter sich zu lassen. Ein Anflug des Bedauerns überkam ihn. Fast hatte er sich schon an diese Stadt gewöhnt, auch wenn er nie ein Teil von ihr geworden war.

Für die Touristen und Einheimischen war Köln eine weltoffene und tolerante Stadt. Doch als illegaler Ausländer merkte man wenig davon. Rassismus, Geldnot, miese Jobs und die tägliche Angst vor Abschiebung bestimmten ihr Leben. Doch wo war das anders?

Er schaute sich noch einmal in dem kleinen Raum um. Es war ein Drecksloch. Aber es war seine Insel in einer rauen See gewesen. Wenn er jetzt die Tür hinter sich zuzog, dann hörte die Person Tarek Bajari auf, zu existieren. Wie eine Schlange würde er seine Haut abstreifen und irgendwo unter einem anderen Namen neu anfangen. Dass er auf der Flucht vor der Polizei war, machte Tarek keine Angst. Er musste sein Leben nicht großartig ändern, er lebte ohnehin schon im Untergrund. In der Küche legte er noch seinen Schlüssel auf den Tisch und verließ dann, ohne zu zögern, die Wohnung.

Sie waren zu zweit. Große, kräftige Männer im Anzug und mit Sonnenbrillen. Sie kamen durch die Tür am Anfang des Ganges langsam auf Tarek zu, ohne ihn zu beachten. Doch Tarek hatte in den Jahren der Illegalität gelernt, seine Mitmenschen genau zu beobachten. Diese beiden gehörten nicht hierher.

Ohne sich umzusehen, ging er in die entgegengesetzte Richtung. Er erreichte das Ende des Flurs, der hier in das zweite Treppenhaus mündete. Dann öffnete er die gläserne Tür und rannte los. Nicht die neun Stockwerke nach unten, da hätte er die beiden Männer ständig im Rücken gehabt. Er wusste, dass ihn sein Gefühl nicht betrogen hatte, als er hinter sich schnelle Schritte hörte.

Tarek hatte nur wenige Sekunden Vorsprung. Er nahm immer zwei Stufen auf einmal. Bis er nach Luft schnappend ganz oben angekommen war. Dort endete das Treppenhaus an einer Feuerschutztür, über die man auf das Dach gelangen konnte.

Tarek stieß die Tür auf und verharrte einen Moment. Er hatte unter sich die Flurtür zufallen hören. Die beiden Unbekannten waren bereits auf der Treppe und nur noch zwei Stockwerke unter ihm. Ein Lächeln huschte über sein Gesicht. Er und die anderen Papierlosen, die in diesem Haus lebten, hatten eine kleine Vorsichtsmaßnahme getroffen, für den Fall, dass sie unerwarteten Besuch von der Polizei bekommen würden. Da es sich um eine Feuerschutztür handelte, konnte man sie nicht abschließen. Aber sie hatten auf dem Dach einen passenden Holzbalken deponiert, der genau unter die Klinke passte.

Tarek ließ die Tür ins Schloss fallen und blockierte die Klinke mit dem Balken. Keinen Moment zu früh. Er hörte auf der anderen Seite lautes Fluchen, als seine Verfolger vergeblich versuchten, die Tür zu öffnen.

Den Männern blieb nichts anderes übrig, als wieder nach unten zu laufen, um ihn beim Verlassen des Hauses abzupassen. Doch sie waren nur zu zweit und hatten keine Ahnung, ob er irgendwo in der riesigen Anlage verschwinden oder einen der zahlreichen Ausgänge nehmen würde.

Tarek lief über das Dach, erreichte das Treppenhaus am anderen Ende des Gebäudes und raste die Treppen hinunter. Die letzten Stufen jedes Absatzes nahm er im Sprung, bis in den Keller. Unten angekommen, lehnte er sich schweratmend an die Wand, um wieder zu Atem zu kommen. Von seinen Verfolgern keine Spur, aber Tarek wusste, dass er sie noch längst nicht abgeschüttelt hatte.

Er schlich bis zum Ausgang, der hinter der Gartenanlage an der Straße ins Freie führte. Dann schlüpfte er hinaus ins gleißende Sonnenlicht. Eine türkische Hausfrau kam ihm mit prall gefüllten Einkaufstüten entgegen, aber von den Männern war nichts zu sehen.

Einen Moment überlegte Tarek, in welche Richtung er sich wenden sollte, als ihm auch schon die Entscheidung abgenommen wurde. Zu seiner Rechten tauchte einer der beiden Verfolger hinter dem Haus auf, in der Hand eine Pistole. Tarek schätzte, dass etwa hundert Meter zwischen ihnen lagen und lief los. Seine Sporttasche behinderte ihn, aber er wollte sich nicht von ihr trennen, solange es nicht absolut notwendig war. Auf dem Weg kamen ihm Mütter mit Kindern entgegen, die zu dem nahen Kindergarten wollten. Die meisten rissen ihre Kleinen erschrocken an sich, als sie Tarek auf sich zulaufen sahen. Aber Tarek dachte gar nicht daran, auf die andere Straßenseite zu wechseln. Die Kinder waren die perfekte Deckung, und er lief einfach so schnell er konnte, ohne auf die erschreckten Schreie zu achten oder sich umzusehen.

Da. Endlich. Die Hauptstraße. Hier hatte er am ehesten eine Chance, seinen Verfolger abzuhängen. Er rannte den Gehweg entlang und wartete auf eine Lücke im dichten Verkehr. Sein Vorsprung betrug nur noch wenige Meter und Tarek wünschte sich verzweifelt, noch in der Form von früher zu sein. Aber wenigstens war der zweite Mann nirgends zu sehen. Seine Lungen brannten, als er die scheinbar immer länger werdende Straße entlangkeuchte. Er brauchte sich nicht umzusehen, um zu wissen, dass sein Vorsprung mit jedem Meter weiter schmolz.

Neben ihm rasten die Autos in einem endlosen Strom vorbei. Doch dann erblickte Tarek eine Lücke im dichten Verkehr. Er sprang auf die Fahrbahn, schlüpfte zwischen den Autos der rechten Fahrspur hindurch und zwang einen Fahrer auf der linken Spur zu einer Vollbremsung. Hinter ihm brach das Chaos aus. Bremsende Autos, ein wildes Hupkonzert, Geschrei und Blech, das mit einem hässlichen Knall auf Blech krachte.

Tarek sah sich erst um, als er mit letzter Kraft die andere Straßenseite erreicht hatte. Es waren nicht nur zwei Autos miteinander kollidiert. Sein Verfolger lag reglos mit verdrehten Beinen auf der Straße. Tarek machte, dass er wegkam, bevor einer der Autofahrer realisierte, dass er der Verursacher dieses Unfalls gewesen war.

Er zwang sich langsam zu gehen und lenkte seine Schritte

in Richtung Innenstadt. Das Erscheinen der beiden Männer hatte ihm klargemacht, dass es noch nicht an der Zeit war, ein neues Leben zu beginnen.

Tarek war sich instinktiv sicher, dass sie keine Polizisten waren. Aber wenn das so war, gab es nur eine Erklärung: Sie suchten den verdammten Koffer, von dem er weder wusste, wo er war, noch, was er beinhaltete. Eine Flucht war sinnlos, solange diese Leute glaubten, dass er sich in seinem Besitz befand. Wenn er diese Geschichte überleben wollte, dann musste er den Koffer finden. Und seine einzige Verbindung dazu war Maundu.

8

Kommissar Ulrich Bayer wälzte sich in seinem Bett hin und her und seine schweißnassen Haare klebten auf der Stirn. Den Traum, den er träumte, hatte er schon in unzähligen Nächten geträumt.

In seinem Traum ist er eine schlanke junge Frau mit dichtem dunkelbraunem Haar und einem sinnlichen Mund. Die Frau steht am Eingang der Theresienwiese und viele Menschen strömen an ihr vorbei auf dem Nachhauseweg vom Oktoberfest. Eine Mutter mit ihrem Kind an der Hand geht vorüber. Ein junger Mann, der ihr bewundernde Blicke zuwirft. Ein Pärchen, das sich küsst. Aber die Frau steht nur ganz still da und beachtet keinen von ihnen.

Es sind jedes Mal andere Menschen, die seinen Traum bevölkern. Nur die junge Frau ist immer da. Und sie steht jedes Mal an derselben Stelle. Sie trägt einen halblangen beigen

Mantel, blaue Jeans und rote Halbschuhe, die sie von ihrem Freund geschenkt bekommen hat. Und sie lächelt bei dem Gedanken an diesen Freund, auf den sie wartet.

Es ist ein ganz normaler Abend im September. Doch dann geschieht die Explosion und von einer Sekunde auf die andere bricht ein Inferno über die Menschen herein. Eine gewaltige Druckwelle verschluckt die Welt um die junge Frau herum. Die Geräusche, die Farben, das Lachen, das Leben. Und die junge Frau. Alles verschwindet von einer Sekunde auf die andere. Menschen und Träume werden zerrissen. Alarmsirenen heulen.

Das Klingeln holte Ulrich Bayer in die Wirklichkeit zurück. Schlaftrunken griff er nach dem Wecker, bis er begriff, dass jemand an der Tür war. Er hatte verschlafen und jetzt stand sicher seine Kollegin Brigitte vor der Tür. Sie hatte sich angeboten, ihn abzuholen, weil sein Wagen in der Werkstatt war, sie bei ihrer Schwester übernachtet hatte und deshalb auf dem Weg zur Arbeit bei ihm vorbeifuhr. Er sprang auf, zog seinen Bademantel über und lief barfuß zur Tür.

Bayer öffnete sie einen Spalt, murmelte, dass er gleich soweit sei, machte aber keinerlei Anstalten, Brigitte Faber hereinzulassen.

Als er ihr die Tür vor der Nase zumachen wollte, sagte sie frostig: »Ich komme extra mit dem Auto zur Arbeit, um dich abzuholen. Und du willst mich jetzt im Hausflur stehen lassen? Dann kannst du dir auch gleich ein Taxi rufen.«

Er zögerte einen Moment, bevor er sie widerstrebend hereinließ. »Entschuldige, es ist ein wenig unordentlich bei mir.«

Er öffnete eine Tür zur Linken und bat sie in die Küche, doch ihr entging nicht, dass er hastig die angelehnte Tür gegenüber ins Schloss zog.

»Mach uns doch einen Kaffee«, sagte er. »Bin gleich soweit.«

Bayer verschwand im Bad und Brigitte Faber sah sich um. Es war sauber und ordentlich, aber es fehlte dem Raum an Wärme. Keine Blumen oder Kräuter auf der Fensterbank und keine Zeitschriften auf dem Küchentisch. Am Kühlschrank hingen keine Kinderbilder oder Postkarten und nirgendwo war ein Foto zu sehen. Es war die Küche eines Mannes, der allein lebte. Sie arbeiteten zwar schon seit Jahren zusammen, aber sie wusste überhaupt nichts über Bayers Privatleben. Was ihr allemal lieber war als die Kollegen, die ihr am Montagmorgen mit anzüglichem Grinsen von ihren neuesten Eroberungen berichteten.

Doch erst jetzt, in Bayers Küche, ging ihr auf, dass er in den vielen gemeinsamen Stunden nicht ein einziges Mal von sich erzählt hatte. Eigentlich war er ein völliger Fremder für sie.

Als sie hörte, wie im Badezimmer die Dusche angedreht wurde, erhob sie sich und ging in den Flur. Sie zögerte nur einen winzigen Moment, bevor ihre Neugier siegte. Der Anblick des kleinen Raums, dessen Tür Ulrich Bayer so rasch geschlossen hatte, verschlug ihr den Atem. Die Vorhänge waren zugezogen und tauchten den Raum in ein schummriges Dämmerlicht. Sie hatte ein Sofa, einen Tisch und den obligatorischen Fernseher erwartet, doch nichts davon fand sie hier. In der einen Ecke des Raums stand eine Art Altar und als sie näher trat, sah sie das eingerahmte Bild einer lächelnden jungen Frau von etwa 20 Jahren. Links eine Vase mit frischen Blumen, davor ein roter Damenschuh.

Dort, wo andere Leute eine Schrankwand stehen hatten, war über die ganze Breite des Zimmers eine Arbeitsplatte aufgebaut. In der Mitte ein Laptop und überall Berge von Papier. An den Wänden hingen vergilbte Zeitungsausschnitte, alte Fotos und große Papierzettel mit kaum lesbaren handschriftlichen Notizen und Diagrammen.

Verblüfft sah sich Brigitte Faber um. Hier sah es aus wie im Präsidium während einer Mordermittlung.

Als sie sich von ihrer ersten Überraschung erholt hatte, trat sie näher und betrachtete die Zeitungsartikel an den Wänden. Es waren so viele, dass man die Tapete nur noch oben unter der Decke erkennen konnte. Und alle drehten sich um das gleiche Datum. 26. September 1980. Als sie das Datum sah, begriff sie sofort: das Attentat auf dem Oktoberfest in München. Sie war damals gerade drei Jahre alt gewesen. Erinnerungen hatte sie keine an diesen Tag, aber man konnte nicht in Deutschland leben, ohne schon einmal von diesem Anschlag gehört zu haben.

Die Bombe war von Rechtsradikalen gelegt worden und hatte wahllos viele Menschen getötet oder schwer verletzt. Aber damit erschöpfte sich Brigitte Fabers Wissen auch schon. Doch was hatte Ulrich Bayer mit diesem Attentat zu tun? So wie es in diesem Zimmer aussah, hatte er jeden Zeitungsartikel archiviert, der jemals zu dem Bombenanschlag veröffentlicht wurde.

Brigitte Faber zuckte zusammen, als sie ihren Kollegen das Zimmer betreten hörte. Als er ihr vorhin im Bademantel die Tür geöffnet hatte, die Haare in alle Richtungen abstehend, hatte er klein und verletzlich gewirkt. Aber jetzt war er wieder ordentlich gescheitelt und hatte seinen bulligen Körper in einen seiner immer gleichen grauen Anzüge gezwängt. Es wirkte auf sie, als hätte er seine Rüstung angelegt. Aber anscheinend hatte er das Visier noch nicht heruntergeklappt, um in den täglichen Kampf zu ziehen.

»War sie nicht wunderschön?« In seiner Stimme lag eine Zärtlichkeit, die Brigitte noch nie bei ihm gehört hatte.

»Das hier ist ...« Sie suchte nach den richtigen Worten. »Verrückt ... Du bist besessen von diesem Attentat. Warum?«

»Sie ist gerade einmal 19 Jahre alt geworden. Ihr Name

war Elena. Am nächsten Tag hätte sie Geburtstag gehabt. Und sie war auf der Theresienwiese, weil sie mich abholen wollte.«

Brigitte drehte sich zu ihm um und schaute ihm in die Augen, aber sein Blick war in weite Ferne gerückt. »Wer war sie?«

»Wer sie war? Nur die Liebe meines Lebens.«

»Warum hast du nie etwas davon erzählt?«

»Weil es nichts mit unserer Arbeit zu tun hat.«

»Und was bezweckst du mit dieser ... dieser Ermittlung hier? Das Attentat ist doch längst aufgeklärt. Ist der Attentäter damals nicht von seiner eigenen Bombe getötet worden?«

»Ehrlich gesagt ... ich kann nicht anders. Ich habe das Gefühl, dass ich es Elena schuldig bin. Und du hast Recht, der Attentäter wurde damals getötet. Aber alles andere wurde unter den Teppich gekehrt. Bei solchen Anschlägen gibt es immer Hintermänner.«

»Aber du trägst doch keine Schuld an ihrem Tod.«

»Sie war dort, weil sie mich abholen wollte.«

»Aber du konntest doch nicht wissen, was an diesem Abend passieren würde!«

»Trotzdem will ich herausfinden, wer für ihren Tod verantwortlich ist.«

»Ist das der Grund, warum du Polizist geworden bist?«

»Ja. Eigentlich wollte ich Elektrotechnik studieren. Aber nach Elenas Tod musste ich irgendwas gegen diese Ohnmacht tun. Und da bin ich Polizist geworden.«

»Und warum bist du dann von München nach Köln gegangen?«

»Weil ich es nicht ausgehalten habe. Zu viele Erinnerungen überall. Ich wäre dort irgendwann wahnsinnig geworden.«

»Ulrich, das ist über 30 Jahre her! Meinst du nicht, es wäre an der Zeit, die Vergangenheit ruhen zu lassen?«

»Ja, es ist fast genau 36 Jahre her.« Sein Blick verlor sich im Raum. »Aber es fühlt sich an wie 36 Minuten.«

9

Tarek Bajari erinnerte sich noch genau an den Tag, an dem sein Leben auf den Kopf gestellt worden war. Nur drei Monate später sollte er sein Land fluchtartig verlassen. Bei Nacht und Nebel auf einem Seelenverkäufer, der ihn und hundert weitere Flüchtlinge übers Mittelmeer nach Europa brachte. Tarek war anders als alle anderen Passagiere des klapprigen Frachters, die vor Hunger, Armut, Krieg und Hoffnungslosigkeit flüchteten, auf der Suche nach einem menschenwürdigen Leben. Er ließ dabei eine Welt mit vielen Annehmlichkeiten hinter sich und vor ihm lag eine ungewisse Zukunft voller Gefahren und Entbehrungen.

Seinen Anfang hatte alles an einem heißen Sommertag in Tripolis genommen. Er konnte den Moment, als das Unheil seinen Lauf nahm, sogar auf die Minute genau bestimmen. Der Moment, in dem sich der Zweifel in ihm einnistete und von da an wie eine unheilbare Krankheit wucherte.

Bis exakt 11:03 Uhr war alles wie immer gewesen. Er war aufgestanden, hatte wie jeden Morgen geduscht und mit seinen Eltern und seinem jüngeren Bruder Aziz zusammen an ihrem riesigen Esstisch gefrühstückt. Als er das Haus verließ, hatte einer der Bediensteten schon seinen Wagen vorgefahren und die Klimaanlage hatte den Landrover bereits auf angenehme 23 Grad heruntergekühlt.

Pünktlich um 8:00 Uhr trat er seinen Dienst im Abu-Salim-Gefängnis am Stadtrand von Tripolis an. Für ihn war das nur eine Durchgangsstation seiner Offizierslaufbahn. Und dass viele der hier Inhaftierten diesen Ort nicht mehr lebend verließen, bereitete ihm keine schlaflosen Nächte. Wer hier landete, war ein Feind der Regierung und Tarek fand es völlig selbstverständlich, dass solche Leute mit harter Hand angefasst wurden. Nur so konnte verhindert werden, dass bald Islamisten das Land regieren.

Doch im Grunde hatte Tarek nie viel darüber nachgedacht, was er tat. Sein Weg war immer der gerade Weg der Selbstverständlichkeiten gewesen. Als Spross einer der angesehensten Familien des Landes war es ihm vorbestimmt, irgendwann ein hohes Amt zu bekleiden, ohne dass dafür viel von ihm verlangt wurde, außer unbedingter Loyalität zum herrschenden Regime.

Sein Vater hatte diese Kunst perfektioniert, indem er immer gerade so viel tat, um sich für die nächste Beförderung zu empfehlen. Aber er zeigte niemals den kleinsten Anflug politischer Ambitionen, die vielleicht dazu geführt hätten, dass sich einer der mächtigen Männer über ihm bedroht fühlte. Auf diese Weise hatte er es in 30 Jahren bis zum Informationsminister gebracht und Tarek hatte keinen Zweifel daran, dass er den Weg seines Vaters fortsetzen würde.

Daher erwischte ihn das, was an diesem Morgen seinen Anfang nahm, auch völlig unvorbereitet. Es war kurz vor Mittag. Draußen, auf dem staubigen Hof, waren es fast 40 Grad. Tarek döste in seinem Büro über einigen Akten vor sich hin und trank ab und zu einen Schluck Tee, um nicht gänzlich einzuschlafen. Er schaute auf die Uhr. Noch 30 Minuten, dann würde er zum Essen und einem ausgiebigen Mittagsschlaf nach Hause fahren.

Sein momentaner Job verlangte von ihm, die neu eingelieferten Häftlinge einem ersten Verhör zu unterziehen und zu entscheiden, wie weiter mit ihnen zu verfahren war. Es gab einen Block für die Kommunisten, einen für die Unpolitischen, die vielleicht nur einen Witz über Gaddafi in einer Bar gemacht hatten und einen für die Islamisten. Zu lachen hatte in Abu-Salim noch nie einer der Häftlinge gehabt, aber die Islamisten litten hier mehr als alle anderen.

Es klopfte an der Tür. Tarek stand auf, straffte sich und verschränkte die Arme vor seiner makellosen Uniform. Er wartete noch einen Moment, dann sagte er: »Herein.«

Begleitet von zwei Wachen wurde ein Häftling in einem schmutzigen weißen Kaftan hereingeführt.

Schon wieder einer von diesen religiösen Spinnern, dachte Tarek entnervt. In letzter Zeit wurden es immer mehr und sie gebärdeten sich immer uneinsichtiger, egal wie hart man sie anpackte. Es waren so viele, dass Tarek die meisten schon wieder vergessen hatte, wenn sich die Tür seines Büros hinter ihnen schloss. Aber an der Haltung und im Blick dieses Mannes war etwas, das ihn irritierte, ohne dass er wusste, was es war.

Der Mann, dessen Hände mit Handschellen auf dem Rücken gefesselt waren, wurde auf einen klapprigen Holzstuhl verfrachtet und Tarek setzte sich ihm gegenüber auf die Kante seines Schreibtischs. Einer der Uniformierten reichte ihm eine Akte und als Tarek sie aufschlug, wurde ihm schlagartig klar, dass er den Mann kannte.

Aiyd Boukhari. Mit ihm war er in den ersten sechs Jahren seiner Schulzeit unzertrennlich gewesen, dann aber war er mit seinen Eltern nach Bengali gegangen und Tarek war von seinen Eltern auf ein Eliteinternat nach Deutschland geschickt worden.

Tarek blickte auf und als sich ihre Blicke trafen, wusste er, dass Aiyd ihn sofort erkannt hatte. Mit einem Mal war seine Souveränität und Selbstsicherheit wie weggeblasen. Aiyd saß einfach da und lächelte, als hätten sie sich zufällig im Café getroffen, dabei musste er doch wissen, was ihm hier bevorstand.

Und plötzlich wurde sichTarek bewusst, dass alle im Raum von ihm eine Entscheidung erwarteten. Doch er saß einfach nur da, starrte auf Aiyd und konnte dessen Blick nicht deuten. Zorn und Hass sah er da, obwohl Aiyd weiter lächelte. All die Erinnerungen an die gemeinsame Kindheit kamen zurück. Sie hatten miteinander Feigen geklaut und den Unterricht geschwänzt und wenn einer der Freunde in Not war, hatte er sich stets auf den anderen verlassen können. Tarek verlor sich einen Moment in diesen Bildern, doch dann riss er sich zusammen.

Eigentlich musste er die Neuankömmlinge einem ersten Verhör unterziehen, doch Tarek wandte sich an einen der Soldaten und sagte: »Bringen Sie den Mann in Zelle 37. Ich werde mich später mit ihm beschäftigen.«

Die Augenbrauen des Soldaten zogen sich fragend in die Höhe. »Aber sollte er nicht ...«

»Zelle 37 habe ich gesagt«, fuhr Tarek ihn an, noch bevor der Satz beendet war. Wohl wissend, dass Zelle 37 weit ab vom Block der Islamisten war, wohin der Gefangene schon wegen seines Äußeren normalerweise gehört hätte.

Kaum hatte sich die Tür hinter Aiyd geschlossen, brach Tarek der kalte Schweiß aus. Er musste entscheiden, was mit Aiyd passieren sollte. Er konnte ihn schließlich nicht einfach laufen lassen, dazu fehlten ihm jegliche Befugnisse. Und außerdem lag es klar auf der Hand, dass Aiyd die Seiten gewechselt hatte. Vielleicht war er sogar ein gefährlicher Terrorist, der die Regierung stürzen wollte. Sonst hätte man ihn nicht an diesen Ort gebracht. Doch Tarek war es unmöglich, in ihm seinen Feind zu sehen, denn sobald er an den bärtigen Mann in dem schmutzigen Kaftan dachte, überrollten ihn die Erinnerungen an eine glückliche gemeinsame Kindheit.

Mechanisch schloss er sein Büro ab und fuhr wie jeden Tag nach Hause. Froh, dass ihm etwas Zeit blieb, um zu überlegen, was er tun sollte.

Doch beim Mittagessen stocherte er nur lustlos auf seinem Teller herum. Und auch an seinen täglichen Mittagsschlaf war nicht zu denken, sodass er bereits eine Stunde früher als gewöhnlich zurück im Büro war.

Eine Weile saß er regungslos am Schreibtisch, unfähig, auch nur die einfachste Aufgabe zu erledigen, die in den Papierstapeln auf ihn wartete. Aiyds Akte lag vor ihm, aber er brachte nicht die Kraft auf, sie zu öffnen. Dann stand er abrupt auf. Es hatte keinen Zweck, er war verantwortlich für den Gefangenen und er musste mit Aiyd reden.

Seine Schritte hallten in den Gängen wider und er begegnete niemandem, bis er Block 2 erreichte, der für die harmloseren Fälle reserviert war. Aber auch dies war kein Ort, an dem man seinen Urlaub verbringen wollte.

Der Wachmann am Eingang nahm Haltung an, als er Tareks Uniform sah. Der Trakt lag in vollkommener Stille und umso lauter klang das Rasseln des riesigen Schlüsselbundes in Tareks Ohren, als die Tür zu Zelle 37 geöffnet wurde.

Der Raum war nur wenige Quadratmeter groß und lag in diffusem Dämmerlicht, weil das einzige Fenster aus einer kleinen Luke unter der Decke bestand. An der Wand befand sich ein Doppelbett und auf dem Boden lagen drei weitere Matratzen. In der Ecke ein stinkendes Klo und mittendrin zwölf Männer. Sie lehnten an den Wänden oder saßen auf dem Fußboden. Drei von ihnen schliefen, denn sie mussten sich hier zum Schlafen abwechseln. Selbst wenn sie sich auf den kargen Steinfußboden legten, reichte der Platz nicht aus, damit alle gleichzeitig liegen konnten.

Alle Blicke richteten sich auf Tarek, als die Tür aufschwang, aber niemand sagte ein Wort. Sprechen war hier verboten, wenn man nicht dazu aufgefordert wurde. Und man lernte in Abu-Salim schnell ,sich an die Gebote zu halten.

Angewidert vom Gestank, der ihm entgegenschlug, schaute Tarek sich die Männer an. Dann fragte er den hageren jungen Mann, der ihm an nächsten stand: »Wo ist Aiyd Boukhari?«

»Sie haben ihn geholt«, antwortete der Gefragte leise, den Blick fest auf den Boden geheftet.

Bis zu diesem Moment hatte Tarek nicht gewusst, wie er Aiyd gegenübertreten sollte. Dabei war doch alles ganz einfach. Er war ein Offizier des libyschen Geheimdienstes und er musste einen Gefangenen einem Verhör unterziehen. Nichts Besonderes, das hatte er schon mindestens hundert Mal gemacht. Was anschließend mit den Männern geschah, interessierte ihn nicht. Er hegte keinerlei Zweifel, dass jeder seine gerechte Strafe bekam.

Doch wenn alles so einfach war, warum musste er dann die aufkeimende Panik in sich niederkämpfen. Er hatte den Bärtigen in seinem Büro gesehen. Ein Islamist, keine Frage. Einer, der eine harte Bestrafung sicher verdient hatte. Doch Tarek gelang es nicht, das Bild des 10-jährigen Aiyd aus seinem Kopf zu verbannen.

Sie hatten ihn weggebracht. Tarek wusste, was das bedeutete. Sie mussten ihn in den Keller gebracht haben. Ohne es selbst zu bemerken, hatte er zu laufen begonnen. Nahm zwei Stufen auf einmal, bis er den Gang mit den Verhörzellen erreichte.

Tarek blieb stehen und lauschte. Aber da war nichts außer seinem schweren Atem und dem Brummen der defekten Neonröhre über seinem Kopf, die alle paar Sekunden flackernd anging, um gleich wieder zu verlöschen. Er zwang sich, ruhig weiterzugehen. Die Türen links und rechts standen offen oder waren angelehnt und er machte sich nicht die Mühe, in die Räume hineinzusehen. Bei einem Verhör wurden die Türen immer geschlossen. Man hätte die Schreie sonst bis nach oben gehört.

Nur die letzte Tür auf der rechten Seite, die war verschlossen. Mit jedem Schritt, den sich Tarek dem Ende des Ganges näherte, wurde er langsamer. Die Füße immer schwerer und der Atem flacher, weil er ängstlich lauschte. Und mit jedem Schritt wuchs seine Panik und hinderte ihn daran, einen klaren Gedanken zu fassen.

Panik. Es gibt keinen Grund, panisch zu sein, sagte er sich. Er war einer der Guten. Und alles, was sich hinter diesen Türen abspielte, geschah zum Wohle des libyschen Volkes.

Und dann stand er vor der Tür. Grau. Massiv. Der Lack verkratzt. Er hatte einen Schlüssel, er konnte sie öffnen und den Raum betreten. Doch er war unfähig dazu. Er spürte den Schlüsselbund in seiner Hosentasche, schwer wie ein Mühlstein. Unmöglich, ihn in die Hand zu nehmen und zum Schloss zu führen.

Wie lange hatte er so dagestanden? Er konnte es nicht sagen. Irgendwann öffnete sich die Tür. Natürlich öffnete sie sich nicht von allein, aber Tarek kam es so vor. Im Türrahmen stand sein Vorgesetzter, Major Al-Shareef, und schaute ihn verblüfft an.

Doch das währte nicht lange. »Was haben Sie hier zu suchen?«, schnauzte er Tarek an. »War das Ihre Idee, diesen Terroristen in den Trakt zu den Unpolitischen zu stecken?«

Tarek hörte ihn brüllen, aber keines der Worte kam in seinem Hirn an. Er sah, dass der Major keine Jacke trug und die Ärmel seines Hemdes hochgekrempelt hatte. An seinen Händen war Blut. Viel Blut. Bis zu den Unterarmen.

Und dann sah Tarek an dem Major vorbei und sein Blick traf den von Aiyd, der auf dem Boden lag. Zusammengekrümmt in einer Lache seines eigenen Blutes. Aiyd schien völlig klar zu sein, obwohl von seinem Gesicht nicht mehr viel übrig war. Sein überhebliches Lächeln vom Vormittag war verschwunden und Tarek wusste, dass es nie mehr zurückkehren würde.

Beim Betreten seines Büros sah Tarek sofort, dass die Akte von Aiyd nicht mehr da war. Ihm war klar, dass er sie auch nie wieder zu Gesicht bekommen würde. So, als hätte sie niemals existiert. Genau wie Aiyd selbst.

▪ ▪ ▪

Das Knattern der Motocrossmaschinen erstarb und das plötzliche Ausbleiben des Lärms ließ Tarek aus seinen Gedanken hochschrecken. Besser so. Das Grübeln über die alten Zeiten war sinnlos. Das war ein anderes Leben, das mit seinem jetzigen absolut nichts zu tun hatte.

Seit über zwei Stunden hatte er in dem Gebüsch am Rande der Autobahnbrücke gehockt und geduldig darauf gewartet, dass die Motorradfahrer den staubigen Schotterplatz rund um den Brückenpfeiler freigaben. Vorsichtig lugte er aus seinem Versteck und sah, wie die Männer auf ihren Maschinen nach kurzem Gespräch Richtung Innenstadt davonbrausten. Endlich. Mehrfach waren ihm die Augen zugefallen, aber dies war nicht der Moment für ein Nickerchen. Vorher musste er noch etwas erledigen, danach würde er sich einen Platz zum Schlafen suchen.

Tarek lief zu dem Brückenpfeiler und ging dahinter in Deckung. Über ihm rasten die Autos zu unbekannten Zielen, aber hier konnte ihn niemand sehen. Auch nicht von der Straße aus, die unter der Autobahn hindurchführte.

Die Sonne war bereits am Untergehen und Tarek musste seine letzten Kraftreserven mobilisieren, um nicht einfach an Ort und Stelle einzuschlafen. Im Müll, der hier überall herumlag, fand er eine Metallstange. Nicht ideal, aber es würde gehen.

Ein stolzes Lächeln huschte über sein Gesicht. Damals, als er nach Köln gekommen war, hatte er dieses Notdepot angelegt. Und das zahlte sich jetzt aus. Nach kurzem Graben hielt er die Metallkiste in der Hand. Tarek hatte sich nicht die Mühe gemacht, sie abzuschließen. Hätte sie jemand gefunden, wäre es ohnehin sinnlos gewesen.

Beinahe feierlich öffnete er den Deckel. Es roch nach Heimat und seine Vergangenheit entwich daraus wie ein Flaschengeist. Tränen liefen über sein Gesicht und er wusste selbst nicht, ob es die Erschöpfung oder die Gedanken an all das waren, was er unwiederbringlich verloren hatte. Zuoberst lagen einige Fotos, die letzten Zeugnisse, die ihn noch mit seinem früheren Leben verbanden. Er betrachtete das Bild seiner Verlobten Lyra und fragte sich, was wohl aus ihnen geworden wäre, wenn sie damals geheiratet hätten. Aber seine Fantasie reichte nicht aus, um das Bild einer glücklichen Familie heraufzubeschwören, die die Wirren des arabischen Frühlings unbeschadet überstanden hätte.

Er legte die Fotos behutsam beiseite und nahm die anderen Dinge heraus, die sich in der Kiste befanden: 2.000 Euro, ein gefälschter Pass, eine Pistole der libyschen Staatspolizei und eine Packung Patronen.

Er steckte die Waffe in den Hosenbund, obwohl er sich einst geschworen hatte, nie wieder eine anzufassen. 1.500 Euro und die Munition verstaute er in seiner Tasche. Der Rest wanderte zurück in die Kiste, die er sorgfältig wieder vergrub.

10

Nachdem sie Ulrich Bayers Auto abgeholt hatten und zum Präsidium gefahren waren, schlichen sie sich durch einen Nebeneingang ins Gebäude. An den Reportern, die vor dem Haupteingang warteten, kamen sie auf diese Weise vorbei, nicht aber an ihrem Vorgesetzten, Doktor Bergmann.

»Ich komme gerade von einem Gespräch mit dem Bürgermeister«, schrie er über den ganzen Flur, kaum, dass sie in Sichtweite waren. »Und glauben Sie mir, es war ausgesprochen unangenehm für mich.«

Die Hände in die Hüften gestützt, wartete er, bis sie ihn erreicht hatten.

»Der Bürgermeister hat mir eine Frage gestellt, die ich ihm leider nicht beantworten konnte. Aber vielleicht sind Sie ja dazu in der Lage. Da erwischen wir einmal in hundert Jahren einen Mörder auf frischer Tat. Und was machen Sie? Sie lassen ihn entwischen. Sagen Sie mir, wie das passieren konnte! Ist Ihnen klar, in was für eine Lage Sie mich bringen? In der Stadt ist Wahlkampf. Ich muss wohl nicht extra erklären, wie nervös im Moment alle sind. Also ... so viel Stümperei ... und das in meiner Abteilung ... das verschlägt mir glatt die Sprache.«

Wenn es nur so wäre, dachte Ulrich Bayer, *dann hätte die Sache wenigstens noch was Gutes gehabt.* Laut sagte er: »Wir wissen noch nicht, ob der Mann der Mörder ist. Wir können lediglich mit Sicherheit sagen, dass er am Tatort war.«

»Ach, papperlapapp, ich habe die Akte gelesen. Sie haben diesen Araber doch auf frischer Tat ertappt. Was brauchen Sie denn noch an Beweisen?«

»Herr Dr. Bergmann, ich verspreche Ihnen, dass wir diesen Kerl erwischen«, sagte Brigitte Faber feierlich. »Es war kein

Zufall, dass er zum Zeitpunkt des Mordes da war. Aber Ulrich hat Recht, bislang haben wir nichts gegen ihn in der Hand. Und die Geschichte, die er uns erzählt hat, ist so verrückt, dass sie sogar wahr sein könnte.«

»Blödsinn! Ich will keine Ausreden hören! Bringen Sie mir diesen Araber her. So schnell wie möglich. Ich sage Ihnen, wenn wir den erst mal hier haben, dann wird er auch gestehen.« Dr. Bergmann machte eine Pause und schnaufte resigniert. Dann schüttelte er den Kopf, drehte sich um und ging in Richtung seines Büros. »Ich nehme Sie beim Wort, Frau Faber, ich nehme Sie beim Wort«, rief er über die Schulter. »Bringen Sie mir diesen Araber, wenn Sie nicht bei der Verkehrspolizei landen wollen. Ich werde meinen Kopf ganz sicher nicht für solche Schlampereien hinhalten.«

Sie gingen zurück zu ihren Büros. Brigitte Faber wollte schon die Tür öffnen, als Bayer sie am Unterarm packte. »Kein Wort zu Niemandem.«, sagte er in einem Ton, der keinen Widerspruch duldete. »Erzähl niemandem davon, was du in meiner Wohnung gesehen hast. Das ist ganz allein meine Sache und ich möchte nicht, dass irgendwer davon erfährt.«

Überrascht von der Heftigkeit in Bayers Stimme, zog sie ihren Arm weg. »Schon gut. Ich kann Geheimnisse für mich behalten. Ich werde es keinem erzählen.«

»Versprich es.«

»Okay, okay, ich verspreche es.«

Und damit betrat sie das Büro. Sie hatten sich kaum an ihre Schreibtische gesetzt, als sich erneut die Tür öffnete und ihr Kollege, Kommissar Peter Kampmeyer, den Raum betrat.

»Morgen«, sagte er, setzte sich auf einen Stuhl an der Wand und streckte die Beine aus. »Was für eine Nacht. Habt ihr schon gehört, dass wir noch eine Leiche haben? Ein Schwarzer. Keine Papiere. Billige Kleidung. Lag mausetot draußen an der Ausfallstraße Richtung Bonn.«

»Ein Unfall?«

»Was weiß ich! Sah aber übel aus. Kann gut sein, dass er noch mehrmals überfahren wurde als er da schon lag. Und natürlich gibt es keine Spur von dem Fahrer. Hat sich einfach aus dem Staub gemacht. Irgendwer hat uns am frühen Morgen anonym angerufen.«

»Ein Verbrechen ist also eher unwahrscheinlich?«, fragte Bayer.

»Schwer zu sagen.« Peter Kampmeyer zuckte mit den Schultern. »Dunkle Haut, dunkle Klamotten ... wäre möglich, dass ein Autofahrer nicht mehr rechtzeitig bremsen konnte. Vielleicht war der Anrufer der Fahrer des Unfallwagens?«

»Du meinst Fahrerflucht?«

»Würdest du dir für so einen dein ganzes Leben ruinieren, Ulrich?«, sagte Kampmeyer. »Ich ganz sicher nicht. Na, so sparen wir uns wenigstens die Kosten für den Rückflug nach Afrika.«

»Okay.« Ulrich Bayer erhob sich und stützte die geballten Fäuste auf den Schreibtisch. »Kampmeyer, dein Gerede heb dir bitte für den Feierabend auf. Solange es keinen Hinweis auf ein Verbrechen gibt, nehmen wir mal an, dass es ein Unfall war und vergessen den Kerl bis auf Weiteres. Für den interessiert sich sowieso niemand. Ganz im Gegensatz zu diesem toten Anwalt. Nach dem hat sich nämlich schon der Bürgermeister erkundigt.«

»Ich habe heute Nacht keine drei Stunden geschlafen«, stöhnte Kampmeyer. »Du willst mir bestimmt sagen, dass ich es vergessen kann, mich jetzt aufs Ohr zu hauen, stimmt's?«

»Kampmeyer, du hast es erfasst. Aus dir könnte ein guter Polizist werden, wenn du dir etwas Mühe gibst. Wir müssen vor allem so schnell wie möglich diesen verfluchten Araber finden, bevor die Presse davon Wind bekommt, dass er uns entwischt ist. Es gibt also reichlich zu tun. Abgleich der Fingerabdrücke. Steckbriefe erstellen. Bei der Ausländerbehörde nachfragen. Unsere Kontakte in der Szene aktivieren. Das volle Programm. Schlafen ist bis auf Weiteres gestrichen.«

Der Vormittag verflog mit Telefonaten, ohne dass sie auch nur einen Schritt weiterkamen. Es schien, als habe der geheimnisvolle Araber niemals existiert. Im gleichen Maße wie die Temperatur im Büro anstieg, sank die Stimmung in den Keller. Bis kurz vor elf Uhr die Tür aufgerissen wurde und einer der Männer von der Spurensicherung mit breitem Grinsen im Gesicht den Raum betrat. In der Hand hielt er eine Akte, mit der er in der Luft wedelte.

»Hallo, Leute. Es gibt Neuigkeiten. Euer Unfallopfer ist aller Voraussicht nach ermordet worden! Ich kann mit Sicherheit sagen, dass der Fundort der Leiche nicht die Stelle ist, wo er getötet wurde. Der endgültige Bericht der Gerichtsmedizin steht noch aus, aber ich habe mit dem Doktor gesprochen und er sagt, dass der Mann bereits tot war, als er überfahren wurde. Wahrscheinlich wurde ihm das Genick gebrochen und dann hat man ihn am Straßenrand abgelegt. Auch die Verletzungen, die er an beiden Händen hatte, waren schon älter.«

Drei erschöpfte Gesichter sahen ihn reglos an.

»Mannomann, ihr seid ja richtig begeistert.«

»Entschuldige«, sagte Brigitte Faber. »Aber die Aussicht, noch einen weiteren Mord auf dem Schreibtisch zu haben, ist nicht besonders toll. Du weißt doch selbst, wie die Personalsituation momentan ist.«

»Ihr habt mich ja gar nicht ausreden lassen. Ich habe noch eine kleine Überraschung für euch. Ich weiß nämlich, wer euer Schwarzer ist!« Zufrieden grinste er, als er die verblüfften Gesichter der Kommissare sah. »Die Streifenpolizei hat bereits überall das Bild des Toten rumgezeigt. An Drogentreffpunkten, in Asylbewerberunterkünften ... Natürlich wollte ihn keiner kennen. Aber als unsere Leute damit gedroht haben, ab jetzt jeden Tag wiederzukommen, konnte sich plötzlich doch jemand erinnern.

Der Typ heißt Maundu Odera, ein Illegaler aus Kenia. Und er hat in einem großen Hotel in der Innenstadt gearbeitet, natürlich ebenfalls illegal. Eine Anfrage bei der Ausländerbehörde habe ich schon in die Wege geleitet, aber die werden uns wahrscheinlich auch nicht mehr erzählen können.«

Brigitte Faber sprang von ihrem Stuhl auf und riss ihm die Akte aus der Hand. »Hast du Maundu Odera gesagt? So hieß doch auch der Gärtner des toten Anwalts, von dem unser arabischer Freund erzählt hat!«

11

Tarek dachte daran, dass er eigentlich an diesem Morgen im Hotel zur Arbeit hätte erscheinen müssen. Dann wanderten seine Gedanken zu Maundu. Er musste mit ihm reden. Er schaute auf die Uhr. Zwanzig nach drei. Um vier hatte Maundu Feierabend. Die Hitze auf der Straße traf ihn wie ein Keulenschlag, aber zum Glück hatte er bereits die Altstadt erreicht, wo es im Schatten der hohen Gebäude etwas kühler war.

Trotzdem klebte ihm das Hemd am Rücken, als er kurze Zeit später den Eingang des Hotels vor sich liegen sah. Eine Weile blieb er auf der gegenüberliegenden Straßenseite hinter einem Baum stehen, bis er sich sicher war, dass keine Polizisten in Zivil unauffällig die Gegend überwachten.

Über eine schmale Seitengasse erreichte er den unscheinbaren Eingang für das Personal, der mit einer massiven grauen Stahltür gesichert war. Tarek hatte einen Schlüssel, den ihm der Direktor nach einem halben Jahr höchstpersönlich überreicht hatte. Eine Art Beförderung, mit der Tarek auch schon die höchste Sprosse der Karriereleiter erklommen hatte.

Er musste unbedingt mit Maundu reden und hoffte, dass der überhaupt zur Arbeit erschienen war und nicht längst im Zug nach Irgendwo saß. Maundu war der Einzige, der etwas Licht in diesen dunklen Tunnel bringen konnte, an dessen Ende die Polizei und irgendwelche zwielichtigen Gangster auf Tarek warteten.

Er ahnte und fürchtete, dass die Polizei den einfachen Weg gehen und keine anderen Spuren verfolgen würde, solange Tarek der Hauptverdächtige war. Wenn er selbst den Mörder des Anwalts nicht fand, dann würde es niemand tun. Er musste der Polizei den Täter liefern, vorher durfte er ihnen nicht in die Hände fallen.

Ungesehen erreichte Tarek die Umkleide, ein winziges Drecksloch im Keller. Der Raum war leer bis auf einen älteren Pakistani, der in der Küche aushalf und kaum ein Wort Deutsch konnte.

»Weißt du, wo Maundu ist?«, fragte ihn Tarek.

Der Mann starrte ihn verständnislos, aber mit einem freundlichen Lächeln an. Das war immerhin mehr als Tarek in den letzten Tagen von jedem anderen bekommen hatte.

»Maundu? Heute Arbeit?«, versuchte er es etwas einfacher.

»Ah, Maundu!« Der Pakistani strahlte, weil er verstanden hatte, worum es ging. »Maundu heute nix Arbeit. Chef viel sauer.« Dann lachte er und fügte hinzu: »Du heute auch nix Arbeit. Chef doppelsauer.«

Tarek fluchte leise. Maundu würde er nie wieder in diesem Hotel sehen, aber völlig irrational hoffte er darauf, dass der Pakistani sich geirrt hatte.

Er fuhr mit dem Aufzug nach oben und ging direkt ins Büro des Direktors. Überrascht sah der von seinen Papieren auf, als Tarek das Zimmer betrat.

Ohne sich die Mühe einer Begrüßung zu machen, sagte Tarek: »Ist Maundu heute zur Arbeit erschienen?«

»Also ...« Verdutzt sah der Direktor über den Rand seiner Brille. »Ich glaub es ja nicht. Dass Sie es wagen ...«

»Ich weiß«, fiel ihm Tarek ins Wort. »Es tut mir sehr leid, dass ich unentschuldigt gefehlt habe, aber es ging heute wirklich nicht. Ich hatte dringende persönliche Angelegenheiten zu klären.«

»Ja, das habt ihr ja immer«, antwortete der Direktor kühl. »Aber was ihr anderen Leuten mit eurer Verantwortungslosigkeit für Probleme bereitet, das ist euch völlig egal.«

»Hören Sie, ich werde das selbstverständlich nacharbeiten, aber die nächsten Tage würde ich gerne erst mal Urlaub nehmen.«

Der Direktor lachte eine Spur zu laut. »Urlaub! Dass ich nicht lache. Um Urlaub zu nehmen, muss man erst mal einen Job haben. Und den hast du leider nicht mehr. Da draußen stehen hundert Leute, die diesen Job mit Freude machen. Und die kommen morgens sogar zur Arbeit! Pack deine Sachen und verschwinde. Ich will dich hier nicht mehr sehen. Dein Geld kannst du dir beim Portier abholen. Und den Schlüssel, wenn ich bitten darf.« Der Direktor streckte ihm die Hand entgegen.

Tarek zuckte nur mit den Schultern und reichte ihm den Schlüssel. »War Maundu heute bei der Arbeit?«

»Nein, der war heute auch nicht da. Kannst du dir überhaupt vorstellen, was das für ein Chaos gibt, wenn zwei Leute unentschuldigt fehlen? Aber falls du ihn triffst, dann richte ihm doch bitte aus, dass er sich hier auch nicht mehr blicken lassen braucht.«

Tarek wusste, dass es ein Risiko war, noch länger hier zu bleiben. Früher oder später würde die Polizei aufkreuzen und dann sollte er nicht mehr hier sein. Aber er brauchte irgendeinen Anhaltspunkt und Maundu war das einzige Bindeglied zu diesem mysteriösen Mord. Er würde also zu Maundu nach Hause müssen, obwohl er befürchtete, auch dort keinen Erfolg zu haben.

Es war keine echte Überraschung und doch stockte ihm für einen Moment der Atem, als er das Büro des Direktors verließ. An der Rezeption lehnten die schöne Kommissarin und der Kommissar, den er ebenfalls im Haus des Anwalts gesehen hatte.

Vor der Tür des Büros standen einige Koffer, die auf die Zimmer gebracht werden mussten. Tarek schnappte sich den obersten und setzte ihn sich auf die Schulter. So getarnt, ging er gemächlich an den Polizisten vorbei zu dem kleinen Kabuff, in dem die abreisenden Gäste am letzten Tag noch ihr Gepäck unterstellen konnten.

Der Raum besaß eine Verbindungstür zur Rezeption, die Tarek vorsichtig einen Spaltbreit öffnete. Gerade rechtzeitig, um mit anzusehen, wie die Kommissarin dem Portier ein Foto zeigte.

»Kennen Sie diesen Mann?«

Tarek war sich sicher, dass es ein Foto von ihm oder von Maundu war, auch wenn er sich nicht erklären konnte, wo sie das herhaben sollten. Doch als er die Antwort des Portiers hörte, wusste er, dass er sich geirrt hatte.

»Oh, schwer zu sagen«, druckste der Mann herum. »Nein, ich glaube, den habe ich noch nie gesehen. Aber diese Afrikaner sehen sich ja auch alle so verdammt ähnlich.«

»Wenn das so ist, dann arbeitet der Mann wohl auch nicht hier?«

»Was? Aber nein. Auf gar keinen Fall.«

»Ich dachte auch mehr an eine eher ... inoffizielle Mitarbeit.« Die Kommissarin war immer noch die Freundlichkeit in Person.

»Inoffiziell?« Tarek brauchte den Portier gar nicht zu sehen, um zu wissen, dass der Alte Blut und Wasser schwitzte. »Inoffiziell ... wollen Sie damit etwa andeuten ... also, so etwas gibt es nicht in unserem Haus.«

»Natürlich nicht«, mischte sich Kommissar Bayer ein. »Hören Sie, mir persönlich ist es vollkommen egal, wer in diesem Hotel offiziell arbeitet und wer nicht. Aber wenn Sie weiter so unkooperativ sind, dann kann ich gerne die Kollegen von der Finanzbehörde und vom Ordnungsamt bitten, morgen mal vorbeizuschauen. Und die bringen dann auch gleich noch den Zoll mit. Das könnte ein ziemliches Gedrängel hier geben ... und dann die vielen Polizeiwagen vor der Tür.«

»Bitte, bitte ... Sie verstehen mich ganz falsch. Zeigen Sie mir noch einmal das Bild. Vielleicht habe ich den Mann ja doch schon mal gesehen.«

Die Kommissarin reichte ihm ein zweites Mal das Foto. Als der Portier danach griff, hielt sie es aber fest und beugte sich zu ihm vor. »Bevor Sie antworten, sollten Sie sich genau überlegen, was Sie sagen. Eine Falschaussage könnte nicht nur für Ihr Hotel ernste Folgen haben, sondern auch für Sie persönlich. Wir sind hier nicht wegen eines Handtaschendiebstahls. Wir ermitteln in einem doppelten Mordfall. Und einer der beiden Toten ist der Mann auf diesem Foto.«

Bei diesen Worten schnappte Tarek laut nach Luft, doch niemand hörte ihn oder achtete auf die angelehnte Tür zum Kabuff. Der Portier war kaum noch zu einem klaren Satz fähig. »Also gut«, stotterte er. »Ja ... ja, ich kenne diesen Mann. Aber ... ich sage jetzt gar nichts mehr. Es wird das Beste sein, wenn Sie mit dem Herrn Direktor sprechen.«

Er ging um seinen Tresen herum und führte die Polizisten in das Büro, das Tarek erst vor zwei Minuten verlassen hatte.

Leise schloss Tarek die Tür und sank in dem dunklen Kabuff zwischen zwei Koffern zu Boden. In was für eine Scheiße war er hier bloß geraten? Sie hatten Maundu umgebracht und er gab sich keinen Illusionen hin, was ihm blühte, wenn diese Gangster auch ihn erwischten. Vielleicht war da die Polizei sogar das kleinere Übel. Doch tief in seinem Inneren wusste Tarek es besser. Es gab keinen Ort auf der Welt, der so unsicher war wie ein Gefängnis.

12

Der Mann mit dem kantigen Gesicht und dem dünnen Oberlippenbärtchen stieg als Erster aus dem weißen Mercedes-Van und streckte sich ausgiebig. Sie waren nur einen Kilometer von der Parteizentrale der *Wahren Deutschen Patrioten, WDP,* zu ihrem Ziel gefahren. Doch diese Geste war auch nur für die anwesenden Presseleute gedacht, die sich sofort auf Frank Kuester, den NRW-Chef der rechtspopulistischen *WDP*, stürzten.

Die Sonne stand hoch am Himmel und auf der großen Brachfläche am Stadtrand gab es keinerlei Schatten. In einiger Entfernung hatte die Polizei Straßensperren errichtet und dahinter konnte man ein paar hundert Demonstranten erkennen, die mit ihren Trillerpfeifen einen ohrenbetäubenden Lärm veranstalteten, als sie sahen, dass Kuester angekommen war. Seit einiger Zeit tobte ein erbitterter Streit um den Bau einer Moschee, die auf diesem Gelände errichtet werden sollte. Monatelang hatte sich niemand dafür interessiert.

Doch seitdem immer mehr Flüchtlinge ins Land kamen, hatte Kuesters *WDP* plötzlich Umfragewerte, von denen sie noch vor wenigen Monaten nicht zu träumen gewagt hätten. Und plötzlich konnte sich Kuester bei allem, was er tat, eines großen Medienechos gewiss sein.

Und so verwunderte es nicht, dass an diesem Tag trotz der großen Hitze Sympathisanten, Gegendemonstranten, Presseleute und Polizei in großer Anzahl erschienen waren. Denn Kuester und seine *WDP* hatten den Bau dieser kleinen unbedeutenden Moschee am Stadtrand zu einem Wahlkampfthema gemacht. Und seitdem war kein Tag vergangen, ohne dass die Rechten den Untergang des Abendlandes prophezeiten, falls man es zuließ, dass dieses Gotteshaus gebaut wurde.

Für den heutigen Tag hatten sie zu einer Kundgebung auf dem Baugelände aufgerufen und Kuester selbst hatte dafür gesorgt, dass Gerüchte in Umlauf kamen, dass die *WDP* etwas Besonderes planten.

Kuester genoss es, im Mittelpunkt zu stehen und freute sich diebisch. Sein Ziel, möglichst viel Aufmerksamkeit zu erregen, hatte er bereits erreicht, ohne ein einziges Wort gesagt zu haben.

Jetzt hielt auf dem Platz ein Lieferwagen mit einem Anhänger, aus dem aufgeregtes Quieken zu hören war. Kuester hob die Hände, als wäre er der Dirigent des Journalistenorchesters und tatsächlich hatte er sofort die ungeteilte Aufmerksamkeit. Fotografen, Kameramänner und Leute, die ihm ein Mikrofon unter die Nase hielten, drängelten verbissen um die besten Plätze.

»Meine Damen und Herren, ich freue mich, dass Sie so zahlreich erschienen sind. Wie Sie wissen, befinden wir uns hier an einem Ort, der für unsere geliebte Heimatstadt Köln von besonderer Bedeutung ist. Der linke Stadtrat hat sich gegen den Willen der Bevölkerung, oder, besser gesagt, der einheimischen Bevölkerung, gestellt und hier den Bau einer völlig überdimensionierten Moschee genehmigt, die den islamistischen Machtanspruch in unserem christlichen Vaterland weiter untermauern soll.

Den Machtanspruch von Menschen, die wir als Gäste in unserem Land aufgenommen haben, die aber keinerlei demokratische Strukturen anerkennen und nicht bereit sind, sich in die deutsche Gesellschaft zu integrieren.

Verstehen Sie mich nicht falsch, wir von den *Wahren Deutschen Patrioten* haben keine Einwände gegen den Bau von Moscheen, dort, wo sie hingehören. Aber Deutschland ist ein durch und durch christlich geprägtes Land und wir sagen gemeinsam mit einem Großteil der Bevölkerung ›Nein‹ zu Überfremdung und falsch verstandener Toleranz gegenüber Menschen, die das nur schamlos ausnutzen.

Von den Atheisten, die diese Stadt regieren, kann man natürlich nichts Besseres erwarten. Zahlreiche Einwände unbescholtener Kölner Bürger wurden einfach vom Tisch gewischt und besorgte Bürger wurden als Rechtsradikale diffamiert. Die Art und Weise, wie diese Menschen mit Hilfe der linken Presse kriminalisiert wurden, zeigt eindrucksvoll, wie weit sich diese korrupte Politikerkaste vom wirklichen Leben in unserer Stadt entfernt hat.

Aber wir lassen uns das nicht länger bieten. Wir sagen ›Nein‹ zur schleichenden Islamisierung unserer Gesellschaft. Und zwar jetzt! Bevor es zu spät ist und unsere wunderschönen deutschen Frauen gezwungen werden, in der Öffentlichkeit ein Kopftuch zu tragen. Und deshalb sind wir von den *Wahren Deutschen Patrioten* heute hier erschienen, um ein Zeichen im Namen aller aufrechten Bürger Kölns zu setzen. Einer Stadt, deren Wahrzeichen der Dom bleiben muss.«

Kuester gab einem seiner Leute einen Wink und im selben Augenblick öffneten sich die Türen des Anhängers. Drei ausgewachsene Schweine sprangen auf die Straße. Sofort schwenkten alle Kameras herum.

»Meine Damen und Herren«, rief Kuester. »Wie Sie vielleicht wissen, verbietet der Islam strikt den Kontakt zu Schweinen, weil die Tiere angeblich unrein sind. Der Bau einer Moschee ist dem Islam nach unmöglich, wenn auf dem Baugelände zuvor Schweine gelebt haben. Wir von den *Wahren Deutschen Patrioten* haben deswegen beschlossen, den heutigen Tag zum ›Tag des Schweins‹ zu ernennen.«

Während er das sagte, kämpfte er sich durch die Journalistenmeute hindurch. Den Schweinen hatte man Halsbänder und Hundeleinen angelegt und Kuester ergriff eine der Leinen und sonnte sich mit breitem Lächeln im Blitzlichtgewitter der Fotografen. Er kraulte dem Tier die Ohren und fütterte es mit ein paar Maiskolben.

Dann führte er das Schwein zu einem ausführlichen Spaziergang auf das Baugelände der geplanten Moschee. Gefolgt von seinen Leuten mit den anderen beiden Tieren und dem Journalistentross, der begeistert war von den Bildern, die Kuester ihnen bot.

Die Gegendemonstranten waren zu weit vom Geschehen entfernt, um sehen zu können, was passierte. Aber Kuester hatte dafür gesorgt, dass sich einige seiner Leute in der Menge befanden, die mit wilden Gerüchten die Stimmung anheizten.

»Nazis raus, Nazis raus ...« skandierten die Demonstranten.

Die ersten Gegenstände flogen über die Polizeiabsperrung. Als ein Ei den Schild eines Polizisten traf, war das wie ein Startsignal. Kuester sah von Ferne, wie die Situation eskalierte, und lächelte vor sich hin. Wie einfach es war, die Leute zu manipulieren. Er hoffte nur, dass die Demonstration nicht zu sehr aus dem Ruder lief. Das war das Einzige, was sein Konterfei noch von den Titelseiten der morgigen Zeitungen verdrängen konnte. Aber allzu viele Sorgen machte er sich deswegen nicht. Deshalb hatte er sich schließlich gestern Abend mit dem Einsatzleiter getroffen und sie hatten genau festgelegt, wie weit die Polizei gehen würde.

»Bullenschweine, Bullenschweine ...«, schallte es den Polizisten entgegen.

Die Polizisten in vorderster Front klappten trotz der Hitze ihre Visiere herunter und schlugen mit ihren Schlagstöcken im monotonen Takt auf ihre Schilde. Sie warteten nur auf einen Anlass, um loszuschlagen.

Und dann ging alles ganz schnell. Einige Demonstranten versuchten, die Polizeikette zu durchbrechen. Und jetzt schlugen die Polizisten los. Schon war ein ungleicher Kampf im Gange. Überall bildeten sich kleine Grüppchen und die Polizei prügelte wahllos auf alle ein, die nicht schnell genug flüchten konnten.

13

Der Hoteldirektor blinzelte verloren über den Rand seiner Brille. Er machte den Eindruck eines Mannes, der gerne an einem anderen Ort gewesen wäre.

»Ermordet sagen Sie? Aber das ist ja schrecklich. Wissen Sie schon, wie es dazu kommen konnte?«

»Nein, unsere Ermittlungen stehen noch ganz am Anfang«, sagte Ulrich Bayer. Können Sie uns bestätigen, dass dieser Mann hier gearbeitet hat?«

»Ja ... mein Gott, Sie finden es ja ohnehin raus. Er hat schon länger hier gearbeitet. Sie müssen das verstehen. Der harte Konkurrenzdruck lässt uns gar keine andere Wahl.«

»Ersparen Sie sich das«, fuhr ihn der Kommissar barsch an. »Uns interessiert nur der Mord, aber wir erwarten Ihre uneingeschränkte Unterstützung.«

»Das ist doch selbstverständlich. Aber viel kann ich Ihnen auch nicht sagen. Der Mann war unauffällig, soweit ich weiß. Immer pünktlich und nie gab es Beschwerden.«

»Und in letzter Zeit? War er da irgendwie anders?«

»Keine Ahnung, ich habe mit dem Personal nicht viel Kontakt, solange es keine Probleme gibt.«

»Aber Sie haben doch sicher eine Akte von ihm. Können Sie uns sagen, wo er gewohnt hat.«

Der Direktor drehte sich um, zog eine dünne Mappe aus einem Stahlschrank und reichte sie dem Kommissar. Ein handschriftlich ausgefüllter Vordruck mit Maundus Adresse und einem angehefteten Passfoto.

»Dürfen wir das behalten?«

»Selbstverständlich. Ich brauche es wohl kaum noch.«

»Wir werden uns auch noch mit Ihren anderen Mitarbeitern unterhalten müssen.«

»Ja, das hatte ich befürchtet«, seufzte der Direktor. »Unser Portier arbeitet hier schon seit über zwanzig Jahren. Wenn es etwas zu wissen gibt, dann erfahren Sie es von ihm. Ich werde ihn anweisen, dass er offen mit ihnen sprechen soll.«

Der Direktor wollte sich bereits erheben, sichtlich froh, das Gespräch beenden zu können. Doch Brigitte Faber, die bis dahin noch kein Wort gesagt hatte, reichte ihm das Phantombild, das sie von Tarek erstellt hatten. »Einen Moment noch ... kennen Sie diesen Mann?«

Der Direktor betrachtete das Bild flüchtig, nahm die Brille ab und rieb sich den Nasenrücken. Als er wieder aufsah, sagte er leise: »Das ist Tarek Bajari, der auch bei uns arbeitet. Oder besser gesagt: Er hat hier gearbeitet. Ich musste ihn leider entlassen. Es ist keine halbe Stunde her, dass er in meinem Büro war. Hat er etwas mit diesem Mord zu tun?«

»Wie bitte?«, rief Brigitte Faber, ohne auf seine Frage einzugehen. »Kann es sein, dass er sich noch im Hotel aufhält?«

»Ich hoffe nicht. Falls doch, könnte er natürlich überall sein. Aber einen Generalschlüssel für die Zimmer hat er nicht mehr.«

Die beiden Kommissare verabschiedeten sich eilig vom Direktor.

»Was, um alles in der Welt, hat er hier zu suchen?«, fragte Ulrich Bayer in der Empfangshalle. »Der kann doch hier nicht zur Arbeit erscheinen und so tun, als wäre nichts gewesen?«

»Vielleicht konnte er sich nicht vorstellen, dass wir ihm so schnell auf die Spur kommen. Aber das kannst du ihn fragen, wenn wir ihn haben. Meinst du, er ist noch im Hotel?«

»Keine Ahnung. Aber wenn er hier etwas zu erledigen hatte, dann ist er womöglich noch im Hotel.«

»Wir müssen es versuchen«, sagte Brigitte Faber. »Du übernimmst die oberen Etagen und ich das Erdgeschoss und den Keller!«

Bayer nickte und verschwand auch schon im Treppenhaus. Langsam ging Brigitte Faber in den Aufenthaltsraum, der um diese Zeit völlig leer war. Warum war der Kerl hierher zurückgekehrt? Hatte er im Hotel etwas deponiert, das er dringend brauchte?

Der Frühstücksraum. Leer. Dahinter eine Tür. Die Küche lag ebenso verlassen vor ihr. Also zurück ins Foyer. Sie wollte bereits die Treppe zum Keller nehmen, als ihr eine Tür neben dem Aufzug auffiel. »Wo führt die hin?«, fragte sie den Portier.

»Das ist unsere Gepäckaufbewahrung.«

Brigitte Faber zögerte einen Moment. Dann öffnete sie vorsichtig die Tür, sah jedoch zunächst gar nichts. Ihre Hand fand den Lichtschalter und das Licht flammte auf. Sie sah die andere Tür, die zur Rezeption führte und etliche Koffer, aber sonst war der Raum leer. Sie schloss die Tür wieder und überlegte. Wenn Tarek ins Hotel zurückgekommen war, weil er etwas holen wollte, wo könnte sich das befinden? »Wo sind die Umkleiden für das Personal?«, fragte sie den Portier.

»Die Treppe runter, den Gang links bis zum Ende und dann rechts.«

Als sie den Keller erreichte, hatte das Hotel jeden Charme verloren. Ein enger schmaler Gang führte nach links. Unverputzte Wände, niedrige Decken. Da, am Ende rechts die Tür, das musste die Umkleide sein. Linker Hand führte eine Treppe nach oben. Sie warf einen raschen Blick hinauf. Nichts. Ihr war außer dem Portier noch kein einziger Angestellter begegnet und die Enge und Stille, die vom Brummen der Neonröhren noch unterstrichen wurde, machte sie nervös.

Sie öffnet die Tür zur Umkleide, auf der »Men« geschrieben stand, und blieb im Türrahmen stehen. Der Raum war leer. Ein enger Schlauch, an den Wänden aufgereiht wie in einer Sporthalle verbeulte Stahlschränke mit Vorhängeschlössern. Links an der Wand ein wackliger Resopaltisch. Dahinter ein vergittertes Fenster, das zu einem Lichtschacht gehörte. Darunter ein drei Jahre alter Kalender mit dem Bild einer nackten Frau, die sich an irgendeinem Strand in der Sonne räkelte. Brigitte Faber trat näher und sah, dass jemand mit krakeliger Schrift quer über ihre Brüste »Fig mich« geschrieben hatte.

Plötzlich spürte sie, dass sie nicht allein war und fuhr herum. Tarek! Er musste sich hinter den letzten Spinden verborgen haben. Nun stand er an der Tür und versperrte den Ausgang. In der Hand hielt er eine Pistole, ohne sie jedoch damit zu bedrohen.

Ohne Angst erwiderte sie seinen Blick. Eine Weile musterten sie sich schweigend, bis sie mit ruhiger Stimme sagte: »Sie werden nicht schießen. Also können Sie die Waffe auch wegstecken.«

»Warum sind Sie sich da so sicher?«

»Sie sagen, dass Sie unschuldig sind. Ich glaube Ihnen. Als Einzige. Deshalb werden Sie nicht schießen. So einfach ist das. Außerdem wollen Sie mit mir reden, sonst wären Sie längst verschwunden.«

Tarek war fasziniert von ihrer Selbstsicherheit. Er hätte auch eine Eistüte in der Hand halten können, so wenig schien sie von seiner Waffe beeindruckt.

»Sie sollten sich nicht zu sicher sein. Sie kennen mich nicht. Zwingen Sie mich bitte nicht, Ihnen zu beweisen, wozu ich fähig bin.«

»Stecken Sie die Waffe weg, dann können wir reden.«

Tarek zögerte kurz, dann steckte er die Pistole in den Hosenbund.

Ein Lächeln huschte über ihr Gesicht. Das war der Moment, in dem er ihr den Namen *Vampirin* gab. Er wusste, dass sie eine tödliche Gefahr für ihn darstellte und trotzdem fühlte er sich unwiderstehlich zu ihr hingezogen.

»Warum sind Sie nicht längst über alle Berge?«, fragte sie.

»Weil ich wirklich unschuldig bin. Ich möchte, dass Sie das wissen. Vertrödeln Sie nicht Ihre Zeit, indem Sie mich jagen.« Aber Tarek wusste, dass dies nur die halbe Wahrheit war. Er hatte sie wiedersehen wollen, egal um welchen Preis.

»Wenn Sie unschuldig sind, sollten Sie sich stellen.«

»Sie wissen, dass das nicht geht. Wenn Sie mich einmal in der Mangel haben, wird sich niemand mehr die Mühe machen, nach den wirklichen Tätern zu suchen. Ich werde im Gefängnis verrotten und die Wahrheit wird niemals ans Licht kommen.«

»Wer sind sie?«, fragte sie und ihre Stimme klang so ernsthaft interessiert, dass Tarek ihr am liebsten sein ganzes Leben erzählt hätte.

Stattdessen sagte er: »Das ist doch unwichtig. Vergessen Sie mich. Ich existiere gar nicht. Ich bin ein Schattenmensch.«

»Wir haben Ihre Fingerabdrücke überprüft, aber nichts gefunden. Sie leben illegal in Deutschland und haben nicht einmal einen Asylantrag gestellt. Haben Sie deshalb Angst vor der Polizei?«

»Wenn ich mich stelle, wäre eine Abschiebung das Mindeste, was mich erwartet. Aber außerdem läuft da draußen jemand herum, der unbedingt seinen Koffer wiederhaben will. Solange diese Leute glauben, dass ich den habe, bin ich nirgendwo sicher. Schon gar nicht im Gefängnis.«

»Ja, das kann ich verstehen. Trotzdem sollten Sie etwas mehr Vertrauen in die deutsche Justiz haben. Und in mich.«

»Sie können mich nicht schützen, selbst wenn Sie es wollten. Wenn ich mich stelle, würde im günstigsten Fall die Abschiebung nach Libyen auf mich warten. Im ungünstigsten und wahrscheinlicheren Fall würde ich aber so enden wie Maundu. Müssten Sie mich übrigens nicht fragen, ob ich ihn umgebracht habe?«

»Haben Sie ihn umgebracht?«, fragte Brigitte Faber und strich sich lächelnd eine Strähne aus dem Gesicht.

»Nein. Habe ich nicht. Wie ist er gestorben?«

»Sie haben seine Leiche auf die Straße geworfen, damit er überfahren wird und es wie ein Unfall aussieht.«

»Im Gefängnis passieren auch oft Unfälle. Sie können dann auf meinen Grabstein schreiben: *Er starb durch einen Unfall.* Das wird mir über die einsamen Winternächte auf dem Friedhof hinweghelfen.«

»Sie wissen, dass ich Sie jetzt verhaften muss.«

»Ich habe eine Pistole, erinnern Sie sich noch?«

»Eine Pistole, die Sie nicht benutzen werden. Was erwarten Sie also von mir?«

»Finden Sie den Mörder.«

»Das ist eine gute Idee, die von mir hätte sein können.« Da war es wieder, dieses diabolische kleine Lächeln. »Und was haben Sie in der Zwischenzeit vor?«

Tarek hätte darauf gerne eine Antwort gewusst. Plötzlich hörte man entfernte Schritte aus dem Flur.

»Ich muss gehen«, sagte er leise. Die Kommissarin trat nach vorne, ohne Anstalten zu machen, ihn am Gehen zu hindern. Er roch ihr Parfüm und für einen Moment streiften sich ihre Hände.

Dann war Tarek im Flur und sah am anderen Ende den Kommissar, der gerade um die Ecke bog. Als Bayer ihn erkannte, fluchte er laut, zog seine Waffe und rannte los. Aber es war zu spät. Tarek war schon über die hintere Treppe nach oben verschwunden.

14

»Hallo, Simone.«

Die Frau, die die Tür öffnete, trug ein weißes Hemd, das sie nicht in ihre ausgeblichene Jeans gesteckt hatte. Sie war barfuß und wenn sie sich bewegte, klimperten die Armreifen an ihrem Handgelenk melodisch. Sie war etwas kleiner als Tarek und als sie ihn vor ihrer Tür erblickte, schaute sie einen Moment verdutzt, dann fuhr sie sich mit der Hand über die Augen und sagte leise: »Ach, du Scheiße, Tarek!«

»Freust du dich so sehr, mich wiederzusehen?«

»Tarek, ich bin den ganzen Tag Taxi gefahren.« Ihre

rauchige Stimme klang müde. »Mir ist nicht nach Scherzen zumute. Also, was willst du?«

Tarek sah sie an, bis sie den Blick senkte. Ohne ein weiteres Wort zu sagen, drehte er sich um und ging den Flur des Mietshauses entlang.

»Warte! Warum bist du hier?«

Er blieb stehen und verharrte einen Moment. Von der Straße hörte man das Rauschen des Verkehrs und irgendwo im Haus schrie ein Baby. Dann drehte sich Tarek um. »Ich brauche deine Hilfe, Simone. Ich wäre nicht gekommen, wenn es nicht wichtig wäre.«

»Ach, verdammt.« Sie blickte den Flur in beiden Richtungen entlang. »Komm erst mal rein, die Nachbarn müssen ja nicht alles mitbekommen.«

Simone führte ihn in die Küche. Sie setzen sich am Küchentisch einander gegenüber, zwischen sich einen Laib Brot, ein großes Stück Käse und ein massives Schweigen, das fast so lange wie der Käse gereift war. Die Zeit schien es an diesem Morgen nicht eilig zu haben.

»Ist lange her, Tarek.«

»Hast dich kaum verändert, Simone.«

»Neun Monate ...«

»Ich ...«

»Halt die Klappe, Tarek. Ich will deine Ausreden nicht hören. Neun verdammte Monate. Du bist aus dieser Tür rausmarschiert und ich habe neun Monate lang nichts mehr von dir gehört. Und jetzt kommst du hier an und tust so, als wäre nichts gewesen.«

»Du weißt, dass es das Beste für uns war. Wir können nicht zusammenleben.«

»Und da gehst du einfach, ziehst die Tür ins Schloss und ... ach, verdammt, ich will darüber nicht reden. Sag, was du zu sagen hast und dann verschwinde wieder.«

Eine weitere Minute verstrich, dann sagte Tarek: »Ich wäre nicht gekommen, aber du bist die Einzige, zu der ich gehen konnte.«

»Und was ist mit deinem Freund Marco, hast du es dir mit dem auch verscherzt?«

»Nein, aber bei Marco hätten sie mich früher oder später gefunden.«

Simone wirkte erschöpft, aber Tarek wollte lieber nicht wissen, wie er selbst aussah.

Ihre Blicke trafen sich und Simone sagte: »Heute war trotz der Hitze ein richtig ruhiger Tag. Keine Grabscher, keiner wollte mein Portmonee klauen, keine Besoffenen und kein Axtmörder ... da hat man Zeit, ganz in Ruhe Polizeifunk zu hören. Die suchen einen Araber ... mittleres Alter ... dunkle Haare ... schlank ... dringend verdächtig, einen Mord begangen zu haben. Wenn du damit irgendetwas zu tun hast, dann wäre jetzt ein guter Moment, es mir zu sagen.«

»Ich habe ihn nicht umgebracht.«

Simone seufzte. »Warum immer ich?«, murmelte sie leise. »Irgendwas musst du doch angestellt haben, wenn die Bullen hinter dir her sind?«

»Nein ... und ja ... ich habe nichts gemacht, aber die Polizei sucht mich, weil sie glauben, dass ich einen Anwalt ermordet habe.«

»Das stimmt natürlich nicht?«

»Ich bin unschuldig, Simone. Das musst du mir glauben.«

»Na klar. Weil du so treue Augen hast. Warum stellst du dich nicht einfach. Wenn du nichts gemacht hast, sollte sich das doch wohl klären lassen.«

»Wenn ich das tue, bin ich erledigt.«

»Wir sind hier in Deutschland und nicht beim libyschen Geheimdienst.«

»Auf welchem Planeten lebst du eigentlich?«, erwiderte

Tarek zornig. »Wenn die mich kriegen, dann buchten sie mich ein und werfen den Schlüssel weg. Niemand würde sich für meine Version der Geschichte interessieren.«

Und dann erzählte er auch ihr alles. Angefangen mit Maundu, dem Besuch bei dem Anwalt, die abenteuerliche Flucht aus seiner Wohnung bis hin zu Maundus Tod. Nur von Brigitte Faber erzählte er ihr nichts.

Simone unterbrach ihn nur ein einziges Mal, bis er zum Ende kam. »Du hast einem Bullen in die Eier getreten und bist dann abgehauen?« fragte sie grinsend. »Das wollte ich auch schon immer mal machen. Aber das erhöht deine Glaubwürdigkeit natürlich enorm.«

Als Tarek fertig war, stand sie auf und holte eine Flasche Grappa mit zwei Gläsern. Während sie eingoss, sagte Tarek: »Ich kann nicht zur Polizei gehen. Diese Gangster werden mir keine Ruhe lassen, bis sie ihren Koffer zurückhaben. Und da sie mir nicht glauben, dass ich ihn nicht habe, muss ich ihn finden. Das kann ich aber nicht, wenn ich im Gefängnis sitze.«

»Wie viel Geld war eigentlich in dem Koffer?«

»Ich habe keine Ahnung. Ich weiß ja nicht mal, ob der überhaupt existiert. Aber ich vermute, deutlich mehr als ich mit meinem Putzjob im Jahr verdiene.«

»Tarek, wenn du mir hier eine Lügengeschichte auftischst, um dich wieder bei mir einzuschleichen, dann wirst du dir bald wünschen, diese Gangster hätten dich erwischt. Denn was ich dann mit dir mache, wird um ein Vielfaches schlimmer sein.«

»Ich habe nicht gelogen, Simone ... ich brauche deine Hilfe ... nur für ein paar Tage.«

Sie goss noch einmal nach und sagte: »Du schläfst auf dem Sofa, damit das klar ist.«

Wieder schauten sie sich über den Tisch hinweg an und

dann stellte Simone die Frage, vor der sich Tarek am meisten fürchtete. »Und wie soll es jetzt weitergehen?«

Tarek zuckte mit den Schultern. Was eine lässige Geste, aber ein verdammt schlechter Plan war.

15

Völlig orientierungslos erwachte Tarek, doch die Erinnerung kam schnell zurück. Stöhnend setzte er sich auf und reckte sich. Nachdem er Simone seine Geschichte erzählt hatte, war er so müde gewesen, dass er sich nicht einmal mehr daran erinnern konnte, wie er es aufs Sofa geschafft hatte.

Obwohl er wie ein Stein geschlafen hatte, fühlte er sich wie nach einer durchzechten Nacht. Die Sonne schien ins Zimmer und von draußen war der Lärm der Straße zu hören. Auf einem Stuhl lagen ordentlich seine Kleider, die Uhr an der Wand zeigte kurz vor zehn Uhr morgens. Sein Blick wanderte umher. Alles hier war gleichzeitig fremd und vertraut und ihm fielen einige Kleinigkeiten auf, die sich in seiner Abwesenheit verändert hatten. Die Blumenvase, die er Simone zum Geburtstag geschenkt hatte, war verschwunden, dafür war der Fernseher neu.

In der Wohnung war es völlig still und Tarek erhob sich, um nach Simone zu schauen. In ihrem Zimmer war das Bett gemacht, aber in der Küche fand er einen Zettel: »Bin einkaufen, geh nicht weg. Wo der Kaffee steht, weißt du ja.«

Kaffee war das richtige Stichwort. Er setzte die Kaffeemaschine in Gang und ging ins Bad. Das heiße Wasser der Dusche weckte seine Lebensgeister und als er kurz darauf seinen Kaffee trank, fühlte er sich fast schon wieder wie ein menschliches Wesen. Doch er hatte nicht vergessen, in was für einer prekären Lage er steckte.

Im Flur fand er Simones Ersatzschlüssel an der gewohnten Stelle im Sicherungskasten. Er schrieb ihr ein paar schnelle Zeilen und machte sich auf den Weg in die Altstadt.

Zehn Minuten musste er vor dem weiß getünchten historischen Gebäude direkt an der Rheinuferpromenade warten, bis eine ältere Frau das Haus verließ und er hineinschlüpfen konnte. Über die Marmorstufen erreichte er den ersten Stock, wo ein blank poliertes Messingschild verkündete, dass sich hier das Büro von Rechtsanwalt Dr. Dennis Probst befand.

Tarek strich sich den Anzug glatt und vergewisserte sich, dass die Visitenkarte des französischen Anwalts in der Brusttasche steckte, die er im Hotel eingesteckt hatte. Tarek sprach zwar seit seiner Jugendzeit in einem deutschen Internat beinahe fließend Deutsch, trotzdem hörte man seinen Akzent heraus. Worüber sich aber niemand wunderte, wenn er sich als Franzose ausgab.

»Was kann ich für Sie tun?«, sagte die junge Frau in dem eleganten braunen Kostüm hinter dem massiven Eichenschreibtisch. Bei seinem Eintreten hatte sie ein Taschentuch in einer Schublade verschwinden lassen. Aber ihre verheulten Augen und die verlaufene Schminke konnte sie nicht verbergen.

»Komme ich ungelegen?«, fragte Tarek, der im Türrahmen stehengeblieben war.

»Nein, nein«, beteuerte die junge Dame und lächelte ihn tapfer an. »Es ist nichts. Treten Sie doch bitte ein.«

»Mein Name ist Brunet«, sagte Tarek. »Bertrand Brunet aus Paris. Ich habe einen Termin mit Dr. Probst.«

»Davon weiß ich ja gar nichts, Monsieur Brunet.« Nachdenklich blätterte sie in ihrem Terminkalender. »Brunet ... Brunet ... Sie sind kein Klient unserer Kanzlei, oder?«

»Nein, ich bin selbst Anwalt. Bis gestern Abend wusste ich noch nicht, ob ich es schaffe, heute nach Köln zu kommen. Dr. Probst gab mir seine Handynummer und wir wollten kurzfristig ein Treffen vereinbaren. Aber leider konnte ich ihn den ganzen Tag lang nicht erreichen. Und deshalb bin ich einfach vorbeigekommen. Wenn Sie ihm also Bescheid geben würden, dann wird er hoffentlich ein wenig Zeit für mich erübrigen können.«

Und schon war es vorbei mit ihrer mühsam aufrecht erhaltenen Professionalität. Sie weinte bitterlich und schaffte es nicht, etwas zu sagen, bis Tarek um ihren imposanten Schreibtisch herumkam und tröstend eine Hand auf ihre Schulter legte. Sie beruhigte sich ein wenig, holte eine Packung Taschentücher hervor und trocknete sich die Augen. Mit brüchiger Stimme sagte sie: »Dann wissen Sie es noch gar nicht, Monsieur Brunet? Dr. Probst hatte einen tödlichen Unfall.«

»Aber das konnte ich ja nicht ahnen!« Tarek wich einen Schritt zurück und legte die Hand auf sein Herz. »Das ist ja schrecklich. Mein Beileid. Wenn ich das gewusst hätte ... dann hätte ich Sie selbstverständlich nicht belästigt. Das muss ja alles ganz furchtbar für Sie sein.«

»Aber das konnten Sie doch nicht wissen, Monsieur Brunet.« Ihre Blicke trafen sich, und Tarek nickte ihr aufmunternd zu, worauf ein tapferes Lächeln über ihr Gesicht huschte. Doch schon bewölkte sich ihre Miene erneut.

»Was soll denn jetzt bloß aus mir werden, Monsieur Brunet? Es ist noch keine vier Wochen her, da habe ich mir mit meinem Verlobten zusammen eine kleine Wohnung gekauft. Wovon sollen wir die denn bezahlen, wenn ich arbeitslos werde?«

»Aber, aber ... das wird sich bestimmt alles finden.« Tarek trat zu ihr und reichte ihr ein frisches Taschentuch. »Machen

Sie sich keine Sorgen. Eine so kluge und schöne Frau wie Sie findet doch in einer Woche einen neuen Job!«

»Meinen Sie wirklich?«

»Aber da bin ich mir ganz sicher.« Tarek beugte sich vertraulich zu ihr herunter. »Außerdem sind die Erben verpflichtet, Ihr Gehalt weiter zu zahlen, solange Sie nur brav jeden Morgen zur Arbeit erscheinen. Und zwar bis Sie eine ordentliche Kündigung bekommen.«

»Wirklich, Monsieur?«

»Aber wenn ich es Ihnen doch sage! Na ja, bei uns in Frankreich ist das zumindest so ... sehen Sie, und damit wären wir auch beim Grund, warum ich mich mit Dr. Probst treffen wollte. Ich vertrete einige französische Geschäftsleute, die in Deutschland investieren wollen. Und auch wenn ich mich mit deutschem Recht sehr gut auskenne, ist man sich als Ausländer doch nie hundertprozentig sicher. Darum suchen wir nach einheimischen Partnern. Wir werden hier eine Dependance eröffnen und Dr. Probst sollte uns dabei helfen. Mittelfristig war eine enge Zusammenarbeit angedacht.«

»Davon hat er mir ja gar nichts erzählt«, sagte sie etwas beleidigt.

»Wir hatten absolutes Stillschweigen vereinbart, bis die Sache in trockenen Tüchern ist. Meine Klienten sind diesbezüglich äußerst heikel, wissen Sie.«

»Na, ist ja auch egal«, sagte sie immer noch leicht pikiert. »Daraus wird nun ohnehin nichts mehr.«

»Also ...« Tarek schaute sich mit geschürzten Lippen im Raum um und strich mit der Hand über den glänzenden Schreibtisch. »Ich hoffe, das klingt jetzt nicht zu pietätlos ... Aber wie bereits erwähnt, sind wir auf der Suche nach einem repräsentativen Büro in allerbester Lage. Und natürlich auch nach verlässlichem Personal ...« Der Rest des Satzes schwebte wie eine frische Frühlingsbrise durchs Zimmer.

»Sie meinen …« Die Sekretärin ließ ihr Taschentuch sinken und lächelte ihn an.

»Aber ja, warum denn nicht, Fräulein …?«

»Berlinger«, beeilte sie sich zu sagen. »Petra Berlinger.«

»Ah, Fräulein Berlinger. Ich kann Ihnen auf die Schnelle keine Versprechungen machen. Aber was ich hier so sehe …« Er machte mit den Armen eine ausschweifende Bewegung. »Also, ich könnte mir durchaus vorstellen, dass wir das alles hier komplett übernehmen. Natürlich müssten wir erst mit den Erben und dem Vermieter reden … aber ich bin ein Freund von schnellen Entscheidungen. Und bei so einer exquisiten Lage … Ich hoffe nur, es schnappt mir niemand so eine ausgezeichnete Sekretärin vor der Nase weg.«

Tareks Worte zauberten ein Lächeln auf ihr Gesicht. Ihr Kummer war in weite Ferne gerückt.

»Vielleicht könnten Sie mir die Handynummer von Frau Probst geben, dann würde ich sie noch heute anrufen, um ihr mein Beileid auszusprechen. Und dabei mal vorsichtig meine Fühler ausstrecken.«

Sofort zückte sie einen Stift und gab ihm die Nummer.

»Nun, Fräulein Berlinger, ich will Sie ja nicht in Verlegenheit bringen, aber halten Sie es für möglich, dass ich mit jetzt gleich einmal die anderen Räume ansehe, um mir ein Bild von der Kanzlei zu machen?«

Ohne zu zögern sprang Fräulein Berlinger auf und führte ihn herum. Es gab noch drei weitere Räume mit schweren Türen, Ölgemälden an den Wänden und antiken Ledersesseln. Zu guter Letzt zeigte sie ihm das Büro von Dr. Probst.

»Wunderbar, absolut wunderbar«, schwärmte Tarek und trat ans Fenster, von wo aus er einen herrlichen Blick über den Rhein hatte. »Und diese Aussicht. Prächtig. Das ist genau das, was uns vorschwebt.«

Hinter sich hörte er das glückliche Seufzen der Sekretärin. In diesem Moment klingelte im Vorzimmer das Telefon.

»Oh, entschuldigen Sie mich bitte einen Augenblick, Monsieur Brunet.«

»Aber selbstverständlich, Fräulein Berlinger. Lassen Sie sich auf keinen Fall von der Arbeit abhalten.«

Sie eilte nach vorne und noch ehe das Klackern ihrer hohen Absätze auf dem Marmorboden verhallt war, hatte Tarek schon mit einer hastigen Durchsuchung des Schreibtischs begonnen.

Viel gab es da allerdings nicht zu finden. Entweder war der Anwalt ein Ordnungsfanatiker gewesen oder er hatte dieses Büro nur zu repräsentativen Zwecken genutzt. Auf dem Schreibtisch befanden sich nur eine lederne Schreibunterlage und ein Füllfederhalter. Nicht einmal einen Terminkalender oder das obligatorische Bild der Gattin gab es hier. Tarek hob die Unterlage hoch. An der Unterseite befand sich ein kleiner Zettel mit einer Kölner Telefonnummer, der sofort in seiner Tasche verschwand.

Aus dem Vorzimmer hörte er immer noch die Stimme von Fräulein Berlinger, also machte Tarek sich an die Schubladen. Auf der rechten Seite waren sie verschlossen, aber links hatte er mehr Glück.

Briefpapier, von dem er sich ein paar Bögen einsteckte, Kondome, Kugelschreiber, Büroklammern, Klebeband, aber nichts, was es nicht in jedem Supermarkt zu kaufen gab. Ratlos starrte Tarek auf die geöffnete obere Schublade. Und dann fiel ihm noch eine Möglichkeit ein, warum der Schreibtisch so ordentlich war. Jemand war ihm zuvorgekommen und hatte hier bereits gründlich aufgeräumt.

Da sah er zwischen einem Haufen Gummibänder ganz hinten in der Schublade etwas glitzern. Eine kleine goldene Anstecknadel. Hastig steckte er sie ein, und als wenige Augenblicke später die Sekretärin wieder auftauchte, stand Tarek bewegungslos am Fenster.

»Entschuldigen Sie, Monsieur Brunet.«

»Aber ich bitte Sie, Fräulein Berlinger. Ich bin es, der Sie schon viel zu lange aufgehalten hat.«

»Ach«, seufzte sie, »ich habe ja nicht viel zu tun, außer Termine abzusagen.«

»Machen Sie sich keine Sorgen. Es wird bestimmt alles gut. Sie werden sehen. Ich setze mich noch heute mit meinen Geschäftspartnern in Verbindung und melde mich in den nächsten Tagen bei Ihnen.«

Er hatte das Büro bereits verlassen, als ihr auffiel, dass der freundliche Franzose keine Nummer hinterlassen hatte, unter der sie ihn erreichen konnte.

Im Hausflur hörte Tarek den Aufzug heraufkommen und verschwand im Treppenhaus, aus Angst, der Polizei direkt in die Arme zu laufen. Aber er sah noch, wer da aus dem Fahrstuhl trat. Es war die geheimnisvolle Fremde, die er am Abend des Mordes im Haus des Anwalts getroffen hatte. Tarek konnte sein Glück kaum fassen. Jetzt durfte er es bloß nicht verpassen, wenn die Frau das Gebäude wieder verließ. Direkt im Nachbarhaus befand sich eine Bar. Tarek setzte sich auf einen freien Platz in der Sonne, bestellte sich einen Cappuccino und bezahlte sofort, als der Kellner seinen Kaffee brachte.

Lange brauchte er nicht warten. Als die große Eingangstür aufging und die Blondine das Haus verließ, stellte er seine Tasse ab und trat schnell in den Eingang der Bar. Er vermutete, dass ihr zorniger Gesichtsausdruck daher rührte, dass die Sekretärin ihr von Monsieur Brunet erzählt hatte.

Sie schaute sich kurz um, dann schlug sie den Weg durch eine der engen Gassen ein, die in die Innenstadt führten. Tarek tauchte wenige Meter hinter ihr in das Gewühl aus Hausfrauen, Touristen, Rentnern und Jugendlichen ein und die Gespräche der vielen Menschen flogen wie ein Schwarm Spatzen über ihn hinweg.

Ohne auf die Schaufenster der vielen kleinen Läden zu achten, schlängelte sie sich durch die Menge. Am Ende der Gasse blieb sie stehen und Tarek drückte sich unauffällig in einen Hauseingang.

Die Frau betrat ein Geschäft, in dem über abgewetzten Holztresen selbstgemachte Nudeln, kleine Törtchen und frisches Brot verkauft wurden. Und bezahlt wurde bei einer alten Frau, die kaum jünger als ihre altertümliche Registrierkasse war. Immer, wenn ein Kunde den Laden verließ, wehten tausenderlei Wohlgerüche über den Gehweg. Tarek lief das Wasser im Munde zusammen, aber dies war kein Ort, an dem Menschen wie er einkauften.

Tarek beobachte, wie sich die Frau frische Nudeln und etwas Käse einpacken ließ und kurz darauf mit einem Tütchen in der Hand wieder auf den Gehweg trat. Sie ging zügig weiter, aber er konnte ihr ohne Probleme unbemerkt auf der gegenüberliegenden Straßenseite folgen.

Doch dann endete ihr kleiner Spaziergang abrupt. Sie bogen um eine weitere Ecke und konnten bereits das historische Rathaus sehen. Die Frau blieb stehen, wühlte in ihrer Handtasche und Sekunden später blinkten die Lichter eines knallroten Alfa auf, der im Halteverbot parkte. Und im nächsten Moment manövrierte sie den Wagen aus der Parklücke und verschwand aus seinem Blickfeld.

Tarek verfluchte sein Schicksal. Was war er doch für ein armseliger Privatdetektiv, der nicht einmal einen Führerschein besaß, von einem Auto ganz zu schweigen. Immerhin hatte er einen Stift in der Tasche gehabt, um sich das Kennzeichen zu notieren.

▪ ▪ ▪

Eine halbe Stunde später sank Tarek auf einen der Hocker an Marcos Theke.

»Espresso?«, fragte Marco, der damit beschäftigt war, kleine Schälchen mit Erdnüssen aufzufüllen.

»Grappa.«

»So schlimm?«

»Schlimmer.«

Noch waren nur wenige Tische besetzt, aber zur Feierabend-Zeit würde es hier brechend voll sein. Marco stellte zwei Grappagläser auf die Theke und füllte sie großzügig.

Tarek prostete ihm zu und sagte: »Auf die Freundschaft.«

»Das heißt, dass du nicht vorhast, deine Zeche zu zahlen, oder?«

»Das auch. Aber vor allem heißt es, dass ich froh bin, einen Freund wie dich in dieser Stadt zu haben.«

Tarek erzählte Marco von seinem Tag. Zum Schluss legte er die kleine Anstecknadel auf den Tresen, die er im Schreibtisch des Anwalts gefunden hatte. »Weißt du, was das für ein Symbol ist?«

Marco drehte die Nadel nachdenklich in der Hand und sagte dann: »Ich muss kurz telefonieren.«

Als er zurückkam, gab er Tarek die Anstecknadel zurück und sagte: »Du steckst noch tiefer in der Scheiße als ich dachte. Das ist das Symbol einer europaweit agierenden rechtsextremen Terrororganisation, der *Weißen Avantgarde*. Die wurde schon 1976 verboten, aber es gibt seit einiger Zeit Gerüchte, dass sie wiederbelebt wurde. Wenn sie überhaupt je aufgehört hat, zu existieren.«

»Meinst du, diese Leute könnten etwas mit dem Mord an dem Anwalt oder diesem verschwundenen Koffer zu tun haben?«

»Ich meine gar nichts. Aber so eine Anstecknadel hat man sicher nicht zufällig im Schreibtisch. Und diese Leute sind zu allem fähig. Hast du schon mal etwas vom Attentat auf das Oktoberfest in München gehört?«

»Den Bombenanschlag?«

»Ganz genau. Zuerst versuchte die Regierung, es als Anschlag der Linken darzustellen, aber dummerweise kam einer der Attentäter durch seine eigene Bombe ums Leben. Damit war er das perfekte Bauernopfer und wurde als Einzeltäter hingestellt. Somit wurde vertuscht, dass es sich um einen rechtsradikalen Anschlag handelte. Und das, obwohl es jede Menge Ungereimtheiten gab. Bei uns in Italien wurden ähnliche Attentate verübt, zum Beispiel auf den Bahnhof von Bologna, nur wenige Wochen vor dem Oktoberfestattentat. Die waren Teil der Strategie der Spannung, mit der faschistische Kreise versucht haben, das Land so weit zu destabilisieren, dass sie die Macht übernehmen konnten. In diese Attentate waren Geheimdienste und viele einflussreiche Männer aus Politik und Wirtschaft verstrickt. Die Amerikaner mischten auch mit. Und viele von denen, deren Namen damals genannt wurden, waren Mitglied in der *Weißen Avantgarde*.«

»Aber das ist über dreißig Jahre her.«

»Ja und? Glaubst du, dass diese Arschlöcher sich seitdem gewandelt haben? Tarek, wenn diese Morde etwas mit der *Weißen Avantgarde* zu tun haben, dann solltest du deine Sachen packen und sofort verschwinden. Wohin auch immer, Hauptsache weit weg.«

▪ ▪ ▪

Die aufgeheizte Stadt schien nach einem langen Tag zu glühen. Die Sonne war längst untergegangen, als Tarek wieder auf die Straße trat, aber die Hitze lag immer noch über den Häusern. Überall saßen die Menschen vor den Bars und Restaurants, auf Treppen und Mäuerchen. Lachten, tranken, rauchten, küssten, liebten ... genossen die Nacht und das Leben.

Niemand achtete auf Tarek, aber ihm war schmerzlich bewusst, dass er anders war, dass er nicht dazugehörte. Wie gerne hätte er sich jetzt auch in das Nachtleben fallen lassen, ohne an Morgen zu denken.

Selbst hier, in der Menschenmenge, durfte er sich keine Minute gehen lassen. Musste immer die Augen offenhalten. Darauf achten, der Polizei nicht in die Arme zu laufen. Jedem möglichen Streit weiträumig aus dem Weg gehen. Keiner Frau in Begleitung schöne Augen machen, denn das konnte ihren Freund provozieren. Darauf achten, wo kleine Drogengeschäfte abgewickelt wurden und sofort die Straßenseite wechseln. Nicht mit anderen Ausländern in Grüppchen herumstehen. Alles vermeiden, was die Aufmerksamkeit der Polizei auf ihn lenkte. Das war ohnehin schon lange sein Alltag, doch in dieser Nacht waren seine Nerven zum Zerreißen gespannt. Unsichtbar sein, war so verdammt anstrengend.

Und so war er froh, ohne Zwischenfälle Simones Straße zu erreichen. Als die Haustür des Wohnhauses hinter ihm zufiel, wurde der Lärm der Stadt abgeschnitten und Stille legte sich wie ein schützender Mantel über ihn. Einen Moment verharrte er im Dunkeln des Hausflurs, dann kehrte die Anspannung zurück. Hastig eilte er die Treppen hinauf, weil er keinem der Nachbarn begegnen wollte. Und erst als auch Simones Wohnungstür hinter ihm ins Schloss fiel, fühlte er sich geborgen.

Ihr Kopf tauchte im Türrahmen des Wohnzimmers auf. »Ich bin gerade von der Arbeit gekommen«, sagte sie. »Als du nicht da warst, dachte ich, du wärst schon wieder aus meinem Leben verschwunden.«

»Du bist der einzige Hafen in meinem Weltmeer und ich bin dankbar, dass ich ihn anlaufen kann.«

Ein scheues Lächeln huschte kurz über ihr Gesicht, als wäre es sich nicht sicher, hier an der richtigen Adresse zu sein. »Das hast du schön gesagt ... nur leider ein paar Monate zu spät.«

Beide schwiegen und einen Moment lang war die intime Nähe zu spüren, die sie für einige wenige Wochen verbunden hatte. Dann senkte Simone den Kopf und der Zauber war wieder verflogen.

»Hast du schon etwas gegessen?«, fragte sie sachlich.

»Unterwegs ... ein belegtes Brötchen.«

Sie verschwand in der Küche und kehrte einen Augenblick später zurück. Mit einer Flasche Weißwein, zwei Gläsern und dem Lächeln, das sich anscheinend entschieden hatte, zu bleiben. Sie setzten sich aufs Sofa, ohne eine Lampe einzuschalten, doch der Mond tauchte alles in ein sanftes Zwielicht. Simone schenkte ihnen ein und erst als beide etwas getrunken hatten, fragte sie: »Hast du heute irgendetwas erreicht?«

Noch einmal erzählte Tarek von seinen Erlebnissen.

»Vielleicht hat Marco recht«, sagte Simone, als er geendet hatte.

»Du meinst also auch, dass ich mich aus dem Staub machen sollte?«

»Tarek allein gegen den Rest der Welt. Das kann nicht funktionieren. Diese Leute haben Geld und Einfluss. Wie willst du es mit ihnen aufnehmen?«

»Aber sie werden mir keine Ruhe lassen, solange sie glauben, dass ich diesen Koffer habe. Es gibt nirgendwo einen Ort, an dem ich sicher bin. Wenn sie wirklich so mächtig sind, finden sie mich überall.«

»In jedem Fall wirst du länger leben, wenn du nicht in Köln bleibst. Gibt es denn keinen anderen Ort, an den du gehen könnest?«

»Nein. Und wenn, dürfte ich es dir nicht sagen. Ich bin schon vor meiner Vergangenheit nach Deutschland geflüchtet. Ich weiß nicht, ob ich die Kraft habe, noch einmal davonzulaufen.«

Simone seufzte und sah ihn traurig an. Sie nahm ihm sein Glas aus der Hand und stellte es auf den Tisch. Tarek rückte ein Stück näher und sie legte ihre Hand in seinen Nacken. Ihre Fingerspitzen glitten kaum spürbar über seine weiche Haut.

»Ich hatte schon immer ein sicheres Händchen für die falschen Männer«, flüsterte sie sanft.

Tarek schloss die Augen und spürte ihre Lippen auf seinen. Sie küssten sich. Erst zögernd. Dann immer leidenschaftlicher.

Simone löste sich wieder von ihm. »Ich muss nur kurz aufs Klo. Bleib, wo du bist ... «

Als sie zurückkam, lag Tarek auf dem Sofa und war eingeschlafen.

▪ ▪ ▪

Es war noch dunkel, als Tarek erwachte. Er schreckte hoch. Wo war er? Dann erinnerte er sich. Simone. Sie hatten sich geküsst. Direkt neben dem Sofa stand das Telefon und klingelte. Wieder und immer wieder.

Er war noch völlig im Tiefschlaf und griff mechanisch nach dem Hörer. Doch was er dann hörte, ließ ihn in Sekundenbruchteilen hellwach werden.

»Tarek, bist du das?« Es war Marcos Stimme. Weit weg. Flüsternd. »Tarek ... du ... musst kommen ... sofort.« Die Worte kamen langsam und stammelnd, so als würde jedes einzelne unmenschliche Anstrengungen von Marco verlangen. »Sie ... waren ... hier ...« Eine lange Pause. Rauschen. Tarek dachte schon, dass die Verbindung unterbrochen war, doch dann hörte er Marco erneut. Ganz leise. »Sie haben ... dich ... gesucht ... aber ich ... habe ... dichtgehalten.«

16

Wer das Privileg genoss, dass sich ihm die hohen hölzernen Eingangstore zu der Wasserburg vor den Toren Kölns öffneten, der betrat wie durch einen Zauberspiegel eine andere Welt.

Tagsüber ertönte vielstimmiges Vogelgezwitscher aus den alten Bäumen, die in dem parkähnlichen Innenhof standen. Und von einem reich verzierten Brunnen war sanftes Plätschern zu hören. Eine Oase der Ruhe, die den Besucher in alte Zeiten zurückversetzte. Und nur die teuren Limousinen, die im gekiesten Innenhof standen, deuteten darauf hin, dass auch hier die Zeit nicht stehengeblieben war.

Morgens um drei war von Ruhe und Frieden in dem großen Zimmer mit den herrlichen Deckengemälden im zweiten Stock allerdings herzlich wenig zu spüren. Die fünf Männer, die sich hier versammelt hatten, wirkten müde und angespannt. Und das Licht der Deckenlampen warf tiefe Schatten auf ihre Gesichter.

Wäre es Tarek tags zuvor gelungen, die unbekannte Schöne in ihrem Alfa Romeo zu verfolgen, dann hätte sie ihn genau hierher geführt. Christine von Bergenheim saß am Kopfende des langen Tisches und alle Aufmerksamkeit war auf sie, die Nachfahrin einer der ältesten und einflussreichsten Familien Kölns gerichtet.

Sie wartete, bis der Mann in dunkler Livree allen Kaffee eingeschenkt und den Raum verlassen hatte, bevor sie zu sprechen anfing.

»Danke, dass Sie es so kurzfristig einrichten konnten, hierher zu kommen«, sagte sie zur Begrüßung und sah die Männer der Reihe nach an.

Ein braungebrannter Mann in den Sechzigern, der genau wie die anderen einen grauen Maßanzug trug, gab sich keine

Mühe, seine Verärgerung zu verbergen. »War das wirklich nötig?«, fragte er ungehalten. »Ich dachte, wir waren uns einig, dass wir uns erst wieder sehen, wenn alles über die Bühne gegangen ist. Und, bei allem Respekt, wagen Sie es nicht noch einmal, mich zu einem Treffen um drei Uhr morgens zu zitieren.«

»Wenn es nicht nötig gewesen wäre, dann hätte ich diese Versammlung wohl kaum einberufen.« Ihre Stimme kam direkt aus dem Kühlhaus. »Und wenn wir immer darauf warten würden, bis auch der Letzte sein Schönheitsschläfchen beendet hat, dann würden wir immer noch auf den Bäumen sitzen. Dass Dr. Probst ermordet wurde, stellt ein Problem dar. Dass der Koffer mit unserem Geld verschwunden ist, stellt ein weiteres Problem dar. Aber dass wir keinerlei Anhaltspunkte dafür haben, was die Ursachen für diese Probleme sind, ist eine echte Katastrophe. Wir müssen entscheiden, ob wir die Aktion abbrechen.«

Schweigen breitete sich im Raum aus. Zwei der Männer beschäftigten sich mit ihren Kaffeetassen, die anderen starrten die Tischplatte an.

Dann erhob sich ein Mann, der etwas abseits saß. Schütteres weißes Haar und eine Brille mit riesigen Gläsern, wie sie in den Siebzigern modern waren. Sein Alter war schwer zu schätzen, aber die siebzig hatte er sicher überschritten.

»Die Folgen sind schwer abzuschätzen, aber dass wir uns auf dünnem Eis bewegen, wussten wir von Anfang an. Wir dürfen nicht vergessen, dass wir das nicht für uns, sondern für unser Land machen. Das Einzige, was wir tun können, ist das Risiko so klein wie möglich zu halten. Dazu müssen wir aber zunächst mal alle Fakten kennen.«

Keiner antwortete, aber alle spürten, dass die Sache damit entschieden war. Als der Alte sich setzte, wandten sich die Köpfe wieder Christine von Bergenheim zu.

»Ich habe wie verabredet eine Stunde nach dem Termin für die Geldübergabe bei Dr. Probst angerufen.«

»Ist der Anruf zurückzuverfolgen?«, fiel ihr der Alte ins Wort.

Sie durchbohrte ihn mit ihrem Blick. »Glauben Sie wirklich, ich würde hier sitzen, wenn ich eine solche Dilettantin wäre? ... Natürlich habe ich von einem Prepaid-Handy aus angerufen, das längst im Rhein liegt.«

»Es war trotzdem ein Fehler«, murmelte der Alte leise.

»Verdammt«, brauste Christine von Bergenheim auf. »Woher hätte ich denn wissen sollen, dass Probst ermordet wurde? Seien Sie froh, dass ich so vorsichtig war, nicht von meinem eigenen Handy aus anzurufen. Darf ich jetzt fortfahren?«

Der Alte machte eine gönnerhafte Geste mit der Hand.

»Eine Stunde später habe ich noch einmal angerufen. Als Probst wieder nicht ans Telefon ging, bin ich zu ihm rausgefahren. Das Tor stand offen, aber ich habe die Einfahrt erst aus der Ferne beobachtet. Als sich nichts gerührt hat, bin ich reingegangen. Auch die Haustür stand offen. Ja, und da lag er. Tot. Vom Geld keine Spur. Ich habe eine Blitzdurchsuchung des Hauses gemacht, aber nichts gefunden, was ihn mit uns in Verbindung bringen könnte. Der Koffer mit dem Geld war zu dieser Zeit bestimmt nicht mehr im Haus.«

»Kann es sein, dass unsere Geschäftspartner uns betrügen?« Wieder war es der Alte, der sie unterbrach.

»Die Frage habe ich mir natürlich auch schon gestellt. Ich habe sofort mit unserem Verbindungsmann Kontakt aufgenommen. Er hat mir davon erzählt, dass ihr Mann pünktlich zur Geldübergabe gekommen ist. Und dass der Koffer plötzlich verschwunden war. Zumindest hatte Dr. Probst das ihm gegenüber behauptet. Probst selbst hat den Gärtner beschuldigt, der daraufhin geflohen ist. Unser Verbindungsmann hat mir glaubhaft versichert, dass Probst noch lebte, als ihr Mann wieder verschwand. Ich glaube nicht, dass sie uns betrügen. Warum sollten sie das tun? Das Geld bekommen sie doch auf alle Fälle. Und Probst zu ermorden, bringt mehr Unannehmlichkeiten, als den Auftrag einfach auszuführen. Außerdem wären sie in der Branche erledigt, wenn sich herumspricht, dass sie ihren Auftraggeber ermordet haben.«

»Und was ist mit diesen beiden Ausländern?«

»Den einen haben wir ja bereits geschnappt«, sagte von Bergenheim. »Wenn er das Geld gehabt hätte, dann hätte er es unseren Leuten erzählt, als sie ihn in die Mangel genommen haben. Da bin ich mir ganz sicher.«

»Und der andere?«

»Der kam, als ich das Haus von Probst verlassen wollte. Warum hätte er noch einmal zurückkehren sollen, wenn er den Koffer schon hatte? Nein, das ergibt keinen Sinn.«

»Warum beseitigen wir diesen anderen Kerl nicht, wenn er den Koffer ohnehin nicht hat? Immerhin hat auch er Sie gesehen.«

»Dazu müssten wir ihn erst einmal haben.« Christine von Bergenheim schlug wütend mit der flachen Hand auf den Tisch. »Außerdem kann er uns noch sehr nützlich sein. Für die Polizei ist er der Hauptverdächtige, wir sollten sie unbedingt in diesem Glauben belassen. Einen besseren Sündenbock können wir uns kaum wünschen.«

»Aber dennoch sollten wir ihn schleunigst in die Finger bekommen. Damit könnten wir einen Unsicherheitsfaktor ausschließen.«

»Wir arbeiten dran. Aber es ist schwierig, an jemanden heranzukommen, der ohnehin schon in der Illegalität lebt. So jemand kann jederzeit untertauchen. Aber wir haben bereits eine Spur. Unsere Leute gehen ihr in diesem Moment nach.«

»Gut. Wir sind uns also einig, dass wir die Aktion in jedem Fall wie geplant durchziehen. Eine weitere Panne können wir uns allerdings nicht erlauben.« Der Alte sah in die Runde und alle nickten bestätigend. »Dennoch habe ich ein ungutes Gefühl. Wenn unsere Partner uns nicht betrügen und diese Ausländer es auch nicht waren, wer kann es dann gewesen sein? Es muss jemand von dem Geld gewusst haben. Doch wer sollte das sein, außer den Anwesenden?«

Die Frage hing über der Runde wie eine schwarze Gewitterwolke.

»Nein«, sagte Christine von Bergenheim mit Nachdruck. »Es muss noch eine andere Erklärung geben. Niemand hier würde für die lächerliche Summe von einer halben Million einen der eigenen Leute umbringen.«

»Nun gut, dann will ich mal an das Gute im Menschen glauben.« Der Alte lachte über seine Worte, doch niemand hatte den Mut, mit einzustimmen. »Probst und dieser verdammte Koffer sind mir völlig egal. Aber es macht mich nervös, dass hier etwas geschieht, das sich unserer Kontrolle entzieht. Und dieser Mord erregt viel zu viel Aufmerksamkeit. Das kann nicht in unserem Interesse sein.«

»Wenn es uns gelingt, diesen Ausländer als Mörder hinzustellen, dann schon«, widersprach ihm von Bergenheim. »Ich habe jedenfalls schon mit unseren Partnern gesprochen. Sie wären weiterhin bereit, den Auftrag auszuführen.«

»Das immerhin ist zur Abwechslung mal eine gute Nachricht.«

»Allerdings hat sich der Preis erhöht. Sie wollen jetzt nicht mehr eine halbe, sondern eine ganze Million.«

Die Männer, die bislang so beharrlich geschwiegen hatten, fingen an zu murren.

Derjenige, der direkt neben Christine von Bergenheim saß, sprang wütend auf. »Heißt das, dass wir unser Geld einfach abschreiben und ein zweites Mal zahlen sollen? Kommt überhaupt nicht in Frage!«

Christine von Bergenheim warf ihm einen stechenden Blick zu und sagte dann leise: »Wir sind hier zu sechst. Macht gerade einmal 167.000 Euro pro Person. Das ist ärgerlich. Aber wahrscheinlich ist es weniger als dieses russische Flittchen, mit dem Sie in letzter Zeit öfter gesehen wurden, gerade jetzt in Rom oder London für Kleidung und Schmuck ausgibt.«

»Was erlauben Sie sich ... und woher wissen Sie überhaupt ...«

»Ruhe!«, ging der Alte dazwischen. »Christine hat nicht ganz unrecht. Wir sind uns wohl einig, dass wir mit unseren Plänen höhere Ziele verfolgen. Und sollten wir diese erreichen, dann wird jeder hier im Raum reichlich davon profitieren.

Wir mussten uns lange Jahre in Geduld üben und im Verborgenen arbeiten. Aber uns allen ist doch wohl klar, dass die vielen Flüchtlinge, die in unser Land kommen, ein Klima geschaffen haben, dass es uns endlich ermöglichen wird, unsere Pläne zu verwirklichen.

Dies ist jetzt wahrlich nicht der Moment für Kleinmut. Solch eine Chance werden wir nie wieder bekommen. Jeder von uns wird diese 167.000 Euro bis morgen beschaffen und Christine hat ab sofort die Aufgaben von Dr. Probst zu übernehmen. Und damit basta.«

17

»Nun fahr doch endlich. Bei deinem Tempo hätte ich auch gleich zu Fuß gehen können.« Tarek hatte die Hände aufs Armaturenbrett gepresst, als wolle er Simones Taxi von innen anschieben, das mit über 80 Sachen durchs nächtliche Köln raste.

»Halt einfach die Klappe, Tarek«, fluchte Simone, ohne den Blick von der Fahrbahn zu wenden. »Wenn ich auch nur einen einzigen Stundenkilometer schneller fahre, dann hält uns die Polizei garantiert an. Willst du das?«

»Nein, verdammt, natürlich nicht. Aber Marco braucht uns.«

»Wenn du mich hier schon in etwas hineinziehst, das ganz sicher böse enden wird, weil es zwei Nummern zu groß für uns ist, dann lass mich wenigstens das Einzige tun, was ich wirklich gut kann. Fahren! Außerdem kannst du dir deinen Atem sparen. Wir sind fast da.« Simone bremste das Taxi vor Marcos Bar ab. Die kleine Nebenstraße lag verlassen vor ihnen. Langsam fuhren sie vorbei, aber alles sah genau so aus wie es aussehen sollte. Es brannte kein Licht und die Tür war geschlossen.

Simone fuhr einmal um den Block und stellte das Taxi etwa 50 Meter von der Bar entfernt am Straßenrand ab. Eben noch hatte es Tarek gar nicht schnell genug gehen können. Doch nun saß er wie versteinert auf dem Beifahrersitz, den Blick auf den Eingang der Bar gerichtet. Ein Auto brauste vorbei, kurz darauf eine Vespa, dann war es wieder vollkommen still.

»Ich muss da jetzt rein«, sagte Tarek.

»Und was, wenn das eine Falle ist? Wenn sie Marco gezwungen haben, dich anzurufen?«

»Natürlich könnte das eine Falle sein. Aber dann ist es auch noch in einer Stunde eine Falle. Und irgendwann müssen wir da rein. Wahrscheinlich sind sie längst über alle Berge. Wir hätten ihnen ja auch die Polizei herschicken können. Aber was soll's. Ich habe sowieso keine Wahl. Marco braucht mich. Also gehe ich da jetzt rein.«

»Ich komme mit.«

»Nein! Auf keinen Fall. Du wartest hier und wenn du irgendetwas Verdächtiges siehst, drückst du die Hupe. Und wenn ich in einer Viertelstunde nicht wieder raus bin, dann rufst du die Polizei.«

Tarek stieg aus und gab sich erst gar keine Mühe, vorsichtig zu sein. Entweder sie erwarteten ihn dort oder eben nicht. Es gab nur einen Weg, das herauszufinden. Die Bar machte einen völlig verlassenen Eindruck und schien verschlossen zu sein, doch ein leichter Druck auf die Türklinke genügte und die Tür schwang auf.

Alle Alarmglocken schrillten in seinem Kopf, als er den ersten Schritt in die Dunkelheit hinein machte. Noch ein Schritt. Die Tür fiel hinter ihm leise ins Schloss. Er fühlte sich, als würde er eine dunkle Höhle betreten, von der er wusste, dass kurz zuvor ein Bär hineingegangen war.

Langsam tastete er sich vor. Hielt den Atem an. Lauschte. Noch ein Schritt ins Ungewisse. Jede Sekunde erwartete er, dass gleich etwas Großes aus der Dunkelheit auf ihn zurasen und ihm den Kopf spalten würde. Doch nichts geschah.

Dann hatte er sich bis zur Theke vorgearbeitet. Da war ein Lichtschalter. Tarek betätigte ihn, bereit, sofort in Deckung zu gehen. Doch es blieb dunkel. Und erst jetzt fiel ihm auf, wie still es war. Nicht einfach nur ruhig, sondern richtig still. *Wie in einem Sarg*, dachte Tarek. Nicht mal das typische Summen des Kühlschranks war zu hören. Wie gruselig es sein konnte, wenn Geräusche, die man nie wahrnahm, solange sie da waren, nicht mehr zu hören waren. Irgendjemand musste die Sicherungen herausgedreht haben.

Dann hörte er plötzlich ein Stöhnen.

Marco!

Ohne nachzudenken, wollte Tarek in die Ecke laufen, aus der das Stöhnen kam. Doch er stolperte über einen Barhocker und fiel der Länge nach hin. Er rappelte sich wieder auf. Die Taschenlampe. Warum war er nicht vorher darauf gekommen? Hier irgendwo unter der Theke hatte Marco seine große schwarze Taschenlampe. Tareks Hände tasteten sich durch das Dunkel und dann hatte er sie.

Sekunden später war er bei Marco. Sie hatten ihn übel zugerichtet. Halb bewusstlos lag er vor der Tür zum Klo, sein Gesicht eine einzige blutige Masse. Als der Strahl der Taschenlampe auf Marcos Gesicht fiel, glaubte Tarek, zu spät gekommen zu sein. Eine Welle aus Wut und Verzweiflung überrollte ihn, doch plötzlich schlug Marco die Augen auf.

»Tut mir leid, wir haben geschlossen«, murmelte er.

Sofort kniete Tarek sich neben seinen Freund und hob ihm vorsichtig den Kopf hoch. »Es wird alles gut«, flüsterte er und wünschte sich, es selbst glauben zu können.

»Sie waren zu zweit. Richtige Schlägertypen.« Man hörte, wie schwer ihm jedes einzelne Wort fiel. »Ich hatte keine Chance, aber ich habe nichts verraten.«

»Ruhig, Marco. Du darfst jetzt nicht sprechen. Das kannst du mir alles morgen erzählen.«

Doch Marco redete einfach weiter, auch wenn seine Stimme so leise war, dass Tarek das Ohr an seinen Mund halten musste, um ihn zu verstehen. »Sie wollten wissen, wo du bist, aber ich habe den Mund gehalten. Ehrenwort, Tarek, ich hab dichtgehalten.«

»Ich bin stolz auf dich, aber du musst dich jetzt schonen. Nur eines noch. Hast du denen etwas von Simone gesagt?«

»Für wie blöd hältst du mich eigentlich?« Ein kurzes Lächeln huschte über Marcos ramponiertes Gesicht. »Ich habe ihnen die Adresse von Anton gegeben. Du weißt schon, diesem Mistkerl, der mir Luise ausgespannt hat und seitdem von meinen Unterhaltszahlungen an sie lebt.«

In diesem Moment hörte Tarek ein Knacken hinter sich und wirbelte herum, die Waffe in der einen und die Taschenlampe in der anderen Hand.

Der Lichtstrahl fiel auf Simones schreckgeweitete Augen. »Verdammt, Simone, was machst du hier? Du solltest doch draußen warten. Um ein Haar hätte ich dich erschossen.«

»Ich habe es im Wagen nicht mehr ausgehalten. Und warum machst du nicht einfach mal Licht an?«

»Weil jemand die Sicherung rausgedreht hat.«

»Die Sicherungen sind direkt hinter dir, neben der Tür.«

Tarek schwenkte die Taschenlampe herum. Und tatsächlich, da war der Sicherungskasten. Er stand offen und alle Sicherungen waren ausgeschaltet. Tarek drückte die Schalter nacheinander auf »on« und sofort gingen mehrere Lampen im Raum an und der Kühlschrank nahm unter lautem Gurgeln wieder seine Arbeit auf.

Hinter sich hörte er einen erstickten Schrei von Simone, die erst jetzt den leblosen Marco auf dem Boden entdeckt hatte. »Oh Gott, was haben diese Schweine mit ihm gemacht? Wir brauchen sofort einen Krankenwagen.« Sie holte ihr Handy aus der Tasche und machte Anstalten, den Notruf zu wählen.

»Lass das«, herrschte sie Tarek an.

Erschrocken wich Simone zurück und ließ das Handy sinken.

»Nicht mit deinem Handy! Niemand darf etwas von dir wissen. Ich werde den Krankenwagen rufen, aber mit Marcos Telefon.«

Er ging zum Tresen, wo Marcos Festnetztelefon stand, wickelte ein Handtuch um den Hörer und rief den Notruf an. Er machte nur die nötigsten Angaben und legte auf, bevor die Frau am anderen Ende der Leitung etwas fragen konnte. Dann ging er zu Marco zurück. Ihnen blieben nur noch wenige Minuten, dann würden die Sirenen die Stille der Nacht durchdringen. Er beugte sich tief zu Marco herunter und hielt seine Hand. »Marco, wir müssen jetzt verschwinden, das verstehst du doch, oder?«

Marcos Antwort war ein kaum merkliches Nicken.

»In zwei Minuten ist ein Krankenwagen hier«, sagte Tarek. »Versprich mir, dass du so lange durchhältst.«

»Kein Problem«, flüsterte Marco »Kein Problem.«

»Wir können ihn doch nicht in diesem Zustand alleine lassen«, sagte Simone fassungslos.

»Wir müssen hier weg. Die Polizei wird jeden Moment hier sein.«

Simone rührte sich nicht von der Stelle und Tarek musste sie mit Gewalt zum Ausgang ziehen.

»Tarek ...«, hörten sie Marcos schwache Stimme hinter sich.

Und noch einmal wandte sich Tarek um und ging zu seinem Freund, obwohl von Ferne bereits das Heulen eines Einsatzwagens zu hören war.

»Tarek ... ich habe dichtgehalten«, sagte Marco. Dann fiel sein Kopf zur Seite.

18

Simone hatte ihn 500 Meter vor der Villa abgesetzt und war zur Arbeit gefahren. Er wartete, bis er ihren Wagen nicht mehr hören konnte. Nach den Erlebnissen in Marcos Bar war an Schlaf nicht mehr zu denken gewesen und Tarek fühlte sich um Jahre gealtert im Vergleich zu seinem letzten Besuch im Haus des Anwalts.

Sie hatten aus der Ferne die Ankunft des Krankenwagens abgewartet, doch als kurz darauf der erste Polizeiwagen auftauchte, waren sie schleunigst verschwunden. Es gab nichts, was sie für Marco tun konnten und das trieb Tarek fast noch mehr in den Wahnsinn als die Vorwürfe, die er sich selbst machte. Das alles war einzig und allein seine Schuld. Er hätte Marco da niemals hineinziehen dürfen. Und er durfte gar nicht daran denken, dass Simone in ähnlicher Gefahr schwebte. Eine lange Nacht ohne Schlaf war da nur noch das Sahnehäubchen auf seine Gefühlslage.

Er hatte keine Ahnung, wie er aus dieser Sache heil herauskommen sollte. Der Moment, in dem er sich von Maundu hatte breitschlagen lassen, den Anwalt aufzusuchen, war die letzte Möglichkeit gewesen, auszusteigen. Seitdem raste er wie auf Schienen dem Unheil entgegen.

Niemand glaubte ihm, dass er mit dem Mord an dem Anwalt nicht das Geringste zu tun hatte. Die einzige Frage, die sich stellte, war die, wer ihn zuerst schnappen würde. Die Leute, die ihren Koffer suchten oder die Polizei. Aber bis es soweit war, würde er weiterkämpfen. Das hatte er sich in dieser Nacht in Marcos Bar geschworen.

Und so ging er jetzt im ersten Licht der aufgehenden Sonne erneut den Weg zur Villa des Anwalts entlang. Hier hatte alles seinen Anfang genommen. Und hier hoffte Tarek, endlich ein paar Antworten auf seine Fragen zu bekommen. Die Witwe war sein letzter Strohhalm. Wenn sie kein Licht ins Dunkle brachte, dann hatte er keinen Plan B mehr in der Tasche.

Und so stand er nun vor der Einfahrt des Anwesens, in der Hoffnung, dass niemand ihn ausgerechnet hier suchen würde. Nur ungern wollte er sich das Gesicht hier noch einmal in den Staub drücken lassen. Die Straße lag verlassen vor ihm. Aber wenn er wissen wollte, ob in der Villa womöglich eine unliebsame Überraschung auf ihn wartete, dann musste er hineingehen. Wie er das allerdings anstellen sollte, darüber hatte er bis zu diesem Moment nicht nachgedacht. Einfach klingeln und über die Gegensprechanlage sagen: »Hallo, ich bin der Mann, der wegen des Mordes an Ihrem Mann gesucht wird, und würde mich gerne mal in Ruhe mit Ihnen unterhalten.«, war wohl kaum erfolgsversprechend. Über den Zaun klettern und zum Haus marschieren, war aber auch nicht besser.

Tarek stand vor dem Tor und die Müdigkeit drohte ihn zu übermannen. Am liebsten hätte er sich irgendwo in den Schatten gelegt und wäre einfach eingeschlafen. Doch er besaß immerhin noch so viel Verstand, um zu wissen, dass er hier nicht mehr lange herumstehen durfte. Wenn ihn ein Nachbar bemerkte, rief der garantiert die Polizei.

Einer plötzlichen Eingebung folgend, ging er die Straße wieder ein Stück hinunter bis zur Einfahrt des nächsten Grundstücks. Ohne über die Konsequenzen nachzudenken, drückte er auf den Klingelknopf. Der Sohn der Nachbarn hatte ihm schon einmal aus der Patsche geholfen, die Eltern waren im Urlaub, warum sollte er ihm also nicht ein zweites Mal helfen?

Vielleicht, weil er inzwischen zur Vernunft gekommen ist und weiß, dass du wegen dringendem Mordverdacht gesucht wirst, hörte er eine mahnende Stimme in seinem Kopf. Aber er beschloss, nicht auf sie zu hören, solange sie nicht auch einen passablen Ersatzplan zu bieten hatte.

Dann hörte er aus der Gegensprechanlage ein müdes Krächzen.

»Was gibt's?«

»Ich bin's, Tarek.«

Schweigen.

»Der Mann aus dem Swimmingpool.«

»Oh ... DER Tarek ... jetzt erinnere ich mich. Entschuldige, aber du hast mich aus dem Bett geholt.«

Tarek verkniff sich eine bissige Bemerkung. Stattdessen sagte er: »Ich dachte mir, ich schau mal auf einen Kaffee vorbei.«

Tarek fürchtete schon, dass sich Fabian wieder hingelegt hatte, doch dann ertönte der Summer am Tor.

»Mann, Alter, du bist echt krass, hier noch mal aufzutauchen«, sagte Fabian kopfschüttelnd, als er ihn nur mit Shorts bekleidet an der Tür empfing. »Kaffee ist in der Küche. Koch uns doch mal welchen, ich spring so langekurz unter die Dusche.«

»War eine lange Nacht gestern«, sagte Fabian, als er zehn Minuten später geduscht und angezogen in der Küche erschien und sich einen Kaffee eingoss.

»Party?«

»Computerspiele.«

Tarek nickte, verstand aber nicht wirklich, wie jemand seine Nächte allein vor einem Computer verbringen konnte. Fabian setzte sich an den Küchentisch und begann, sich einen Joint zu drehen. Dabei sah er Tarek prüfend an. »Mann, du bist schon ein verdammt komischer Vogel«, fasste er das Ergebnis seiner Prüfung zusammen.

»Wenn man nicht in einem goldenen Käfig lebt, kann man davon eine ganze Menge treffen.«

Fabians Stirn legte sich kurz in Falten, doch dann grinste er und zündete den Joint an. Er sog den Rauch ein und bot Tarek einen Zug an. Als der dankend ablehnte, schüttelte Fabian den Kopf und sagte: »Ein echt komischer Vogel ... Mann, weißt du eigentlich, in was für eine Situation du mich gebracht hast? Wenn ich gewusst hätte, dass die Bullen dich wegen des Mordes an meinem Nachbarn suchen ...« Der Rest des Satzes verschwand im Marihuananebel.

»Aber du glaubst doch nicht wirklich, dass ich der Täter bin? Meinst du, ich wäre sonst noch einmal zurückgekommen?«

Wieder sah Fabian ihn nachdenklich an. »Nein, ich denke nicht, dass du es warst. Aber wenn die Bullen rausbekommen, dass ich dir geholfen habe, könnte das eine Menge Ärger geben. Für mich.«

»Von mir werden sie es bestimmt nicht erfahren.«

Fabian nickte und nahm noch einen tiefen Zug.

Tarek trank einen Schluck Kaffee und drehte sich mit Fabians Tabak eine Zigarette. Er zündete sie an und stand auf. Solange er saß, hatte er mit bleierner Müdigkeit zu kämpfen. Irgendwann in nächster Zeit würde er sich ausschlafen müssen. Aber Fabians Küche war dafür nicht der passende Ort.

»Hat die Polizei dich in die Mangel genommen?«, fragte Tarek.

»Nicht wirklich. Die waren am nächsten Morgen noch mal da. Aber da ich rein gar nichts wusste, sind sie auch schnell wieder abgezogen.« Und mit seinem typischen Grinsen fügte er hinzu: »Die wollten wissen, ob mir etwas Ungewöhnliches aufgefallen ist.«

»So was wie ein fremder Mann im Swimmingpool?«

»Genau.«

»Und sonst war niemand hier?«

»Nee. Wer denn auch? Aber da drüben ging es wie im Bienenstock zu. Bei den großen Grundstücken kriegt man ja nicht viel mit, aber die Autos konnte man den ganzen Tag hören.«

»Und jetzt hat es sich wieder beruhigt?«

»Ich glaube schon. Wir können ja mal nachschauen.« Fabian nahm einen letzten tiefen Zug und sie gingen nach oben. Das Zimmer, in das Fabian ihn führte, war offensichtlich sein Schlafzimmer. Die Bettdecke lag unordentlich zusammengeknüllt auf dem Bett und davor häuften sich alte Socken, T-Shirts, CDs und Comics. »Hatte noch keine Zeit zum Aufräumen«, sagte er und bahnte sich einen Weg zum Fenster.

Von dort konnte man über die Hecke zum Nachbargrundstück hinübersehen. Auf dem Fensterbrett lag ein Fernglas, aber Tarek genügte ein Blick auf den friedlich in der Morgensonne liegenden Parkplatz, um zu sehen, dass keine Besucher da waren. Das war das Gute an den Reichen, die am Stadtrand wohnten. Man konnte sicher sein, dass außer dem Gärtner keiner auf die Idee kam, hier zu Fuß aufzukreuzen.

Dort unten stand nur der Sportwagen von Frau Probst, aber dennoch beobachte Tarek genau die gegenüberliegenden Fenster. Doch nichts bewegte sich, nicht einmal der Vorhang der Terrassentür, die leicht offen stand, obwohl es noch früh am Morgen war.

»Hast du die Probsts gekannt?«, fragte er Fabian, während er weiter aufmerksam die Fenster im Blick behielt.

»Nur vom Sehen. Meine Eltern haben sich ein paarmal mit ihnen getroffen, aber sie sind wohl nicht besonders miteinander ausgekommen. Die wohnen auch erst seit zwei Jahren hier. Ich habe sie nur ein einziges Mal getroffen, im letzten Jahr, als sie ein Sommerfest gegeben haben, zu dem wir auch eingeladen waren. Aber die Leute, die da rumliefen, waren nicht so meine Welt.«

»Wie war denn Dr. Probst so?«

»Keine Ahnung ... erwachsen halt.«

»Also todlangweilig.«

Fabian grinste kurz. Doch dann sagte er: »Also, Tarek, es war echt cool, dich kennenzulernen. Aber ich fände es doch besser, wenn du jetzt wieder verschwindest. Ich müsste mich auch dringend noch mal aufs Ohr hauen.«

Tarek verstand den Wink und ging sofort zur Tür. Bei Licht betrachtet war es ohnehin ein Wunder, dass Fabian ihm bis hierhin geholfen hatte. Er wollte sein Glück nicht überstrapazieren. Bevor er das Zimmer verließ, sagte er: »Bemüh dich nicht, ich finde den Weg alleine.«

»Mach's gut, Tarek«, sagte Fabian. »Aber tu mir einen Gefallen und komm nicht noch mal wieder. Ich kann echt keinen weiteren Ärger mit meinen Eltern gebrauchen, verstehst du.«

»Schon klar, Fabian ... und danke für alles.«

Tarek ging die Treppe herunter bis zur Haustür und lauschte einen Moment, ob Fabian ihm folgte. Doch der war in seinem Zimmer geblieben.

Tarek zog laut vernehmlich die Haustür hinter sich ins Schloss, doch anstatt zur Straße zu gehen, wandte er sich in die entgegengesetzte Richtung. Durch die Lücke in der Hecke betrat er das Nachbargrundstück und lief zum Haus der Probsts. Er schlich sich an der Wand entlang bis zur Ecke, an der die Terrasse lag. Von hier aus konnte er zu Fabians Zimmer hinaufsehen, doch dort regte sich nichts. Er spähte durch das Wohnzimmerfenster und da sah er sie. Frau Probst. Die echte Frau Probst. Sie trug einen Morgenmantel und telefonierte, wobei sie Tarek den Rücken zuwandte.

Geduldig wartete er, bis sie ihr Gespräch beendet hatte. Achtlos warf sie ihr Handy aufs Sofa und ging zur Bar. Tarek geduldete sich, bis sie einen Drink gemixt hatte und sich in einen der Sessel fallen ließ. Mit dem Rücken zum Fenster heftete sie den Blick auf die Stelle, an der ihr Mann gelegen hatte.

Dann quetschte er sich lautlos durch den Spalt der Terrassentür und sagte: »Ist zwar noch etwas früh, aber hätten Sie für mich vielleicht auch einen Schluck?«

Als wäre ihr Sessel vom Teufel persönlich vorgewärmt worden, sprang sie auf. Als sie sah, wer ihr ungebetener Gast war, rutschte ihr das Glas aus der Hand.

»Tun Sie mir nichts«, stotterte sie. »Wir können über alles reden.« Während sie sprach, schob sie sich allmählich in Richtung des Telefons.

»Sie brauchen keine Angst zu haben«, sagte Tarek und hob beschwichtigend die Arme. »Ich möchte mich bloß mit Ihnen unterhalten.« Und mit zwei schnellen Schritten war er am Sofa und steckte das Handy in die Hosentasche. »Ich hätte übrigens gerne einen Whisky mit Eis.«

Sie wich zurück, bis sie mit dem Rücken an die hölzerne Anrichte stieß. Dann goss sie mit zittrigen Fingern zwei Gläser ein.

Sie stand einen Moment reglos da und als sie sich wieder umdrehte, wirkte sie wie verwandelt. Die Angst war aus ihren Augen gewichen, aber Tarek konnte ihren neuen Gesichtsausdruck nicht deuten.

Sie kam mit den Gläsern zurück und blieb einen Zentimeter zu nah vor ihm stehen. »Na gut«, sagte sie mit fester Stimme. »Nehmen wir mal an, Sie haben wirklich nichts mit dem Tod meines Mannes zu tun. Warum sind Sie dann vor der Polizei geflüchtet? Und warum nehmen Sie das Risiko auf sich, noch einmal zurückzukehren?«

Tarek trank einen winzigen Schluck und fragte sich, welcher schlechte Film ihn auf die Idee gebracht hatte, am frühen Morgen einen Drink zu verlangen. In Kombination mit dem Schlafmangel würde ihn dieser Whisky endgültig aus den Schuhen hauen. »Ich muss herausfinden, was wirklich hier geschehen ist. Ich bin anscheinend der Einzige, der Interesse daran hat, meine Unschuld zu beweisen.«

»Sie behaupten also tatsächlich, dass Sie meinen Mann nicht ermordet haben?« Sie konnte ihre Überraschung nicht verbergen. »Aber wenn Sie es nicht waren, wer dann?«

»Ich weiß es nicht, aber ich hoffe, Sie helfen mir, diese Frage zu beantworten.«

»Vielleicht sollten wir das der Polizei überlassen«, antwortete sie in einem Ton, den sie in den Jahren als vornehme Anwaltsgattin perfektioniert hatte. »Ich wüsste jedenfalls nicht, wie ich Ihnen helfen könnte. Ich habe nicht die leiseste Ahnung, was hier geschehen ist.«

Tarek hatte allmählich die Nase voll von dieser kleinen Cocktailstunde. Mit einem Mal überkam ihn eine Riesenwut auf diese blasierten Neureichen, die meinten, niemand könne ihnen etwas anhaben in ihren Palästen, gebaut aus Geld, Beton und Verlogenheit.

Der libysche Geheimdienstoffizier in ihm hätte ihr gerne ein paar Ohrfeigen verpasst, aber Tarek beherrschte sich mühsam und trank noch einen Schluck. »Sie könnten mir zum Beispiel sagen, wer die Blondine war, die das Haus bei meinem Eintreffen verließ.«

Sie zog die Augenbrauen nach oben. »Ich dachte, die hätten Sie auch bloß erfunden.«

»Nein, die gibt es wirklich. Und Ihr Mann hat sie offenbar gekannt. Kann es sein, dass sie eine Klientin war?«

»Woher soll ich das denn wissen? Ich habe mich nicht für die Geschäfte meines Mannes interessiert. Und mit seinen Flittchen hat er sich normalerweise nicht zu Hause getroffen.«

Jetzt war es Tarek, der die Augenbrauen nach oben zog. »Diese Frau hat womöglich ihren Mann ermordet. Aber das scheint Sie nicht besonders zu schockieren.«

»Vielleicht hat diese Frau ja eine genauso interessante Erklärung für ihre Anwesenheit in unserem Haus wie Sie«, war die lapidare Antwort.

»Und dieser Koffer?«, fragte Tarek. »Existiert der überhaupt? Und was war da drin?«

»Ich weiß nicht, was da drin war, aber es gibt ihn tatsächlich. Ich habe gesehen, wie mein Mann ihn mit ins Haus gebracht hat. Ein dunkelbrauner Lederkoffer mit goldfarbenen Verschlüssen.«

»Aber Sie wissen nicht, was er enthielt?«

»Nein, mein Mann ist ins Haus gekommen, hat den Koffer hier im Wohnzimmer in die Ecke gestellt und ihn nicht mehr angerührt, bis ich das Haus verließ.«

»Erzählen Sie mir genau, was an diesem Nachmittag passiert ist.«

Sie dachte einen Moment nach und trank dabei ihr Glas aus. »Er war an diesem Nachmittag früh nach Hause gekommen, weil er sich hier mit einem Mandanten treffen wollte.«

»Kam das oft vor?«

»Selten. Zwei oder drei Mal im Jahr.«

»Und mit wem hat sich Ihr Mann getroffen?«

»Mein Gott, ich weiß es nicht. Mein Mann hat nicht viel über seine Arbeit geredet und es hat mich ehrlich gesagt auch nicht interessiert. Ich habe den Besucher gar nicht zu Gesicht bekommen.«

»Aber das Geld, das er verdient hat, das hat Sie schon interessiert«, sagte Tarek und ließ seinen Blick über die Einrichtung schweifen. Aus den Augenwinkeln glaubte er eine Bewegung zu bemerken, aber als er hinaus in den Garten schaute, lag alles so friedlich da wie ein Atomwaffentestgelände.

»Sie können sich Ihren Sarkasmus schenken, ich weiß nichts über dieses verdammte Treffen. Woher hätte ich denn wissen sollen, was sich daraus entwickelt?«

»Und Sie sind sicher, dass er mit einem Mann verabredet war und nicht mit einer Frau?«

»Ich weiß nicht«, sagte sie nachdenklich. »Ich bin automatisch von einem Mann ausgegangen. Aber es hätte natürlich auch eine Frau sein können.«

»War Ihr Mann irgendwie anders in letzter Zeit?«

»Anders? Ich weiß nicht ... ja, er war öfter euphorisch. Ich dachte, er hätte eine neue Geliebte. Bis vor einigen Tagen.«

»Was ist da passiert?«

»Er hat mir erzählt, dass er an diesem Nachmittag ein Treffen habe. Dies sei ein sehr wichtiger Termin für das ganze Land. Aber als ich nachfragte, was er damit meinte, sagte er nur, dass ich das schon noch früh genug erfahren würde.«

»Und mehr hat er nicht dazu gesagt?«

»Nein, er tat sehr geheimnisvoll und hat es wohl sofort bereut, überhaupt etwas gesagt zu haben.« Ihr Blick war in sich gekehrt und sie schwieg einen Moment. Dann sagte sie leise. »Aber mir fällt gerade doch noch etwas ein ... Unsere Ehe war nicht besonders gut. Aber als er an diesem Nachmittag aus dem Büro kam, hatte er noch ein wenig Zeit und da sind wir ... na ja, Sie wissen schon ...«

Sie standen immer noch mitten im Wohnzimmer und Frau Probst hob den Kopf und sah Tarek direkt in die Augen. Doch plötzlich trat ein seltsamer Ausdruck auf ihr Gesicht und ihr Blick glitt an ihm vorbei.

War es Überraschung? Tarek dachte den Bruchteil einer Sekunde darüber nach. Dann drehte er sich um. Er nahm ganz automatisch Abwehrhaltung ein, wie er es tausend Mal beim Militär trainiert hatte. Doch es war längst zu spät. Noch bevor er seine Drehung vollendet hatte, traf ihn etwas Hartes am Kopf und schickte ihn zu Boden. Tarek wunderte sich noch kurz darüber, warum der Fußboden plötzlich auf ihn zuraste und versank dann in tiefster Finsternis.

19

Ulrich Bayer war spät ins Bett gekommen und der letzte Tag war anstrengend gewesen. Die drückende Hitze in der Stadt hatte ihm genauso zugesetzt wie die Suche nach dem Mörder von Anwalt Probst. Trotzdem war seine Nacht schon um vier Uhr früh beendet. Der Besuch seiner Kollegin Brigitte Fabers am Vortag hatte ihn mehr verstört, als er sich zunächst eingestehen wollte. Sie hatte das Zimmer gesehen, das in all den Jahren, in denen er hier lebte, noch niemand außer ihm betreten hatte.

Elenas Zimmer.

Er nannte es *Elenas Zimmer,* als würden sie hier zusammen leben. Was sie ja in gewisser Weise auch taten. Es konnten Wochen vergehen, ohne dass er es betrat, aber es verging kein einziger Tag, ohne dass er an Elena dachte.

An ihrem Geburtstag und an ihrem Namenstag brachte er ihr Blumen mit. Und oft, wenn er abends erschöpft nach Hause kam, setzte er sich an den Küchentisch und erzählte ihr von seinem Tag. Eine wunderbare Ehe. Wäre Elena nicht seit vielen Jahren tot.

Aber eines Tages würde er die Männer zur Rechenschaft ziehen, die für ihren Tod verantwortlich waren. Das hatte er sich geschworen. Das hielt Ulrich Bayer am Leben.

Er hatte allerdings auch Brigitte Fabers mitleidigen Blick gesehen, als er ihr von seiner Obsession erzählt hatte. Und er hatte immer noch ihre Frage im Ohr.

»Ulrich, das ist über 30 Jahre her. Meinst du nicht, es wäre an der Zeit, die Vergangenheit ruhen zu lassen?«

Hatte sie vielleicht Recht? War jetzt der Moment gekommen, die Sache zu beenden? Er hatte 30 Jahre damit verbracht, die Hintermänner des blutigen Attentats auf das Oktoberfest zu suchen. Ohne jedes greifbare Ergebnis. Wie konnte er hoffen, noch mehr herauszufinden, indem er immer weitermachte?

Sie hatten nicht nur die Liebe seines Lebens und viele andere Menschen getötet. Sie hatten auch sein Leben zerstört an diesem 26. September 1980. Und es war längst zu spät, um noch mal von vorne anzufangen. Die besten Jahre seines Lebens waren unwiederbringlich vorbei. Und jetzt, wo er sich mit Brigittes Augen sah, wurde ihm schlagartig klar, dass er wie ein Untoter zwischen seinen vergilbten Papierbergen lebte. Ein kauziger Alter, für den man nur noch Mitleid übrig hatte.

Als er die Augen aufschlug, hatte er gewusst, dass er in dieser Nacht keinen Schlaf mehr finden würde, und so hatte er geduscht und sich für die Arbeit angezogen, obwohl es erst kurz nach vier Uhr morgens war.

Nun stand er mit einem Kaffee in der Hand in Elenas Zimmer und dachte über sein Leben nach. Und über seine Kollegin Brigitte. Was er noch nie getan hatte. Obwohl sie schon seit ein paar Jahren miteinander arbeiteten.

Sie war eine schöne Frau mit einem verführerischen Lächeln. Und sie war eine unnahbare Frau. Außer ihm hatte schon jeder Mann im Präsidium versucht, bei ihr zu landen. Aber sie hatte alle abblitzen lassen, was für eine Menge Gerede im Präsidium sorgte. Sie war genauso unnahbar wie er und Bayer fragte sich, ob es einfach ihre Art war. Oder ob sie, genau wie er, eine dunkle Seite hatte, die sie bei der Arbeit verbarg.

Er verlor sich in dem Gedanken, wie es wäre, mit Brigitte Faber eine Beziehung zu haben. Doch es gelang ihm nicht, das Bild scharfzustellen.

Im selben Moment wurde Ulrich Bayer klar, dass der Gedanke absurd war. Er hatte sein Leben Elenas Andenken gewidmet. Für andere Frauen blieb da kein Platz mehr. Und er würde niemals aufgeben, Elenas Mörder zu finden. Niemals. Nur der Tod konnte ihn davon abhalten.

20

Tarek wachte auf. Jemand hatte anscheinend ein paar Sandsäcke an seinen Augenlidern befestigt, denn er schaffte es nicht, die Augen zu öffnen. Er hatte keine Ahnung, was los war und wo er sich befand und sobald er sich bewegte, jagten unerträgliche Schmerzen durch seinen Kopf. Also rührte er sich nicht und nur widerwillig nahm sein Gehirn die Arbeit auf. Er lauschte, doch es war vollkommen still um ihn herum. Dann fiel ihm wieder ein, dass er plötzlich zu Boden gegangen war. In der Villa des Anwalts. Das konnte vor einer Minute gewesen sein oder vor einem Jahr.

Er versuchte, sich zu erinnern, doch er kam nur bis zu dem Gespräch mit der Witwe. Warum lag er jetzt hier und sein Kopf schmerzte fürchterlich?

Er blieb noch einige gefühlte Monate liegen, dann ließ es sich nicht länger vermeiden und er schlug die Augen auf. Marmorboden. Ein Tischbein. Unter dem Sofa musste dringend mal Staub gesaugt werden. Er war also immer noch im Wohnzimmer des Anwalts. Mühsam rappelte sich Tarek auf und sah sich um.

Von der Frau keine Spur. Wie lange war er eigentlich ohnmächtig gewesen? Jemand musste ihm etwas über den Schädel gezogen haben. Vielleicht die geheimnisvolle Blonde? Doch wo waren die anderen hin? Und warum hatte man ihn hier liegen gelassen?

Seine Kehle war ausgetrocknet und er taumelte in die Küche. Er nahm ein Glas aus dem Schrank, goss sich Wasser ein und kippte es in einem Zug hinunter. Das zweite Glas trank er langsamer und entdeckte dabei eine Uhr. Er musste etwa eine halbe Stunde weg gewesen sein. Dann fiel ihm auf, wie still es im Haus war. Eine Stille, die nichts Gutes verhieß.

Ihm fehlte eine halbe Stunde. Was war in der Zeit passiert? Warum er so plötzlich weggetreten war, ahnte er immerhin. Er suchte im Gefrierfach nach Eis. Hinter einer Tiefkühlpizza fand er ein paar Eiswürfel, die er über der Spüle in ein Handtuch wickelte und damit vorsichtig die Beule an seinem Hinterkopf kühlte.

Jetzt, nachdem er allmählich wieder klar wurde, sagte ihm seine innere Stimme, dass er besser so schnell wie möglich verschwand. Doch die Neugier siegte und er machte sich auf die Suche nach der Hausherrin. Das Haus schien völlig verlassen zu sein. Ihm kam der Gedanke, dass man die Witwe des Anwalts entführt haben könnte, doch nichts im Erdgeschoss deutete darauf hin. Nirgendwo war etwas umgefallen. Die Haustür stand nicht offen ... Tarek überlegte, ob womöglich jemand die Polizei gerufen hatte. Aber solange, wie er im Wohnzimmer rumgelegen hatte, wäre die schon längst hier gewesen.

Also nutzte er seine Chance und schaute sich auch im Obergeschoss ein wenig um. Kurz überlegte er, ob er darauf achten sollte, keine Fingerabdrücke zu hinterlassen. Aber er hatte sowieso schon überall seine Spuren hinterlassen.

Das Schlafzimmer war ganz in Weiß gehalten mit einem riesigen Bett. Hinter der nächsten Tür: das Badezimmer. Die Probsts hatten sich nicht gerade in Zurückhaltung geübt. Alles war überdimensioniert. Die vergoldeten Wasserhähne, die Spiegel, die Badewanne. Ohne zu wissen, wonach er überhaupt suchte, schaute er halbherzig in alle Schränke.

Ihm war klar, dass die Polizei sich bereits vor ihm hier umgesehen hatte. Wenn es hier etwas Interessantes zu finden gab, dann musste es sehr gut versteckt sein.

Immerhin fand er eine Packung Aspirin. Er nahm zwei davon sofort und steckte den Rest in die Hosentasche. Ratlos trat er ans Fenster. Er würde in diesem Haus nichts finden, schon gar keine Antworten auf seine Fragen.

Und dann sah er sie. Frau Probst trieb mit dem Gesicht nach unten im Swimmingpool. Man brauchte kein Rettungsschwimmer sein, um zu erkennen, dass sie tot war.

Dies wäre ein passender Moment gewesen, um in Panik zu verfallen, doch darüber war Tarek längst hinaus. Eine seltsame Ruhe überkam ihn. Oder eigentlich war es mehr eine große Müdigkeit. Die Erkenntnis, dass hier etwas vor sich ging, dem er nicht gewachsen war. Aber dann erwachte seine Kämpfermentalität. Wenn er ohnehin keine Chance hatte, dann würde er ihnen wenigstens so lange wie möglich in ihre Feinschmeckersuppe spucken.

Und so beendete er seine Runde durchs Haus, ohne sich um die Frau zu kümmern. Er fand das Arbeitszimmer von Dr. Probst und setzte sich an den Schreibtisch des toten Anwalts, zog halbherzig ein paar Schubladen auf und guckte, ob etwas unter der Tischplatte klebte. Er fand nichts, doch je länger er suchte und je mehr die Kopfschmerztabletten zu wirken begannen, desto stärker drängte sich eine Frage in sein Bewusstsein:

Warum war Frau Probst tot und er noch am Leben?

Warum hatte man ihn weder umgebracht noch die Polizei gerufen, die ihn sicherlich nur allzu bereitwillig verhaftet hätte?

Und dann wurde ihm schlagartig die Antwort klar. Als der Anwalt Probst ermordet wurde, war er zur falschen Zeit am falschen Ort gewesen und deshalb des Mordes verdächtigt worden. Da war es naheliegend, ihm auch den Mord an dessen Ehefrau anzuhängen. Was natürlich schlecht möglich war, wenn man ihn ohnmächtig neben der Leiche fand. Damit er als Täter in Frage kam, musste er vom Tatort fliehen. Die Polizei würde genügend Spuren finden, die er hier hinterlassen hatte.

Er durchschaute dieses Spiel zwar, doch das Dumme war, dass ihm nichts anderes übrigblieb, als es mitzuspielen. In dieser Situation hätte es wenig Sinn, selbst die Polizei zu rufen. Ihm würde endgültig niemand mehr glauben.

Tarek presste sich weiter das Eis auf den Hinterkopf und hinterließ Wasserflecken auf Probsts teurem Ledersessel. Ein kühler Kopf war genau das, was er jetzt brauchte. Wenn er nur noch als Bauernopfer gebraucht wurde, was war dann mit dem verdammten Koffer? Noch vor zwei Tagen hatten sie ihn wegen diesem ominösen Geldkoffer gejagt. Und jetzt ließen sie ihn einfach hier liegen. Entweder hatte ihn die Person niedergeschlagen, die den Koffer hatte oder seine unsichtbaren Gegner hatten das verfluchte Ding inzwischen gefunden. Vielleicht hatte der Koffer ja das Haus auch nie verlassen und die Witwe hatte ihn gehabt. Wenn das stimmte, dann hatte sie dafür mit ihrem Leben bezahlt.

Die Eiswürfel waren fast geschmolzen und das Wasser lief Tarek in den Nacken. Er stand auf und ging zurück in die Küche. Er warf das nasse Handtuch in die Spüle und nahm sich ein sauberes aus dem Schrank. Allmählich fühlte er sich hier schon fast wie zu Hause.

Er öffnete das Gefrierfach und genoss den kühlen Lufthauch. Ganz hinten fand er noch einen zweiten Behälter mit Eiswürfeln. Er nahm sie heraus und wickelte die Eiswürfel in das trockene Handtuch. Dann drückte er den Eisbeutel wieder auf seine Beule. Noch immer ruhte sein Blick auf der Tür des Eisfachs. Was hatte er gerade gesehen? Irgendein Detail, das nicht stimmte. Er öffnete die Tür erneut. Gemüse. Tiefkühlfrüchte. Ein Brot. Drei Pizzakartons. Nichts, was nicht in ein Tiefkühlfach gehörte. Er schloss die Tür und starrte sie unverwandt an. Dann riss er sie wieder auf. Natürlich. Die Pizza. Das Haltbarkeitsdatum. Zwei der Pizzen waren noch haltbar, aber bei der dritten war das Verfallsdatum vor mehr als zwei Jahren abgelaufen.

Er nahm den Karton heraus und drehte ihn vorsichtig in alle Richtungen. Und dann sah er es. Man musste genau hinschauen, aber der Karton war schon einmal geöffnet und später wieder sorgfältig verschlossen worden. Tarek riss die Verpackung auf. Und hielt einige in Plastik eingeschweißte Papiere in der Hand.

21

Müde und gestresst fuhr Tarek mit dem Bus zurück ins Zentrum und seine Stimmung pendelte zwischen dem Wunsch auf der Stelle einzuschlafen und laut loszubrüllen. Obwohl der Bus voller lautstarker Teenager war, sackte sein Kopf immer wieder zur Seite, während der Bus sich allmählich der Innenstadt näherte.

Er stieg am Ebertplatz aus und ging den Rest des Weges zu Simone zu Fuß. Kaum hatte er die Eingangstür hinter sich geschlossen, kam aus einer der Wohnungen im Erdgeschoss ein alter Mann heraus und beäugte ihn argwöhnisch.

»Guten Tag«, sagte Tarek freundlich und wollte schnell an ihm vorbei die Treppe hinauf.

Doch der Mann stellte sich ihm auf seinen Stock gestützt in den Weg. »Sie wohnen aber nicht hier im Haus.« Es war mehr eine Feststellung als eine Frage. »Zu wem wollen Sie denn?«

»Ich bin zu Besuch bei einer Freundin«, sagte Tarek, immer noch um Freundlichkeit bemüht.

Der Blick des Alten wanderte von seinem Kopf zu Tareks staubigen Schuhen und zurück. »Sind Sie Ausländer?«, wollte er wissen.

»Ja«, sagte Tarek. »Aber keine Bange. Das ist nicht ansteckend.« Und damit schob er sich an dem Alten vorbei und eilte nach oben.

Die Angst, sein ständiger Begleiter in den letzten Tagen, kroch ihm übers Rückgrat. Er spürte, wie die misstrauischen Blicke des Mannes ihm folgten, bis er verschwunden war und wusste, dass es ein Fehler gewesen war, ihn vor den Kopf zu stoßen. So würde der Kerl sich auch noch in einer Woche an ihn erinnern.

Als die Wohnungstür hinter Tarek zufiel, atmete er erleichtert auf. Einen Moment lang schloss er die Augen und nur die Neugier brachte ihn dazu, diese noch einmal zu öffnen. Jetzt wollte er endlich wissen, was das für Papiere waren, die der Anwalt im Gefrierfach versteckt hatte. Aus der Küche holte er sich ein großes Glas Leitungswasser und setzte sich aufs Sofa im Wohnzimmer.

Als Simone am frühen Abend von der Arbeit kam, schlief Tarek tief und fest. Erst als sie ihn sanft an der Schulter berührte, schreckte er hoch und warf dabei die Blätter zu Boden, die auf seinem Bauch gelegen hatten.

Das harte Licht der Deckenlampe warf lange Schatten auf ihre Gesichter und ließ die Anspannung der letzten Tage deutlich hervortreten. Simones Stimme hatte etwas Knarrendes wie eine verwitterte Brücke über einem Gebirgsbach, die kurz vor dem Einsturz stand.

»Die Polizei des ganzen Landes jagt dich, Gangster trachten dir nach dem Leben, ein Freund von dir wurde ermordet, ein anderer liegt schwer verletzt im Krankenhaus und du liegst hier gemütlich auf dem Sofa und schläfst. Soll ich dir vielleicht jetzt Abendessen kochen und dann gucken wir ein wenig Fernsehen? Ist dir eigentlich klar, dass ich vor Sorge fast verrückt geworden bin?«

Tarek setzte sich schlaftrunken auf und war klug genug, den Mund zu halten.

»Ich war im Krankenhaus«, sagte Simone ganz leise.

»Und? Wie geht es Marco?«

»Er lebt. Aber es geht ihm nicht gut. Er ist ins Koma gefallen und die Ärzte können noch nicht sagen, wann er wieder aufwacht und ob er bleibende Schäden davontragen wird.«

Tarek schluckte und fühlte sich wie ein Todesengel. Er schaute in Simones Augen und spürte, dass sie kurz davor war, zusammenzuklappen. Aber er hatte nicht die Kraft, sie aufzufangen. Also bückte er sich nur wortlos und hob die Papiere vom Boden auf. Zwei einfache DIN A4 Zettel. Mehr hatte er nicht im Gefrierfach des Anwalts gefunden. Doch die Nachrichten waren offensichtlich verschlüsselt, denn sie enthielten bloß Zeilen mit unleserlichen Kombinationen von Buchstaben und Zahlen. Und bei dem Versuch, den Code zu knacken, war Tarek schon nach wenigen Minuten in einen traumlosen Schlaf gefallen. Als er sich nach vorne beugte, stieß Simone einen unterdrückten Schrei aus. Sie hatte die mit Blut verkrustete Beule an seinem Hinterkopf entdeckt.

Tarek legte die Papiere aufs Sofa und stand auf. Er spürte die Anstrengungen der letzten Tage in jeder Faser seines Körpers und hätte sich am liebsten sofort wieder hingelegt. Er wollte nicht reden und nicht denken. Sondern einfach nur schlafen. Und alles vergessen.

»Simone«, sagte er stattdessen und fasste sie sanft an den Armen. »Reg dich bitte nicht auf.«

Sie wich einen Schritt zurück. »Ich soll mich nicht aufregen? Vielleicht solltest du aufhören, mir ständig neue Gründe zu liefern, mich aufzuregen! Was ist mit deinem Kopf passiert? Warst du bei der Witwe des Anwalts? Und komm mir jetzt bloß nicht mit weiteren Katastrophen.«

»Sie ist tot.«

»Oh, mein Gott, Tarek ... Was hast du getan?« Der letzte Rest Farbe wich aus Simones Gesicht. Aber als Tarek sie zum Sofa führen wollte, fauchte sie ihn an. »Fass mich nicht an, ... warte, lass mich raten ... du kannst nichts dafür, stimmt's? Und du hast auch nicht die Polizei gerufen.«

»Ja, auch wenn du es nicht glaubst ... ich kann nichts dafür und ich habe nicht die Polizei gerufen, aber ich kann dir das erklären.«

»Tarek ... bitte ...« Sie wich noch einen Schritt von ihm zurück und hob abwehrend die Hände. »Ich will das gar nicht hören! Verstehst du, ich will da nicht mit hineingezogen werden. Wenn du es nicht tust, dann rufe ich jetzt die Polizei an. Das kann so nicht weiter gehen.«

Simone drehte sich entschlossen um und noch bevor Tarek etwas erwidern konnte, hatte sie den Telefonhörer in der Hand. Er hastete hinterher, entriss ihr den Hörer und knallte ihn auf die Gabel.

Ihre Blicke trafen sich im Halbdunkel. Wut sprühte aus ihren Augen. Doch dann sackten Simones Schultern nach unten, sie begann zu schluchzen und ließ sich von Tarek zum Sofa führen. Die Minuten vergingen, ohne dass einer von ihnen etwas sagte. Aus dem Flur war das leise Ticken einer Uhr zu hören, die Tarek nie zuvor wahrgenommen hatte. Vor dem Fenster brauste ein Motorrad vorüber und als sich der Lärm langsam in der Ferne verlor, griff er zu den Papieren auf dem Tisch.

»Simone, es tut mir leid, dass ich dich da mit hineinziehe.

Aber du bist der einzige Strohhalm, der mir geblieben ist. Und glaub mir, ich habe mir das nicht ausgesucht. Ich war bei der Witwe und wir haben uns unterhalten. Ich hätte schwören können, dass wir allein waren, aber plötzlich habe ich einen Schlag auf den Hinterkopf bekommen. Und als ich wieder aufgewacht bin, schwamm die Frau tot im Swimmingpool. Aber danach habe ich das hier im Gefrierfach des Anwalts gefunden. Versteckt in einem Pizzakarton.«

Simone nahm die Papiere und schaute sie sich verständnislos an. »Was ist das? Wirre Zahlen- und Buchstabenkombinationen? Hat das etwas mit den ganzen Morden zu tun?«

»Keine Ahnung. Aber wenn sich der Anwalt die Mühe gemacht hat, das zu verschlüsseln und zu Hause im Gefrierfach zu verstecken, dann muss es wichtig sein. Und so brisant, dass er es auch nicht im Tresor in seinem Büro deponiert hat. Wahrscheinlich dürfte es diese Papiere gar nicht geben. Vielleicht ist das auch eine kleine Rückversicherung – dann hat sie ihm aber nicht viel genützt.«

»Tarek ... ich flehe dich noch mal an, lass uns zur Polizei gehen! Du kannst doch nicht allein in einen Krieg gegen das ganze Land ziehen. Irgendwann erwischen sie dich garantiert. Und dann kannst du froh sein, wenn es die Polizei ist, die dich schnappt.«

»Simone, wenn ich mich stelle, bin ich ein toter Mann. Selbst wenn ich diese Geschichte überstehe, würden sie mich zurück nach Libyen schicken. Und spätestens das wäre mein sicheres Todesurteil.«

Simone stand auf und wanderte unruhig durchs Wohnzimmer. »Ich habe schreckliche Angst und halte das nicht mehr lange aus.«

Sie blieb vor dem Sofa stehen und auch Tarek erhob sich nun. Ihre Blicke trafen sich. »Komm her«, sagte Simone leise und zog ihn zu sich heran. Tareks Hand streichelte sanft durch ihr festes dunkelbraunes Haar. Ihre Lippen trafen sich. Erst zögerlich, dann immer leidenschaftlicher. Simone löste sich von ihm und streifte ihr T-Shirt über den Kopf, ohne den Blick von ihm abzuwenden.

Es ist gar nicht so schwer, an nichts zu denken. Das war das Letzte, was er dachte, bevor er sich endgültig in ihren sanften Augen verlor.

▪ ▪ ▪

Tarek schlug die Augen auf und fühlte sich wach und klar, obwohl er nicht lange geschlafen hatte. Er lag auf dem Rücken im Halbdunkel, neben Simone, die tief atmete. Er drehte sich herum und betrachtete ihr entspanntes Gesicht. Einen Moment lang dachte er an die Möglichkeit eines Lebens, das er nie leben würde. Ein Leben, in dem er morgens zur Arbeit ging und abends zu seiner Frau und den Kindern heimkehrte. In dem er samstags mit Freunden zum Fußball ging und im Sommer in den Urlaub ans Meer fuhr. Das Leben eines ganz normalen Deutschen.

Er verdrängte diese Gedanken. Jetzt war Simone ihm nah und das war alles, was zählte. Wer wusste schon, was der nächste Tag bringen würde. Sanft legte er seine Hand auf ihr Haar und Simone seufzte leicht. Dann schlüpfte er aus dem Bett, zog sich Slip und Hose über und schlich in die Küche. Er trank einen Schluck Wasser und holte sich die verschlüsselten Dokumente und etwas zu schreiben aus dem Wohnzimmer. Wenn der Code nicht allzu schwierig war, würde er ihn vielleicht knacken können. Vor seinem Auge zogen Bilder vorüber, wie sie sich als junge Offiziersanwärter in der Kaserne die Zeit damit vertrieben hatten, sich Verschlüsselungen auszudenken, die die anderen enträtseln mussten.

Entschlossen nahm er sich den ersten Zettel zur Hand und verbannte die Vergangenheit wieder in das dunkle Verließ im hintersten Winkel seines Kopfes, wo er sie meist unter Verschluss hielt.

Eine Stunde später hatte er festgestellt, dass einige Buchstaben besonders gehäuft auftraten. Wenn er Glück hatte, handelte es sich um eine einfache Caesar-Verschlüsselung. Das war was für Amateure. Vor über zweitausend Jahren reichte das womöglich noch, um Geheimnisse zu bewahren. Heute konnte man damit höchstens jemanden vom Lesen abhalten, der nur einen flüchtigen Blick auf den Text warf.

Man brauchte nur zu wissen, welche Buchstaben im Alphabet am häufigsten auftraten. Mit dem Computer hätte Tarek so einen Text in fünf Minuten geknackt, so musste er etwas rumprobieren. Der Buchstabe, der am häufigsten auftauchte, war das H. Und der stand wahrscheinlich für ein A, ein E oder ein I, vielleicht auch für ein O.

Er schrieb das Alphabet in einer langen Reihe auf. Von A bis H waren es sieben Buchstaben. Also versuchte er, alle Buchstaben des Textes um sieben Stellen zu verschieben. Nein, das gab keinen Sinn. Von E bis H waren es drei Buchstaben. Er verschob erneut alle Buchstaben und Zahlen, diesmal um drei Positionen. Bingo, das war es!

Zehn Minuten später hielt Tarek zwei Listen mit Namen und Telefonnummern in der Hand. Er schrieb sie noch einmal ins Reine. Eine Liste mit Männer-, eine mit Frauennamen. Den Code hatte er geknackt, den Sinn zu entschlüsseln, würde die härtere Nuss sein. Warum machte sich jemand die Mühe, zwei einfache Listen mit Namen und Telefonnummern zu verschlüsseln und in einem Pizzakarton im Gefrierfach zu verstecken? Zwei oder drei der Männernamen kamen ihm bekannt vor, vielleicht konnte Simone ihm etwas dazu sagen.

Ein lautes Scheppern auf der Straße schreckte Tarek aus seinen Gedanken auf. Sofort versteifte sich sein ganzer Körper. Er lauschte. Aber es war so still, als würde er durchs

Weltall treiben. Auf Zehenspitzen ging er hinüber ins dunkle Wohnzimmer und sah aus dem Fenster. Auf den ersten Blick sah alles aus wie immer. Eine verlassene Großstadtstraße, die bald zum Leben erwachen würde. Autos am Straßenrand, Mülleimer, eine Ampel, die brav ihren Dienst versah, auch wenn sich gerade niemand für sie interessierte.

Doch dann entdeckte Tarek sie. Mehrere Polizisten in voller Kampfmontur, die sich im Schutz der parkenden Fahrzeuge langsam auf Simones Haustür zuschoben. Sofort fiel ihm die Begegnung vom Vorabend mit dem Rentner im Hausflur wieder ein. Wahrscheinlich hatte schon halb Deutschland sein Phantombild gesehen und der Alte hatte ihn erkannt. Tarek lief in die Küche und holte seine Zettel, dann ins Schlafzimmer, wo er sich fertig anzog und seine Pistole in den Hosenbund steckte.

Tarek kniete sich neben Simone, die immer noch tief und fest schlief. Er legte ihr die Hand auf den Mund und flüsterte leise ihren Namen. Sie schrak hoch, wollte schreien. Aber Tareks Hand hinderte sie daran.

»Psst«, sagte er sanft und ließ ihr einen Moment, um wach zu werden. »Ich muss weg, Simone. Die Polizei steht vor der Tür. Wenn es mir gelingt, zu fliehen, melde ich mich so schnell wie möglich. Wenn nicht, tu so, als hättest du mich nie gesehen. Ich werde ihnen nicht erzählen, aus welcher Wohnung ich gekommen bin.«

Er küsste sie auf die Stirn und lief zurück zum Wohnzimmerfenster. Die Polizisten hatten sich unten vor der Tür versammelt. Gleich würde es losgehen.

Und dann entdeckte er auch sie. Auf der anderen Straßenseite im Schatten der Arkaden. Seine Kommissarin. Die Vampirin. *Noch hast du mich nicht*, dachte Tarek und lief zur Wohnungstür. Ein Blick durch den Spion. Nichts, nur Dunkelheit.

Panik stieg in ihm auf. Wohin? Die Hintertür hatten sie bestimmt abgesichert. Blieb noch das Dach. Wenn er von dort aus nicht wegkam, könnte er wenigstens behaupten, er habe sich dort nur versteckt. Er musste wenigstens Simone schützen. Doch ein zweiter Blick durch den Spion sagte ihm, dass es auch dafür schon zu spät war. Ein kurzer Lichtstrahl wanderte durch den dunklen Flur und erlosch sofort wieder. Aber mehr brauchte er auch nicht sehen. Sie waren also bereits da. Keine Chance mehr, hier wegzukommen. Schemenhaft huschte ein zweiter Schatten durchs Bild. Und doch hatte Tarek den Helm und das Gewehr erkannt. Er rannte ins Wohnzimmer, ohne zu wissen, was er da sollte. Zurück in den Flur. Instinktiv spürte er, dass es keine Fluchtmöglichkeit gab. Und trotzdem war er nicht bereit, aufzugeben.

Ins Badezimmer. Das Fenster zum Hof. Er blickte hinunter. Keine Chance, von hier aus heil nach unten zu kommen. Und aufs Dach kam man von hier auch nicht.

Dann plötzlich Lärm. Dumpfe Schläge. Einer, zwei ... das Splittern von Holz. Der Lärm einer Explosion. Jede Faser von Tareks Körper spannte sich an. Darauf vorbereitet, dass sie sich im nächsten Moment auf ihn stürzen würden und alles vorbei wäre. Er hatte gehört, wie die Tür aufgetreten wurde. Er hatte das Geschrei gehört, das Trampeln der schweren Stiefel ... doch dann passierte gar nichts. Niemand, der ihn zu Boden riss. Niemand, der auf ihn einschlug. Niemand, der ihn anschrie.

Sein Gehirn braucht einige Sekunden, um diese widersprüchlichen Informationen zu verarbeiten. Verwirrt, schweißgebadet und mit zitternden Knien verließ er das Bad. Hinter ihm im Flur stand Simone. Völlig verängstigt. Aber die Wohnungstür war intakt. Tarek stürzte zum Türspion. Und erst jetzt wurde ihm klar, was passiert war. Die Polizei hatte die Nachbarwohnung gestürmt.

Durch die Wand hörte er das Geschrei und den Tumult und konnte sich lebhaft vorstellen, wie sie die Wohnung niederwalzten. Der Flur war jetzt hell erleuchtet. Und dann kamen sie heraus. Zwischen ihnen ein Mann, nur mit einer Unterhose bekleidet. Die Hände auf dem Rücken gefesselt. Den Kopf nach unten gedrückt, stolperte er mehr, als dass er lief, und schon war er wieder aus Tareks Blickfeld verschwunden. Der Mann hatte schwarze Haare gehabt, einen dunklen Teint. Genau wie Tarek. Vielleicht ein Araber wie er, vielleicht ein Italiener, Türke oder Grieche.

Und erst jetzt dämmerte es Tarek, was passiert sein musste. Simone hatte ihm einmal erzählt, dass ihre Nachbarin von den meisten Bewohnern des Hauses geschnitten wurde, weil sie häufig wechselnde Männerbesuche hatte. Und was noch skandalöser war – die wenigsten dieser Männer waren ordentliche Deutsche.

Wahrscheinlich hatte der Rentner, den er gestern Abend im Hausflur getroffen hatte, die Polizei gerufen. Aber er hatte nicht gesehen, wohin Tarek gegangen war. Und er war wohl davon ausgegangen, dass er zu Simones Nachbarin gehörte.

Die Polizei rückte wieder ab, dafür versammelten sich die Nachbarn vor Simones Tür. Leise hörte er ihre empörten Stimmen. »... dreckiges Flittchen« »... musste ja mal so kommen« »... wundert mich gar nicht ...« Er drehte sich um und ließ sich langsam an der Tür hinabgleiten. Simone setzte sich zu ihm und er legte den Arm um ihre zitternden Schultern.

2. Teil

22

Abasiama Onuma stand wie jeden Morgen um vier Uhr auf. Nur sonntags blieb der große verbeulte Wecker auf dem nackten Betonboden stumm.

Er teilte sich das Zimmer mit vier weiteren Männern, die sich steif von den Pappkartons erhoben, die ihnen als Matratze dienten. *Abasiama*, das bedeutete so viel wie: von Gott geliebt. Doch wenn er in die schlaftrunkenen Gesichter der anderen blickte, ahnte Abasiama, dass er Gott womöglich ziemlich egal war.

Die Wohnung bestand aus dem großen Raum, in dem die Männer schliefen und wohnten, einer winzigen Küche mit einem ständig gluckernden Kühlschrank und einer Kochplatte sowie einem Badezimmer mit einer Dusche aus der schon seit Monaten nur kaltes Wasser kam. Vermietet wurde ihnen diese Absteige in einem abbruchreifen Haus am Stadtrand von einem Albaner, der pünktlich an jedem Ersten in seinem glänzenden Mercedes zum Abkassieren vorfuhr. Zu einem Preis, der eher vermuten ließ, dass sie im Hotel residierten. Aber wenn man schwarz und illegal war, musste man nehmen, was man kriegen konnte, ohne aufzubegehren.

Immerhin fuhr um 4:20 Uhr direkt vor der Tür der erste Bus Richtung Industriegebiet ab. Abasiama war auf diesen Bus angewiesen. Wenn er den nicht erwischte, konnte er gleich liegenbleiben. Dann hatten die anderen schon die wenigen schlecht bezahlten Jobs unter sich aufgeteilt. Sie waren immer viel zu viele. Aber die Chefs wussten inzwischen, dass Abasiama stark und zuverlässig war und sich niemals beschwerte, egal welche Arbeit sie ihm abverlangten. Und so brauchte er nur selten unverrichteter Dinge nach Hause fahren.

Der Bus war für ihn lebensnotwendig, aber dennoch stieg

er jedes Mal voller Angst ein. Abasiama versuchte stets, so unsichtbar wie möglich zu sein. Aber im Bus ging das nicht. Viel zu viele von ihnen nahmen Morgen für Morgen eben diese Strecke. Die Behörden mussten von ihnen wissen, aber bislang war es ihnen offenbar egal. Doch er fürchtete sich vor dem Tag, an dem sie ihre Meinung änderten.

Manchmal hatte er nichts zu essen, eine Fahrkarte steckte aber immer in seiner Tasche. Bloß nicht die Fahrer gegen sich aufbringen. Oder die Kontrolleure, denen es egal war, wer du warst oder wo du herkamst, solange du einen Fahrschein hattest. Immer eine Fahrkarte haben. Das war wichtig. Und immer freundlich sein. Aber nicht zu sehr. Nicht auffallen. Unsichtbar sein.

Unsichtbar sein war fast noch wichtiger als die Fahrkarte. Nie jemandem in die Augen sehen. Nie jemanden ansprechen. Nicht auffallen, auch wenn einen alle angafften, weil man die falsche Hautfarbe hatte. Wenn man nicht auffiel, vergaßen sie einen auch sofort wieder.

Einfach weitergehen, wenn man angerempelt wurde. Nicht reagieren, selbst wenn man von Rechtsradikalen angepöbelt wurde. Auch wenn die einen Kopf kleiner waren als man selbst. Einfach weitergehen. Bloß niemandem im Gedächtnis bleiben. Nicht dem Busfahrer, nicht den Rechten, nicht dem netten Verkäufer im Kiosk, wo er die Tickets kaufte. Einkaufen nur in den allergrößten Supermärkten. Nicht krank werden. Das auf gar keinen Fall.

Nicht auffallen, niemandem im Gedächtnis bleiben. Vor allem nicht den Polizisten. Vorher ahnen, wo sie waren. Umwege nehmen. Und immer einen Fluchtweg im Kopf haben, falls man doch mal angehalten wurde.

Der Morgen war noch angenehm kühl, als Abasiama den Bus verließ, gemeinsam mit einigen anderen Männern, die sich keines Blickes würdigten. Wer hier um kurz vor fünf aus dem Bus stieg, der war genau wie Abasiama auf der Suche nach Arbeit. Und sie alle wussten, dass es davon nicht genug für jeden von ihnen gab. Dass sie Konkurrenten waren und für Solidarität kein Platz blieb. Solidarität war etwas für die Reichen, die sich damit ein ruhiges Gewissen kaufen konnten. Wenn sie hier an der staubigen Straße standen und darauf hofften, zu denjenigen zu gehören, die von den Bauunternehmern auf die Lastwagen gewunken wurden, dann war es jedem egal, was mit den anderen passierte. Denn sie brauchten diese miesen Jobs alle dringend, wenn sie nicht am Abend hungrig ins Bett gehen wollten.

Und so standen sie auch an diesem Morgen da, schlecht gelaunt und müde. Genau 53 Tagelöhner für etwa 30 Jobs. Abasiama mitten unter ihnen, den Blick starr nach vorne gerichtet. Die Gerüche der Männer in sich aufnehmend, die aus aller Welt gekommen waren, um sich hier um einen Job zu prügeln, der 10 bis 20 Euro einbrachte. Für einen Tag Schinderei, nicht für eine Stunde. Wenn sie Glück hatten und sie der Chef nicht am Ende des Tages unter Beschimpfungen einfach davonjagte.

Ein altersschwacher Fiat Kastenwagen kam vorgefahren und hüllte sie in eine Wolke aus Staub. Mit herrischer Miene suchte sich der Fahrer vier Männer aus der Menge und dirigierte sie hinten in den Fiat, ohne ein Wort mit ihnen zu wechseln. Die Klappen schlossen sich und schon war er wieder verschwunden. Ohne dass einer gefragt hätte, was es zu tun gab oder wie viel sie verdienten.

Abasiama war nicht dabei, aber es dauerte nicht lange, da kletterte er mit einem anderen Mann in den vierten Transporter. Von denen, die jetzt noch dastanden, würden nicht mehr viele Glück haben. Hungrig und desillusioniert würden sie nicht einmal das Geld haben, um mit dem Bus zurück nach Hause zu fahren. Aber Abasiama hatte an diesem Morgen Glück gehabt und die anderen Männer bereits vergessen, als der Lieferwagen die nächste Kreuzung erreichte. Mitleid war noch so ein Gefühl, das er sich nicht leisten konnte.

Kurz darauf hielten sie auf irgendeinem Hinterhof im Niemandsland. Zwei Hunde bellten unablässig und zerrten an ihren Ketten, als sie in einen LKW umstiegen, der fertig beladen auf dem Hof stand. Niemand machte sich die Mühe ein Wort mit ihnen zu wechseln. Und so fuhren sie schweigend hinaus in Richtung Eifel.

Die Straßen und die Ortschaften wurden immer kleiner. Abasiama schaute aus dem Fenster und ließ die Landschaft mit ihren sanft geschwungenen Hügeln an sich vorbeigleiten. Zwischendurch fielen ihm die Augen zu und er wünschte sich, dass die Fahrt noch ein Weilchen dauern würde. Dies schien einer der seltenen Tage zu sein, an denen sie viel fuhren und weniger arbeiten mussten.

Doch dann bogen sie von der Landstraße ab in einen staubigen Feldweg. Der LKW rumpelte über die ausgetrockneten Furchen und zog eine lange Staubwolke hinter sich her, bis er am Rande eines kleinen Wäldchens anhielt.

Der Fahrer stieg aus und machte ihnen ein Zeichen, ihm zu folgen. Anscheinend kam er gar nicht auf die Idee, dass sie deutsch sprachen. Er führte sie zwischen einigen Bäumen hindurch zu einem Steilhang, der ungefähr 20 Meter weit abfiel. Mit einer Hand zeigte er mehrmals nach unten, und als sie zurück zum LKW gingen, wusste Abasiama bereits, was zu tun war.

Auf der Ladefläche standen etwa 50 kleine Fässer. Dreckig und rostig. Zerbeult und teils undicht. Der Fahrer setzte sich auf einen Baumstumpf und zündete sich eine Zigarette an. Er hatte keine Handschuhe für sie und so nahm sich Abasiama das erste Fass mit bloßen Händen, ging zurück zu dem Abhang und warf es hinunter.

Die Sonne stand noch nicht hoch am Himmel und trotz des

kühlenden Schattens der Bäume lief ihm bereits nach dem dritten Fass der Schweiß die Stirn herunter. Stoisch und ohne ein Wort zu wechseln, trugen die beiden Männer ein Fass nach dem anderen zum Abhang. Sie hatten etwa ein Viertel geschafft. Die Zunge klebte Abasiama am Gaumen, aber zu trinken gab es natürlich nichts. Er holte Schwung und warf das nächste Fass hinunter. Wartete, bis er den dumpfen Aufprall hörte. Seine Hände waren gerötet und brannten, aber er versuchte, das zu ignorieren. Was blieb ihm auch anderes übrig.

Er gönnte sich eine kleine Pause, wischte sich mit dem Unterarm den Schweiß von der Stirn und lauschte den Vögeln. Vorsichtig beugte er sich vor und schaute den Abhang hinunter. Die Fässer hatten eine Schneise in die Büsche und Sträucher gerissen und bildeten einen gut sichtbaren Kontrapunkt zur Natur. Aber Abasiama weigerte sich, darüber nachzudenken, was sie hier taten. Das sollten die Deutschen untereinander ausmachen. Und besser, sie verbuddelten ihren Müll im eigenen Land, als dass sie ihn illegal nach Afrika exportierten. Solange er sein Geld bekam, war das nicht sein Problem.

Dann bemerkte er ein Glitzern an einem kleinen Vorsprung etwa zwei Meter unter ihm. Aber wegen der dichten Vegetation konnte er nicht viel erkennen. Neugierig kniete er sich hin. Da war etwas, aber von hier oben hatte er keine Chance, zu sehen, was es war. Der Fahrer hatte sich inzwischen zu einem kleinen Schläfchen hingelegt und so kletterte Abasiama vorsichtig den Hang hinunter. Mit den Händen hielt er sich an den Sträuchern fest. Je weiter er hinunterrutschte, desto deutlicher nahm er den Gestank wahr, den er von oben kaum wahrgenommen hatte. Ganz langsam, um nicht den Halt zu verlieren, ging er in die Hocke und schob die Äste auseinander. Ein erschrockener Schrei entfuhr seiner Kehle und beinahe wäre er abgestürzt, wenn es ihm nicht im letzten Moment gelungen wäre, sich festzuhalten.

Das Glitzern, das ihm von oben aufgefallen war, stammte von einer goldenen Armbanduhr. Was er aber nicht gesehen hatte, war der halb verweste Arm, an dem die Uhr hing. Der Arm gehörte zu der Leiche einer jungen Frau. So viel erkannte er, bevor er sich übergab und voller Panik den Hang wieder hinaufkletterte.

Ungläubig schaute er noch einmal hinab. Kein Zweifel. Jetzt konnte er es genau erkennen. Da unten lag eine tote Frau. Gebannt starrte er hinab, während er langsam wieder zu Atem kam. *Nein, Gott liebt mich ganz sicher nicht,* ging es ihm durch den Kopf. Warum musste ausgerechnet er diese Frau finden? Und nun? Die Polizei konnten sie ja wohl kaum rufen. Sollte er einfach so tun, als wäre nichts gewesen. Der andere Afrikaner kam und sah Abasiama vorwurfsvoll an, weil er scheinbar nur faul herumstand.

Doch die Entscheidung, was zu tun sei, wurde ihm abgenommen. Vom Waldrand her hörten sie die zornige Stimme eines Mannes. Dann die des Fahrers. Ein Schuss krachte und aus den Bäumen stoben Scharen von Vögeln auf. Der Motor des LKW wurde angelassen und schon rumpelte der Wagen über den Feldweg davon. Ohne auf den anderen Arbeiter zu achten oder sich noch einmal umzusehen, rannte Abasiama los. An diesem Tag würde er keinen Lohn bekommen. Und es würde ein langer Heimweg werden.

23

Eine Straße, nur für die Liebe. Und doch der einsamste Ort der ganzen Stadt. Darin unterschied sich der Straßenstrich in Bonn nicht von all den anderen trostlosen Straßen am Stadtrand, an denen Frauen ihre Körper für eine schnelle Nummer zwischen Büroschluss und Abendessen mit Frau und Kindern zur Verfügung stellten.

Natürlich hieß sie nicht Mandy. Aber die Männer wollten ihn ohnehin nur wissen, um ihren Namen zu stöhnen, wenn sie kamen. »Oh, ja ... komm, Mandy, mach's mir ...« Da war ein kurzer Name hilfreich. Dabei konnten sie sich nicht verhaspeln.

Es war noch keine fünf Minuten her, dass Mandy aus einem protzigen Mercedes gestiegen war. Der Mann war so dick gewesen, dass sie kaum an seinen Schwanz herangekommen war, um ihm einen zu blasen.

Allmählich war sie mit den Nerven vollkommen am Ende. Wie lange sollte das noch so weiter gehen? Warum tat Lukas ihr das an? Er musste doch sehen, dass sie mit ihrem Luxuskörper nicht hierher gehörte zwischen all die abgetakelten Alten und die Drogenwracks. Sie hatte ihm doch immer gutes Geld eingebracht und nie rumgezickt.

Die Nacht bestand aus unzähligen widerlichen Kerlen. Denn lange stand sie nie am Straßenrand – ganz im Gegensatz zu einigen ihrer Kolleginnen, die so vollgedröhnt waren, dass sie kaum geradestehen konnten. In den kurzen Pausen durchbohrten sie die hasserfüllten Blicke der anderen Frauen und Mandy fürchtete, dass sie bald eine Tracht Prügel beziehen würde.

»Du musst wieder etwas Demut lernen«, hatte Lukas zu ihr gesagt, als er sie vor drei Tagen zum ersten Mal hier abgesetzt hatte. Keine dreihundert hatte sie an diesem Abend eingefahren. Das hatte sie vorher einem einzigen Freier alleine für Champagner aus der Geldbörse geholt.

Dabei war doch alles so gut gelaufen. Sie war Lukas' bestes Pferd im Stall. Und er hatte sie nur zu ausgesuchten Kunden geschickt. Und dann war sie nach Sylt geflogen. Zuerst war ihr überhaupt nicht klar gewesen, was sie dort erwartete. Dieser schleimige Typ, der sich aufführte, als wäre er ihr Zuhälter, hatte Mandy und noch zwei weitere Mädchen von dem kleinen Inselflughafen abgeholt. Dann waren sie die Küste entlang bis zu dieser riesigen Villa gefahren.

Sie hatte ja schon einiges gesehen, aber das hatte alles übertroffen. Und als ihr der Hausherr vorgestellt wurde, blieb Mandy endgültig der Atem weg. Wann hatte man schon mal Kunden, die man aus den Fernsehnachrichten kannte? Diese Nacht war die Chance, auf die sie immer gewartet hatte. Wenn es ihr hier gelang, sich einen der Männer zu angeln, hatte sie ausgesorgt.

Aber dann war diese verdammte Sache passiert und seitdem behandelte Lukas sie wie den letzten Abschaum. Als ob es ihre Schuld gewesen war, dass diese Schlampe sich so zugekokst hatte, dass sie dran krepiert war.

Vor ihr hielt ein großer Geländewagen und riss sie aus ihren Gedanken. Leise summte das Fenster herunter und sie sah in das glattrasierte Gesicht eines jungen Mannes. *Wenigstens gepflegt sieht er aus,* dachte Mandy. *Mehr kann ich hier wohl kaum erwarten.*

Sie setzte ein mechanisches Lächeln auf und sagte: »Na, was kann ich dir Gutes tun, mein Süßer?«

Der Mann lächelte zurück und zeigte auf seinen Freund, der am Steuer saß. »Wir würden uns gerne etwas amüsieren. Das ist doch kein Problem, oder?«

»Nicht bei so flotten Jungs wie euch. Kostet aber doppelt, damit das klar ist. Und zwar im Voraus.«

Sie wartete die Antwort erst gar nicht ab und stieg hinter den beiden Männern auf die Rückbank. Aber noch bevor sie die Tür schloss, streckte sie die Hand nach vorne aus. Der Beifahrer legte 100 Euro hinein, die in ihrer Handtasche verschwanden. Sie kannte die Plätze, zu denen man in wenigen

Minuten kam, um dort auf die Schnelle eine Nummer zu schieben. Lukas hatte sie ihr gezeigt. Die Drecksau, das würde sie ihm eines Tages heimzahlen. Aber die meisten der Männer brauchten keinen Wegweiser.

Auch diese beiden fragten nicht nach dem Weg und Mandy legte erschöpft den Kopf auf die Rücklehne und schloss für einen Moment die Augen. Sie spürte das weiche Leder und hätte heulen können bei dem Gedanken, wie weit sie sich von ihrem Traum entfernt hatte, dass ihr selbst einmal so ein Auto gehören würde.

Plötzlich bremste der Wagen und Mandy schrak hoch. Wo waren Sie hier? Noch bevor sie ernsthaft darüber nachdenken konnte, drehte sich der Beifahrer um und sagte mit gelangweilter Stimme: »Steig aus. Wir haben es uns anders überlegt.«

»Seid ihr bekloppt«, blaffte Mandy ihn an. »Und wie komme ich zurück?«

»Was willst du? Du hast deine 100 Euro. Für einen kleinen Spaziergang.«

»Ihr blöden Arschlöcher.«

»Steig jetzt besser aus.«

Etwas in seiner Stimme ließ Mandy zu der Überzeugung gelangen, dass es das Beste wäre, schleunigst aus diesem Auto rauszukommen. Ohne ein weiteres Wort stieg sie aus und knallte die Tür zu.

So schnell es ihre hohen Stöckelabsätze zuließen, lief sie ein paar Meter die dunkle Landstraße entlang. Dann drehte sie sich um und schrie: »Ihr schwulen Säue. Macht es euch doch selber!«

Der Wagen stand noch immer mit tuckerndem Motor am Straßenrand.

Wütend stapfte Mandy weiter durch die Dunkelheit. Eigentlich hatte der Typ recht. Besser als sich von den Arschlöchern ficken zu lassen, war so ein Nachtspaziergang allemal.

Also, egal. Aber dass sie ein Freier verschmäht hatte, war ihr auch noch nie passiert.

Der Wagen fuhr los, aber sie blickte sich nicht mehr um. Doch dann hörte sie, wie das Fahrzeug wieder stoppte und nun drehte sie sich doch um. Der Geländewagen stand mitten auf der Straße und blendete sie. Mandy hob schützend einen Arm vors Gesicht. Der Wagen stand einfach nur da, mit leise tuckerndem Motor. Dann setzte er sich beinahe geräuschlos in Bewegung und die Scheinwerfer schossen auf sie zu. Mandy lief los. Sie spürte instinktiv, dass es um ihr Leben ging.

Bevor sie wusste, was mit ihr geschah, wurde sie von dem schweren Fahrzeug in die Höhe geschleudert. Aber Mandy lebte noch, als ihr zierlicher Körper mit einem hässlichen Klatschen auf dem Pflaster aufschlug.

Der Wagen hielt ein paar Meter weiter an und setzte zurück.

Der Beifahrer stieg aus und das Letzte, was Mandy in ihrem jungen Leben mitbekam, war die Fußspitze des Mannes, der sie in die Seite trat.

Dass der Mann ungerührt wieder einstieg und der Wagen genau mit der vorgeschriebenen Geschwindigkeit den Unfallort verließ, bekam sie schon nicht mehr mit.

Als der schwarze Geländewagen eine Stunde später am anderen Ende von Bonn in Flammen aufging, hatte ein geschockter Autofahrer gerade Mandys zertrümmerten Körper am Straßenrand gefunden.

24

Die letzten Tage waren furchtbar gewesen. Und nicht zum ersten Mal fragte sich Ulrich Bayer, ob er nicht langsam zu alt wurde für die Arbeit bei der Polizei. Dass ihm dieser Araber in dem Hotel entwischt war, wäre ihm vor zehn Jahren nicht passiert.

Aber was ihm wirklich zu schaffen machte, war die Tatsache, dass offensichtlich auch andere inzwischen so dachten. Oder warum sonst hatte Brigitte ihm so bereitwillig vorgeschlagen, dass er pünktlich nach Hause gehen solle, um sich mal richtig auszuschlafen?

Er hatte den Vorschlag dankbar angenommen, denn er spürte die Müdigkeit in den Knochen. Bis ihm auf der Heimfahrt der Verdacht gekommen war, dass sie es nur aus Mitleid mit einem alten Mann getan hatte.

Dennoch war er in einen traumlosen Schlaf gefallen, kaum dass er zu Hause angekommen war. Kurz vor Mitternacht war er wieder aufgewacht. Er lag nackt auf dem Rücken und starrte im Dunkeln hinauf zur Decke. Es dauerte einen Moment, bis ihm klar wurde, warum er nicht mehr schlafen konnte.

Zuerst dachte er, dass es wohl daran lag, dass seine Kollegin Brigitte Faber nun sein Geheimnis kannte. Sie hatte seitdem kein Wort darüber verloren und er war sich sicher, dass sie es auch nicht herumtratschen würde. Aber es verstärkte nur das Gefühl, dass sie ihn bei etwas Verbotenem erwischt hatte. Gleichzeitig war er froh, dass gerade sie es war, die seinen imaginären Grenzwall überwunden hatte und keiner der anderen Kollegen. Sie war die Einzige, zu der er genug Vertrauen hatte, um zu hoffen, dass sie ihr Wissen nicht gegen ihn verwenden würde.

Ulrich Bayer drehte sich auf die linke Seite und versuchte erneut, einzuschlafen. Er brauchte den Schlaf, die nächsten Tage würden anstrengend werden. Er rückte das Kopfkissen zurecht. Schob die dünne Decke beiseite, weil ihm zu heiß war. Drehte sich auf die rechte Seite. Und dann wieder auf den Rücken. Aber seine Gedanken fuhren munter weiter Karussell.

Als er sich auf den Bettrand setzte, war ihm klar geworden, dass es nicht Brigittes Besuch war, der ihm den Schlaf raubte. Da war noch etwas anderes. Etwas, das schon die ganze Zeit in seinem Hinterkopf rumorte, was er aber nicht zu fassen kriegte.

Dr. Probst.

Das Bild des Anwalts tauchte immer wieder vor seinem geistigen Auge auf. Aber warum? Was stimmte nicht mit dem Anwalt? Bayer spürte, dass es auch nicht das Rätsel um dessen geheimnisvollen Tod war, das ihm die Nachtruhe raubte. Da war noch etwas anderes.

Als er darauf kam, was es war, wusste er, dass er in dieser Nacht keinen Schlaf mehr finden würde. Irgendwann hatte er Dr. Probst schon einmal gesehen. Bayer hatte ein gutes Gedächtnis, es musste also eine ganze Weile zurückliegen, wenn er nicht gleich drauf kam. Und je länger er regungslos auf der Bettkante verharrte, desto stärker wuchs die Gewissheit in ihm, dass es im Zusammenhang mit dem Bombenanschlag war, der seine Freundin das Leben gekostet hatte.

Was immer über das Attentat geschrieben worden war, befand sich in seinem Archiv. Das Problem war nur, etwas in dem Wust aus Büchern, Videokassetten und Zeitungsartikeln zu finden. Seufzend erhob sich Bayer, zog seinen Bademantel über und ging in die Küche. Eigentlich hatte er zu Hause das Rauchen aufgegeben und so brauchte er eine Weile, bis er in einer Schublade ein angefangenes Päckchen Zigaretten fand.

Er holte noch eine Flasche Rotwein und ein Glas aus dem Schrank und ging in sein Archiv. Sein Büro. Sein Heiligtum. Seine Gedenkstätte. Elenas Zimmer. Der Ort, an dem er die Erinnerungen an Elena wachhielt. Und der Ort, an dem sein Leben beerdigt war.

Er zündete eine Zigarette an, goss ein Glas Wein ein und stellte sich mitten ins Zimmer. Langsam drehte er sich im Kreis, trank einen Schluck, zog an seiner Zigarette. Er spürte, dass hier irgendwo etwas über den Anwalt Dr. Probst versteckt war. Nur wo?

Drei Stunden später wusste er es. Systematisch arbeitete er die dicken Ordner durch, die er im Laufe der Jahre angelegt hatte. Er hatte jahrelang alle wichtigen Zeitungen des Landes abonniert und jeden Artikel archiviert, der sich mit dem Anschlag beschäftigte. Hatte seine Beziehungen genutzt, um an geheime Polizei- und Geheimdienstakten zu gelangen. Ungezählte Nächte hatte Bayer hier verbracht auf der Suche nach den Hintermännern der Bombenleger. Auf der Suche nach den wahren Mördern von Elena.

Doch trotz der vielen Stunden, die er hier schon verbracht hatte, versetzte es ihm immer noch einen Stich ins Herz, wenn er einen der Ordner zur Hand nahm. Und gleichzeitig war es wie eine Sucht. Der einzige Weg, den er kannte, um Elena nahe zu sein.

Das Foto von Dr. Probst fand er bei der Berichterstattung über die Vernehmung einiger stadtbekannter Neonazis, nachdem die Kontakte des verstorbenen Attentäters in die rechtsradikale Szene bekannt geworden waren.

Der Anwalt war damals noch ein junger Mann am Anfang seiner Karriere gewesen. Er hatte für die Kanzlei gearbeitet, die die Neonazis vertrat. Eine renommierte und teure Kanzlei. Es war immer unklar geblieben, woher das Geld dafür gekommen war.

Bayer hätte ihn auf dem grobkörnigen Schwarzweißfoto fast nicht erkannt, aber die Bildunterschrift ließ keinen Zweifel aufkommen. Da stand er, der junge Dr. Probst, ein kleines Licht in zweiter Reihe bei einer Pressekonferenz. Aber er war damals schon dabei gewesen.

Hatte ihn sein Gedächtnis also doch nicht getrogen! Er lehnte sich zurück und zündete sich die letzte Zigarette aus dem Päckchen an. Er legte den Kopf in den Nacken und nahm einen tiefen Zug.

Aber war das von Bedeutung für ihre aktuellen Ermittlungen? Brachte es neue Erkenntnisse für seine Jagd nach Elenas Mörder? Er merkte, wie alle Müdigkeit von ihm abfiel bei dem Gedanken.

Noch einmal nahm er den vergilbten Zeitungsausschnitt zur Hand und betrachtete das Foto. In der Mitte stand einer der Mandanten, der schützend den Arm vors Gesicht hielt, beim Betreten des Polizeipräsidiums, daneben sein Anwalt. Zwei uniformierte Polizisten. Und dahinter der junge Dr. Probst. Er unterhielt sich mit einem Mann, dessen Name nicht in der Bildunterschrift genannt wurde. Auch der kam Bayer bekannt vor. Wenn man doch nur etwas mehr auf dem Foto erkennen würde. Angestrengt starrte er das Bild an. Wie einen Verdächtigen, dem er ein Geständnis entlocken wollte. Aber in der Vergrößerung erkannte man nur die Punkte des Zeitungsdrucks.

Ulrich Bayer wusste, dass weder Probst noch der andere Mann irgendwo in seinen Aktenbergen auftauchten. Außer auf diesem Foto. Sonst hätte er sich schon viel früher an den Anwalt erinnert.

Und natürlich war es völlig unklar, ob die Entdeckung der beiden Männer auf dem Foto irgendwie von Belang für die Aufklärung von Elenas Tod waren. Aber nach all den Jahren der ergebnislosen Suche klammerte sich Bayer an jede neue Spur wie ein Ertrinkender an einen Strohhalm. Mochte die Spur auch noch so vage sein.

Wenn ihm nur einfallen würde, wer der andere Mann war.

25

Köln ist eine spannende Stadt. Bezaubernd, jung, freundlich, lebendig, modern, wohlhabend.

Nur nicht für die Menschen, die in irgendeiner Mietskaserne an den Ausfallstraßen wohnen und sich mit Gelegenheitsarbeiten über Wasser halten. All jene, die eine falsche Hautfarbe haben. Die vorbestraft oder arbeitslos sind. Die Gestrauchelten. Die Gefallenen.

Dass auch er zu dieser Gruppe gehörte, akzeptierte Tarek klaglos und hatte stets versucht, das Beste aus seiner Situation zu machen. Doch was ihn an Tagen wie diesem fertigmachte, war die Tatsache, dass auch diese Menschen, die ganz unten angekommen waren, keine Solidarität kannten. Je weiter man auf der sozialen Leiter herunterrutschte, desto unbarmherziger wurde der Überlebenskampf. Jeder suchte nach einem anderen, der noch eine Stufe unter ihm stand.

Die Araber hassten die Juden, die hier lebten. Die Neonazis die Araber, die Albaner die Neonazis, die Arbeitslosen die Albaner. Und die Jungen die Alten. Jeden Tag wurden Frauen vergewaltigt und geschlagen. Die gaben den Hass an ihre Kinder weiter. Und diese konnten es gar nicht erwarten, bis sie groß genug waren, um endlich in einer Gang mitzumischen und die Spirale der Gewalt in Bewegung zu halten.

Nachdem Tarek sich wie ein Dieb von Simone fortgestohlen hatte, gab es in der ganzen Stadt niemanden mehr, auf dessen Hilfe er hoffen konnte. Immerhin war es um vier Uhr morgens noch angenehm kühl. Tareks Schritte hallten unnatürlich laut vom Kopfsteinpflaster in der Altstadt wider. Durch die schlafende Stadt hindurch ging er an den heruntergelassenen Gittern der kleinen Läden vorbei zum Bahnhof.

Ein dicker Mann auf einer Kehrmaschine drehte einsam seine Runden, ohne Tarek eines Blickes zu würdigen, als der seine wenigen Habseligkeiten in eines der Schließfächer einschloss. Nur seine Waffe und das Geld steckte er ein. Und die entschlüsselte Liste mit den Telefonnummern, die er bei dem Anwalt gefunden hatte.

Dann nahm er den ersten Bus, der ihn zu dem Krankenhaus brachte, in dem Marco lag. Der große weiße Klotz aus Beton wirkte abweisend und verlassen mit all den schwarzen Fensterhöhlen. Tarek begegnete niemandem und hatte auch keine Mühe, am Pförtner vorbeizukommen, der mit dem Kopf auf der BILD-Zeitung rhythmisch schnarchte.

Von Simone wusste er, auf welcher Station Marco lag. Unbemerkt passierte er das Treppenhaus und den verwaisten Tresen der Nachtschwester. Die anderen beiden Männer, mit denen Marco sich das Zimmer teilte, schnauften nur kurz, als er leise die Tür hinter sich schloss. Marcos Bett war das letzte in der Reihe und Tarek setzte sich behutsam auf den Stuhl am Bettende. Sein Freund lag auf dem Rücken, die Arme an den Seiten ausgestreckt. Unzählige Schläuche verschwanden in seinem Körper und eine Maschine neben seinem Bett blinkte gleichmäßig vor sich hin. Und selbst im Dämmerlicht des Mondes wirkte Marco um Jahre gealtert.

Tarek rückte seinen Stuhl näher, strich ihm sanft über die Stirn und ergriff seine Hand. Von Marco kam keine Reaktion. Ohne Marcos Hand loszulassen, saß er da und sah dem Tag beim Erwachen zu. Eine unglaubliche Ruhe überkam ihn und plötzlich überwältigte ihn eine tiefe Dankbarkeit dafür, dass Marco noch am Leben war.

Am Bett seines einzigen Freundes schwor er, dass er diejenigen zur Rechenschaft ziehen würde, die für Marcos Zustand verantwortlich waren. Und dann verschwand er so leise wie er gekommen war, noch bevor die Station zum Leben erwachte.

Einer spontanen Eingebung folgend, ging er zurück zur Hauptstraße bis zur Bushaltestelle stadteinwärts. Inzwischen hatten sich die Straßen belebt und eine kleine Menschenmenge wartete mit abweisenden Gesichtern auf den Bus. Tarek stellte sich an den Rand und beobachte unauffällig die Leute. Die Zeitungsleser. Die Apathischen. Die jungen Leute, die völlig verpennt aussahen und trotzdem schon telefonierten. Dann kam der Bus und die Menge geriet in Bewegung. Als alle eingestiegen waren, blieb Tarek allein zurück, in der Hand ein neues Handy, das er einem Jugendlichen aus der Hosentasche gezogen hatte.

Er ging zu Fuß in Richtung Innenstadt bis zur ersten Bäckerei, in der er einen Kaffee bekam. An der Theke herrschte das übliche Gedränge von Menschen, die sich auf dem Weg zur Arbeit noch schnell mit Kaffee und belegten Brötchen versorgten. Tarek trank im Stehen einen Cappuccino aus einem Pappbecher und holte die Liste mit den Telefonnummern hervor. Aber dann steckte er sie zurück in die Tasche und verließ die Bäckerei. Für diese Telefonate brauchte er Ruhe und außerdem war es noch viel zu früh, um wildfremde Menschen anzurufen.

Und so machte er sich auf den Weg in die Innenstadt. Längst war die Stadt zum Leben erwacht und die Sonne schickte sich an, die City erneut in einen riesigen Backofen zu verwandeln. Eine Stunde später hatte er den Mediapark im Zentrum erreicht und setzte sich am äußersten Rand der Parkanlage auf einen großen Steinquader.

Abermals holte er die Telefonliste hervor. Kurz zögerte er, dann entschied er sich für die Frauen. Drei der Nummern hatten eine Kölner Vorwahl, der Rest stand für »irgendwo in Deutschland«. Tarek begann einfach ganz oben. Er hatte nicht den blassesten Schimmer, was er sagen sollte, falls jemand abhob. Aber das brauchte er bei seinem ersten Versuch auch nicht. »Kein Anschluss unter dieser Nummer«, bekam er nur zu hören. Ebenso bei der zweiten und der dritten Nummer.

Das konnte doch nicht wahr sein. Niemand versteckte eine Liste mit toten Telefonnummern in seinem Gefrierschrank. Und vor allem wurde niemand wegen so etwas ermordet. Dann wählte er die erste Kölner Nummer. Tareks Puls erhöhte sich, als ein Freizeichen ertönte. Er ließ es sechs, sieben, acht Mal klingeln. Bis ihn eine freundliche Computerstimme bat, es später noch einmal zu versuchen.

Frustriert wählte er die zweite Nummer mit einer Kölner Vorwahl. Inzwischen hatte er jede Hoffnung aufgegeben, jemanden zu erreichen. Umso größer war seine Überraschung, als plötzlich die verschlafene Stimme einer jungen Frau erklang.

»Ja, bitte?«

Tarek blickte hastig auf die Liste. »Sind Sie Angela?«

»Ja ... wer will denn das am frühen Morgen wissen?«

Ohne nachzudenken, nannte er ihr den Namen des französischen Anwalts, als der er auch schon in Dr. Probsts Büro aufgetreten war. »Entschuldigen Sie bitte die Störung. Als ich das letzte Mal in der Stadt war, hat mir ...« Blitzschnell schaute Tarek auf die zweite Liste und nannte wahllos einen Namen. »... Ihren Namen gegeben und Sie mir wärmstens empfohlen.«

Einen Moment herrschte Stille in der Leitung und Tarek befürchtete schon, es übertrieben zu haben. Doch dann sagte die junge Frau: »Was kann ich für Sie tun?«

»Nun, ...« Tarek hatte noch immer keinen Schimmer, mit wem er es zu tun hatte, pokerte aber weiter. »Ich wollte Sie fragen, ob Sie heute Abend noch einen freien Termin haben. Vielleicht so gegen 22:00 Uhr.«

»Ja, das ließe sich machen. Haben Sie die Adresse?«

Tarek hatte sie nicht, aber Angela nannte sie ihm bereitwillig.

»Und denken Sie bitte daran, 300 Euro mitzubringen«, sagte sie beiläufig. Dann war die Leitung tot.

Einen Moment lang dachte Tarek über das Gespräch nach. Dann stand er auf und verließ den Park. Das Handy warf er in den erstbesten Mülleimer. Die SIM-Karte in den zweiten.

Köln im Winter war feucht und kalt, mit Schnee und Nebel. Aber jetzt im Sommer war es kein Problem, die Zeit totzuschlagen, wenn man keinen Ort hatte, an den man sich zurückziehen konnte.

Ziellos lief Tarek durch die Stadt. Ein Betrunkener pöbelte ihn an, aber er reagierte überhaupt nicht darauf, obwohl ihm ganz kurz danach war, seinen Aggressionen freien Lauf zu lassen. Stattdessen blickte er zu Boden und ging rasch weiter.

Gegen Mittag kaufte er sich in einem Supermarkt ein Käsebrötchen. Und irgendwann hatte er den Tag rumgebracht. Müde und verschwitzt stand er vor der Adresse, die die junge Frau ihm genannt hatte. Das Haus machte einen gutbürgerlichen Eindruck und niemand würde erwarten, dass hier eine Prostituierte ihre Dienste anbot.

Er klingelte und es dauerte nur wenige Sekunden, bis der Türsummer ertönte. Die Wohnung war direkt im Erdgeschoss und eine junge Frau in einem eleganten schwarzen Kleid stand in der Tür. Mit jedem Schritt, den Tarek auf sie zutrat, verfinsterte sich ihr Gesicht. Sie war schlank und hochgewachsen. Kaffeebraune Haut und frisch gewaschenes ebenholzfarbenes Haar, das sich wie ein Wasserfall über ihre Schultern ergoss.

»Sind Sie Monsieur Brunet?«, fragte sie misstrauisch.

Tarek bejahte. »Entschuldigen Sie bitte mein Aussehen.

Ich hatte keine Zeit mehr, mich im Hotel frisch zu machen. Und ich wollte Sie auf gar keinen Fall warten lassen.«

»Sind Sie ein Bulle?« Noch immer machte sie keinerlei Anstalten, ihn hereinzubitten.

Tarek lachte auf. »Aber meine Gute, was denken Sie von mir.«

Zögernd gab sie den Weg frei. Tarek trat rasch ein und war erleichtert, als sie die Tür hinter ihm schloss.

»Haben Sie das Geld?«, fragte sie.

Nun halfen keine faulen Ausreden mehr. Er hatte das Geld, aber er konnte es sich nicht leisten, es ihr zu geben. Tarek schüttelte den Kopf.

Ihr Gesicht verfinsterte sich noch mehr. »Verschwinden Sie sofort oder es wird Ihnen leidtun.« Ihre Hand suchte nach der Türklinke, doch Tarek kam ihr zuvor und stellte sich zwischen sie und die Tür.

»Bitte hören Sie mich an.« Er hob beschwörend die linke Hand. »Geben Sie mir nur eine Minute. Wenn Sie dann noch darauf bestehen, gehe ich freiwillig.«

Sie sah ihn überrascht an. Aber da Tarek vor der Tür stand, blieb ihr keine andere Wahl. »Also gut. Eine Minute. Was wollen Sie?«

Er holte die Liste mit den Frauennamen hervor und reichte sie ihr. »Ihr Name steht hier drauf.«

Sie überflog die Namen und gab sie ihm zurück. »Na und?«

»Sie sind die einzige von all diesen Frauen, die ich bisher erreichen konnte. Alle anderen Nummern waren tot oder es ist niemand ans Telefon gegangen.«

»Hören Sie, was soll das? Mein Name steht auf einer Liste mit Telefonnummern. Und? Ich habe keine Ahnung, wie er da hingekommen ist. Gehen Sie jetzt, bitte.«

»Noch nicht. Ich habe noch zwanzig Sekunden. Wegen

dieser Liste sind möglicherweise schon mehrere Leute umgebracht worden. Und ich mache mir ernste Sorgen um alle, deren Namen darauf stehen. Aber ich habe ehrlicherweise keine Ahnung, was sie bedeutet. Ich hoffte, Sie können mir das sagen.«

»Und warum interessiert Sie das?«

»Einer der Toten war ein guter Freund von mir.«

»Und deshalb rennen Sie jetzt herum und spielen Privatdetektiv?«

»Wenn ich es nicht tue, tut es niemand.«

Sie schaute ihn immer noch abweisend an. Doch eine Winzigkeit in ihrem Ausdruck veränderte sich und da wusste Tarek, dass er gewonnen hatte.

»Meine Minute ist um. Soll ich gehen?«

Einen Moment schien sie durch ihn hindurchzustarren. »Kann ich die Liste noch mal sehen?«

Er gab sie ihr.

Sie schaute noch einmal genau hin und gab sie ihm dann zum zweiten Mal zurück. »Es geht um die Party, oder? Ich glaube, alle diese Frauen waren da.«

»Welche Party?«, fragte Tarek überrascht.

In ihren Augen lag ein zorniges Funkeln. »Verdammt, Sie wissen überhaupt nichts, oder? Sie haben keinen blassen Schimmer, worauf Sie sich da einlassen. Wenn ich Ihnen einen Rat geben darf: Nehmen Sie Ihre Beine in die Hand und hauen Sie ab. So schnell und so weit weg wie möglich.«

»Ich kann nicht fliehen. Die Polizei hält mich für den Hauptverdächtigen an mehreren Morden. Ich muss meine Unschuld beweisen.«

»Das ist Ihr Problem«, sagte sie abweisend. »Sie sagen, dass es Tote gegeben hat?«

»Mindestens drei. Und diese Liste hat etwas damit zu tun.«

Wieder änderte sich fast unmerklich ihr Ausdruck. Und jetzt stand Angst in ihren Augen.

»Können Sie mir ...«, setzte Tarek an.

Sie presste die Hände auf die Ohren. »Schluss damit! Ich will das alles nicht hören.«

»Bitte«, flehte er sie an. »Ich muss wissen, was es mit dieser Party auf sich hat.«

»Von mir werden Sie nichts mehr erfahren. Ich habe schon viel zu viel geredet. Ihre Minute ist um. Gehen Sie. Auf der Stelle!«

Tarek spürte, dass es keinen Zweck hatte. Sie würde ihm nichts mehr sagen. Er wandte sich zur Tür, als sie ihn plötzlich am Arm packte.

»Weiß irgendwer, dass Sie hierhergekommen sind?«

»Nein, und mir ist auch niemand gefolgt.«

»Und diese Liste? Wem haben Sie die gezeigt?«

Tarek dachte an Simone. Doch dann sagte er: »Niemandem. Aber ich weiß nicht, wer sie sonst noch kennt.«

Der Druck auf seinen Arm verstärkte sich. »Wenn Ihnen Ihr Leben lieb ist, sollten Sie auf mich hören. Vernichten Sie diese Liste und vergessen Sie, was Sie darüber wissen.«

»Ich fürchte, das geht nicht.«

»Ich dachte mir, dass Sie das sagen. Ich würde Ihnen viel Glück wünschen, aber ich glaube nicht, dass das hilft.«

Sie ließ ihn los und ein verängstigter Ausdruck trat auf ihr Gesicht. Ihre Lippen öffneten sich einen winzigen Spalt, doch dann schwieg sie.

»Passen Sie auf sich auf«, sagte Tarek zum Abschied, bevor sich die Tür hinter ihm schloss.

Nachdenklich trat er hinaus auf die Straße. Von welcher Party hatte sie geredet? Jeder, mit dem der sprach, hatte nur neue Fragen für ihn. Niemals Antworten.

Diese Frau war der letzter Trumpf, den er noch in der

Hand gehabt hatte. Aber sie hatte Angst und würde nicht noch einmal mit ihm reden. Tarek ging die Straße ein Stück weit hinunter und setzte sich auf die hölzerne Terrasse einer Bar. Er bestellte ein Glas Wein und behielt den Eingang, aus dem er gerade gekommen war, im Blick. Diese Frau im Auge zu behalten, war das letzte Sinnvolle, was ihm noch einfiel. Blieb nur zu hoffen, dass sie an diesem Abend noch einmal das Haus verließ.

Mit Wehmut dachte Tarek daran, wie einfach es früher für ihn gewesen wäre, sie zu überwachen. Er hätte ihr Telefon anzapfen oder sie auf der Wache so lange verhören können, bis sie ihm erzählte, was er wissen wollte. Einen winzigen Augenblick sehnte er sich nach den alten Zeiten. Doch tief in seinem Innern wusste er, dass er weder zurück wollte noch konnte.

Und in diesem Moment bemerkte er den großen dunklen Landrover, der in zweiter Reihe parkte. Sein ganzer Körper verkrampfte sich. Hatte nicht Maundu auch von so einem Wagen gesprochen? Er rief sich zur Ordnung. Jeder Angeber fährt inzwischen so ein Auto. Das bedeutete überhaupt nichts. Er trank einen Schluck Wein und sah noch einmal genauer hin. Nein, es war nicht das Auto, das ihn beunruhigte. Es waren die zwei Männer, die regungslos auf den Vordersitzen saßen.

Konnte es sein, dass ihm jemand gefolgt war? Womöglich schon, seitdem er Simone verlassen hatte? Tarek ging im Geiste noch einmal alle Stationen seines Tages durch. Da war niemand gewesen.

Doch dann korrigierte er sich. Er hatte niemanden bemerkt. Das war ein großer Unterschied.

Das Handy fiel ihm ein. Er hätte die SIM-Karte zerstören sollen, bevor er sie wegwarf. Ein Fehler! Solche Nachlässigkeiten durfte er sich in Zukunft nicht mehr erlauben, wenn ihm sein Leben lieb war. Aber nein, ausgeschlossen. Unmöglich, dass er den ganzen Tag lang beschattet worden war, ohne es zu merken.

Und wenn diese Männer hinter ihm her waren, dann hätten sie sich nicht direkt in seinem Blickfeld aufgebaut. Vermutlich kannten sie ihn gar nicht. Sein Glück. Sonst hätten sie ihn beim Verlassen des Hauses wiedererkannt. Aber er brauchte Sicherheit. Er musste herausfinden, ob dieser Landrover etwas zu bedeuten hatte oder ob die Insassen bloß zwei harmlose Kerle waren, die auf ihre Freundinnen warteten.

Tarek versuchte, sich zu konzentrieren und überlegte, welche Optionen er hatte. Er war so müde. Je schlimmer das wurde, desto stärker wuchs sein Bedürfnis nach einfachen Lösungen. Hingehen, einen der Kerle aus dem Auto zerren und die Antworten aus ihm herausprügeln. Aber Gewalt führte nur zu unkontrollierbaren Situationen. Davon hatte er genug gehabt in letzter Zeit.

Streng dein Hirn an, ermahnte er sich. Die Männer kannten ihn nicht. Das war sein Vorteil. Er verließ die Bar und näherte sich vorsichtig dem Auto. Aus dem Blickwinkel der Spiegel konnte er sich nicht heraushalten. Also schlenderte er langsam den Gehweg entlang. Genau vor dem Landrover überquerte er die Straße. Schaute nach rechts, nach links, wieder nach rechts. Auf der Suche nach einer Lücke im Verkehr.

Der Beifahrer las eine Sportzeitung und Tarek konnte nur seine Augen sehen. Den hatte er definitiv noch nie gesehen. Der Fahrer sah total gelangweilt aus und starrte nur geradeaus. Er wirkte, als würde er gleich einschlafen. Die beiden würdigten ihn keines Blickes.

Tarek entspannte sich und überquerte die Straße. Dort ging er ein paar Meter weiter, bis er hinter einem geschlossenen Zeitungskiosk aus dem Blickfeld der Männer geriet. Tarek umrundete ihn und tat so, als ob er die Zeitschriften im Schaufenster studierte. Von hier hatte er den perfekten Blick auf den Eingang und den schwarzen Wagen, ohne dass man ihn selbst sah.

In dem Moment trat die junge Frau aus dem Haus. Sie trug jetzt eine weiße Jacke über ihrem Kleid und eine riesige Handtasche am rechten Arm. In der Linken hielt sie einen Schlüsselbund.

Ohne Eile schlenderte sie ein Stück den Fußweg entlang. Tarek hatte sie fest im Blick, nahm aber aus den Augenwinkeln wahr, dass der Motor des schwarzen Wagens angelassen wurde. Zwischen dem Auto und der Frau lagen etwa fünfzig Meter, als sie sich anschickte, die Straße zu überqueren.

Sie schaffte es fast bis zum Mittelstreifen. Der Landrover war plötzlich losgerast. Ohne zu bremsen oder auch nur den kleinsten Versuch eines Ausweichmanövers zu machen, steuerte er auf die Frau zu.

Tarek konnte nichts tun, außer ohnmächtig zuzusehen. Es war wie ein übler Horrorstreifen in Zeitlupe, als der Wagen beschleunigte. Tarek sah, wie sich die junge Frau, mit der er eben noch gesprochen hatte, umdrehte. Wie sie gebannt auf das Auto starrte, anstatt zur Seite zu springen. Sah, wie sich der Ausdruck auf ihrem Gesicht veränderte. Von Unglauben hin zu panischer Angst. Dann wurde der Film in seinem Kopf noch langsamer. Standbilder. Eins unerträglicher als das andere. Der Wagen nähert sich. Der schwere Landrover trifft die Frau. Ihre Beine, die völlig unnatürlich einknicken. Ihr Körper, der sich in die Luft hebt. Die Handtasche, die davonwirbelt. Ihr Mund zu einem stummen Schrei geöffnet.

Auch Tarek wollte schreien. Doch er war unfähig, sich zu bewegen. Als bräuchten seine Augen alle Energie des Körpers, um jedes schreckliche Detail zu registrieren.

Die Frau wirbelte nach oben. Seltsam verdreht. Das Auto raste unter ihr hindurch. Wie in einer perversen Zirkusnummer. Die Bilder wurden jetzt wieder schneller. Der Wagen sauste mit aufheulendem Motor davon und verschwand. Die Frau schlug mit dem Kopf zuerst auf dem Pflaster auf. Ein anderes Auto bremste. Schlingerte. Und kam gerade noch rechtzeitig zum Stehen.

Tarek befand sich bereits zwei Kreuzungen weiter und hatte noch gar nicht bemerkt, dass er weggelaufen war. Er lehnte sich gegen eine Mauer und zitterte am ganzen Körper. Minutenlang. Die Passanten musterten ihn mit Abscheu. Machten einen Bogen um ihn. Hielten ihn wahrscheinlich für einen Junkie.

Allmählich gewann er wieder die Kontrolle über sich. Er musste sich bewegen, weg von hier. Er wusste nicht, wohin, aber seine Füße trugen ihn zum Rhein. Die Uferpromenade war noch immer voller Einheimischer und Touristen, die unbeschwert die herrliche Sommernacht genossen. Was hätte Tarek darum gegeben, einer von ihnen zu sein. Ein bisschen flirten, ein Glas Wein. Lachen. Mit Freunden reden. Tarek lief ziellos umher und blieb erst stehen, als sich vor ihm die strenge Fassade des Kölner Doms in den Nachthimmel erhob.

Er kam sich wie ein Todesengel vor. Würden all diese Menschen noch leben, wenn er sich rausgehalten hätte? Simone hatte recht. Er musste endlich einsehen, dass er diesen Kampf nicht gewinnen konnte. Er wusste ja nicht einmal, gegen wen er kämpfte. Ob er wollte oder nicht, er brauchte Verbündete. Es gab nichts mehr, was er tun konnte. Keinen Ort, an den er gehen konnte. Er war so unendlich müde. Und es gab nur noch eine Person, der er sich anvertrauen konnte.

26

Brigitte Faber fuhr vom Präsidium mit der U-Bahn bis zum Dom. Sie liebte die Sommerabende in der Stadt, wenn sie vom Dom durch die belebten Gassen der Altstadt schlendern konnte zu ihrer Wohnung in einem der alten Häuser, die den Krieg überstanden hatten. Im Sommer in ihrer Stadt. Wenn die Stadt tagsüber unter der Hitze ächzte und abends das Leben an jeder Ecke erwachte. Wenn die Menschen mit einem kühlen Glas Wein bis nach Mitternacht mit Freunden vor den Restaurants saßen. Und wenn sie sich noch irgendwo in ihrem Viertel dazusetzen und die Arbeit aus ihrem Kopf verbannen konnte.

Sie war schon immer eine Außenseiterin gewesen und hatte nie viele Freunde gehabt. Dennoch liebte sie diese scheinbar endlosen Sommernächte. Doch jetzt überkam sie Wehmut, als das Lachen aus den Restaurants und Kneipen zu ihr herüberwehte.

Denn in diesen Sommer war alles anders. Die Arbeit ließ ihr kaum Luft zum Atmen. Und es war der erste Sommer, seitdem ihr Mann sie sitzengelassen hatte. Der einzige verbliebene Fixpunkt in ihrem Leben war ihre ältere Schwester. Der einzige Mensch auf diesem Planeten, der immer zu ihr gestanden hatte. Die Schwester, die immer für sie da war, solange sie denken konnte. Und zum ersten Mal in ihrem Leben fühlte sie sich einsam und fremd in den Gassen, die sie schon ihr ganzes Leben lang kannte.

Wenn sie ehrlich zu sich selbst war, dann hatte sie von Anfang an gewusst, dass ihre Ehe nicht funktionieren konnte. Und jetzt war sie gescheitert, nach nicht einmal drei Jahren. Ihr Mann hatte sie verlassen und war bereits am nächsten Tag mit seiner Sekretärin in den Urlaub gefahren.

Als sie 18 war, wollten ihre Eltern sie standesgemäß verheiraten. Mit einem Mann, der 35 war und den sie bis dahin genau dreimal getroffen hatte. Aber er war irgendein »von und zu« gewesen, das hatte ihre Mutter beeindruckt. Als sie sich stattdessen bei der Polizei beworben hatte, war eine lange Eiszeit zwischen ihnen angebrochen, deren Ende bis heute nicht in Sicht war.

Die Konsequenzen ihres Handelns waren ihr erst mit der Zeit schmerzlich bewusst geworden. Einsamkeit und Zerrissenheit waren der Preis für ihre Unabhängigkeit. Aus der Welt ihrer Eltern, einer Traumwelt mit luxuriösen Reisen, teuren Autos und dekadenten Partys war sie verstoßen worden. Nichts von alledem fehlte ihr, auch wenn sie nun im Monat mit dem auskommen musste, was sie als 16jährige bereits an einem einzigen Wochenende ausgegeben hatte.

Doch in ihrem neuen Leben konnte sie sich anstrengen wie sie wollte. Zur Welt ihrer Kollegen bei der Polizei hatte sie nie Zugang gefunden. Immer war sie die Außenseiterin geblieben. Immer war da eine unsichtbare Mauer zwischen ihr und allen anderen gewesen.

Ihr Rettungsanker in all den Jahren war ihre ältere Schwester, die einzige Person, die sie so akzeptierte wie sie war. Und es war auch bei der Geburtstagsparty ihrer Schwester gewesen, als sie ihren Ehemann kennenlernte.

Sie hatte die Einsamkeit nicht länger ertragen. Jeden Abend in die leere Wohnung nach Hause zu kommen. Die anzüglichen Bemerkungen im Präsidium. Die Gerüchte, sie sei eine Lesbe. Die Kollegen, die reihenweise versuchten, sie ins Bett zu bekommen. Das Schweigen ihrer Eltern.

Es hatte nicht viel gebraucht. Ein Lächeln, etwas Aufmerksamkeit und schon hatte er ihre Verteidigungslinien überrannt. Er sah gut aus, er war charmant, er hatte Geld. Er verkörperte all das, was sie hinter sich gelassen hatte, aber die ersten Monate funktionierte es trotzdem. Sie waren verliebt und bezogen ein gemeinsames Appartement in der Altstadt. Doch es dauerte nicht lange, bis die Vorwürfe begannen. Sie sollte ihren Job aufgeben. Polizistin, das wäre doch nichts für eine Frau. Und außerdem verdiente er doch mehr als genug. Und dann die Kinder. Er hatte es als so selbstverständlich erachtet, dass sie nach der Heirat ihren Beruf aufgeben würde, um Kinder zu bekommen, dass er es nie für nötig erachtet hatte, darüber zu reden. Nicht, dass er sich etwas aus Kindern gemacht hätte, aber er wollte einen Erben.

Es war ihr 33. Geburtstag, als er ihr das Ultimatum stellte. Schwanger oder Scheidung.

Immerhin hatte er ihr nach der Trennung ohne Weiteres die große Wohnung überlassen. Die nun beim Nachhausekommen genauso leer war wie damals ihr winziges Appartement.

Brigitte Faber stieg die Treppen von der U-Bahn hinauf und betrat den Platz zwischen Dom und Hauptbahnhof. Als sie die beleuchteten Türme des Kölner Doms sah, blieb sie stehen und legte den Kopf in den Nacken. Erst jetzt merkte sie, wie erschöpft und verspannt sie war.

Nach der gestrigen nächtlichen Razzia war es ein hässlicher Tag im Büro gewesen. Bei Erfolgen waren alle immer schnell dabei, sich selbst auf die Schulter zu klopfen. Aber als es darum ging, wer die Verantwortung für das Desaster vom Vortag trug, stand sie plötzlich ganz allein da.

Es war nicht ihre Schuld gewesen, dass sie den Falschen verhaftet hatten. Doch sie hatte den Kopf dafür hinhalten müssen. Dieser alte Spinner, der sie angerufen hatte, war sich so sicher gewesen. Er hätte ihn ganz genau gesehen. Es war der Mann, dessen Phantombild in allen Zeitungen zu sehen war. Mindestens zehnmal hatte er das betont. Was war ihr denn anderes übrig geblieben, als die Wohnung stürmen zu lassen?

27

Tarek hatte sich auf die Stufen gesetzt, die zum Kölner Dom hinaufführten. Er hatte keine Energie mehr und drohte ständig einzuschlafen. Aber das durfte er auf keinen Fall tun. Nicht ausgerechnet hier. Seitdem in der letzten Silvesternacht Gruppen von Ausländern Frauen belästigt und bestohlen hatten, war das Leben in der Stadt für ihn immer schwieriger geworden, weil er aufgrund seines Aussehens überall misstrauisch beäugt wurde. Araber blieb Araber blieb Vergewaltiger blieb Terrorist. Da half es auch nichts, dass er fließend deutsch sprach.

Aber nirgendwo in der Stadt war die Chance größer, von der Polizei kontrolliert zu werden als auf der Domplatte. Tarek erhob sich mühsam wie ein alter Mann. Er musste hier weg, auch wenn er nicht wusste, wohin.

Und in diesem Moment sah er sie. Seine Kommissarin. Sie kam aus der U-Bahn, schaute kurz zum Dom empor und schlenderte dann langsam weiter über den Platz. Sofort war Tarek wieder hellwach. Und er konnte sein Glück kaum fassen, dass sie nicht in ein Auto stieg, sondern zu Fuß in Richtung Altstadt ging. Mit ein paar Metern Abstand heftete er sich an ihre Fersen.

Er folgte ihr einige Minuten lang und als er sah, wie sie einen Schlüssel aus ihrer Handtasche holte, verringerte er den Abstand zwischen ihnen, bis er sie fast berühren konnte. Und als sie vor einer alten Holztür stehen blieb und den Schlüssel ins Schloss steckte, war er direkt hinter ihr. Er drückte ihr den Lauf seiner Pistole in den Rücken und sagte leise: »Ich will bloß reden. Ihnen wird nichts passieren. Also verlieren Sie bitte nicht die Nerven.«

Brigitte Faber zuckte nur kurz zusammen, dann öffnete sie

die Tür und Tarek trat hinter ihr in den kühlen Flur. Sie warf einen kurzen Blick auf seine Waffe und ging wortlos vor ihm her bis in den dritten Stock. Als sie die Wohnung betraten, war Tarek von der Weiträumigkeit und der stilvollen Einrichtung überrascht. Und wie jedes Mal, wenn ihn etwas an sein früheres Leben erinnerte, versetzte es ihm einen kurzen Stich.

Man konnte ihr die Anstrengung eines langen Tages deutlich ansehen, aber Angst schien sie keine zu haben. »Stecken Sie die weg«, sagte Brigitte Faber mit einer Selbstverständlichkeit, die Tarek dazu brachte, die Waffe wieder in seinen Hosenbund zu schieben.

Als wäre er ein alter Freund, der nur kurz zu Besuch gekommen war, ging sie geradeaus ins Wohnzimmer und schaltete leise Musik an. Ihre Bewegungen waren sanft, aber Tarek wusste, dass er sich bei ihr keinen Moment der Unachtsamkeit leisten konnte.

Die Kommissarin trat einen Schritt auf ihn zu. Sie standen mitten in dem großen Wohnzimmer, mit zwei Metern Abstand zueinander. Und sie sahen sich in die Augen. Sahen die Müdigkeit im Gesicht des anderen. Sahen die Spuren, die die letzten Tage hinterlassen hatten. Tarek dachte an den Namen, den er ihr gegeben hatte. Die Vampirin. Doch er spürte keine Angst. Sie strich sich eine Haarsträhne hinters Ohr und ihre Züge verschwammen mit denen von Lyra.

»Warum sind Sie hier?«, fragte Brigitte Faber.

Es war richtig, sich ihr anzuvertrauen. Und damit fiel eine schwere Last von Tareks Schultern. Er spürte die unglaubliche Anziehungskraft, die die Kommissarin auf ihn ausübte. Er konnte sich diesem Sog nicht entziehen, ganz gleich, wie gefährlich sie für ihn war.

»Weil wir reden müssen ... weil ich unschuldig bin ... weil ich Ihnen helfen will ... weil Sie die Letzte sind, die mir helfen kann ... weil ich Ihnen vertraue ... und weil ...«

»Ja?«

»Ach, nichts ...«

Plötzlich war der Abstand zwischen ihnen auf wenige Zentimeter zusammengeschrumpft. Tarek wusste, dass er auf dem besten Wege war, sich wie ein kleiner Junge aufs Kreuz legen zu lassen. Aber das war ihm in diesem Moment egal. Er hatte keine Kraft mehr zu kämpfen. Eine rasche Bewegung würde genügen und sie hätte ihm den Arm auf den Rücken gedreht und ihn zu Boden befördert. Er hatte sein Schicksal in ihre Hand gelegt. Doch nichts geschah.

Ein Lächeln glitt über Tareks Gesicht und sein Kampfeswille erwachte zu neuem Leben. Sie hatte sich entschieden ihm zu vertrauen. Also würde er jetzt auch nicht aufgeben.

»Ich habe Informationen für Sie«, sagte er und reichte ihr die Autonummer der Unbekannten, die er nach seinem Besuch im Büro von Dr. Probst verfolgt hatte.

Brigitte Faber sah ihn fragend an. »Was ist das?«

»Das ...« Tarek lächelte triumphierend. »Das ist die Autonummer der Frau, die mir in Probsts Villa die Tür geöffnet hat. Sie erinnern sich? Die Frau, die es angeblich gar nicht gibt.« Er zögerte einen Moment, ob er ihr auch von seinem Besuch im Büro des Anwalts erzählen sollte, beschloss dann aber, dass es nichts zur Sache tat. »Ich bin ihr zufällig in der Stadt begegnet.«

»Gut.« Brigitte Faber blickte skeptisch auf die Autonummer. »Ich werde das überprüfen.«

»Ich habe hier noch etwas.« Tarek reichte ihr eine Kopie der entschlüsselten Telefonliste.

»Was ist das?«

»Ich habe keine Ahnung, was diese Liste bedeutet. Mir fehlen die Mittel, das herauszufinden. Aber das Original war verschlüsselt ... ich habe es bei Dr. Probst gefunden.«

Sie zog die Augenbrauen nach oben.

»Ihre Leute haben geschlampt. Er hatte das im Gefrierfach versteckt.«

»Sie waren noch einmal bei Probst?«

»An dem Tag, als seine Frau ermordet wurde.«

Brigitte Fabers Augen weiteten sich. »Was sagen Sie da? Probsts Witwe? Ermordet?«

Jetzt war es an Tarek, überrascht zu sein. »Das wissen Sie noch nicht?«

»Nein, verflucht. Das weiß ich noch nicht. Was ist passiert?«

Tarek berichtete ihr von seinem Gespräch mit der Witwe. Davon, wie er niedergeschlagen worden war und wie er später erst die Leiche und dann die Unterlagen gefunden hatte.

»Oh, verdammt ... könnten Sie mir zur Abwechslung mal einen Grund nennen, warum ich Sie nicht auf der Stelle verhaften sollte? Das wäre doch nicht zu viel verlangt, oder?«

»Denken Sie nach. Warum hätte ich die Witwe umbringen sollen? Um danach hierher zukommen und Ihnen diese Liste zu bringen?«

»Ich weiß ..., aber Sie machen es mir verdammt schwer.«

Tarek nahm ihr die Papiere noch einmal aus der Hand. »Es gibt da leider noch ein weiteres Problem. Ich habe versucht, einige der Frauen, die hier draufstehen, anzurufen. Ich konnte keine von ihnen erreichen. Außer dieser hier.« Er zeigte auf die Nummer und gab Brigitte Faber die Liste zurück. »Ich habe mit ihr heute Abend gesprochen.«

»Und? Was hat sie erzählt?«

»Nichts ... Sie hatte Angst. Ihr ist etwas von einer Party rausgerutscht. Sie wollte mir aber nicht sagen, was es damit auf sich hat.«

»Eine Party?« Die Kommissarin sah Tarek zweifelnd an. »Das ist noch nicht alles, oder? Das sehe ich doch Ihrem Gesicht an.«

»Nein ... da ist noch etwas ... die Frau wurde ebenfalls ermordet.«

Brigitte Faber schüttelte den Kopf und seufzte.

»Kurz nachdem ich bei ihr war, wurde sie vor meinen Augen von einem großen Geländewagen überfahren. Sie müssen verhindern, dass Ihre Kollegen das als Unfall mit Fahrerflucht abhaken. Die Frau wurde ermordet.«

»Und Sie glauben, das hat etwas mit den anderen Morden zu tun?«

»Solche Zufälle gibt es nicht. Aber ich habe nicht die leiseste Ahnung, wie das alles zusammenhängt. Finden Sie heraus, was diese Listen bedeuten. Ich bin sicher, sie sind der Schlüssel zu dieser Geschichte.«

»Ich muss verrückt sein, Ihnen zu vertrauen. Ich bin im ganzen Präsidium die Einzige, die an Ihre Unschuld glaubt ... und wenn jemals jemand von diesem Gespräch erfährt, dann kann ich mir einen neuen Job suchen.«

Beiläufig trat sie noch einen winzigen Schritt nach vorne und fuhr sich erneut mit der Hand durchs Haar. »Ich brauche Sie wohl nicht fragen, ob Sie vorhaben, sich zu stellen?«

Tarek lächelte und schüttelte den Kopf.

»Und was wollen Sie stattdessen tun?«

Da war sie. Die Frage, vor der sich am meisten fürchtete. Er hatte alles in eine Waagschale geworfen und sich Brigitte Faber anvertraut. Und er glaubte, die richtige Entscheidung getroffen zu haben. Doch was nun kommen sollte, wusste er auch nicht.

Tarek zuckte mit der Schulter. Das wurde langsam zu einer dummen Angewohnheit. Dann fasste er einen Entschluss.

»Ich muss gehen«, sagte er.

Und zerstörte damit den ... ja, was eigentlich ... bildete er sich nur ein, dass da etwas zwischen ihnen war? Aber was konnte es geben zwischen ihm, dem Illegalen, der wegen Mordes gesucht wurde und der schönen Kommissarin?

»Ja, es ist wohl besser, wenn Sie jetzt gehen.« Sie trat einen Schritt zurück und sah Tarek noch einmal an. Dann nahm sie ein Blatt Papier und schrieb ihm ihre Handynummer auf. »Ich werde mich um alles kümmern. Versprochen. Kann ich Sie irgendwie erreichen?«

Tarek nahm den Zettel und schüttelte den Kopf. »Nein, ich melde mich bei Ihnen.«

»Rufen Sie mich zwischendurch an. Versprechen Sie mir das.«

Noch einmal lächelte er sie traurig an. »Versprochen«, sagte er und verließ hastig die Wohnung.

Kaum hatte er geräuschlos die Wohnungstür hinter sich geschlossen, kehrte sein Misstrauen zurück. Konnte er ihr wirklich trauen? Oder war sie schon auf dem Weg zum Telefon, um ihre Kollegen zu rufen?

28

Er hatte es kaum erwarten können, bis Brigitte das Büro verließ und er endlich allein war. Ulrich Bayer war den ganzen Tag kaum bei der Sache gewesen. Stets waren seine Gedanken abgeschweift zu dem alten Foto, auf dem er Dr. Probst entdeckt hatte. Und die durchwachte Nacht am Schreibtisch mit einer Packung Zigaretten und einer Flasche Rotwein tat ihr Übriges.

»Ist alles in Ordnung?«, fragte Brigitte Faber und sah ihn mit gerunzelter Stirn an. Endlich stand sie im Türrahmen, bereit, nach Hause zu gehen und ihm das Büro zu überlassen.

»Ja, alles okay. Hab nur verdammt schlecht geschlafen gestern Nacht. Ich werde auch gleich heimfahren.«

»Na gut, dann sehen wir uns morgen früh«, sagte sie mit einem Lächeln und weg war sie.

Erleichtert atmete Bayer auf. Er wartete, bis ihre Schritte im Flur verhallten, dann setzte er sich an den Computer. Sämtliche polizeiinternen Datenbanken, auf die er Zugriff hatte, kannten Dr. Dennis Probst nicht. Und so geschwätzig das Internet bei Belanglosigkeiten sein konnte, so verschlossen zeigte es sich, wenn man auf der Suche nach harten Fakten war. Es war erstaunlich, dass es Probst gelungen war, jahrelang in der Öffentlichkeit zu stehen und trotzdem fast vollkommen anonym zu bleiben. Doch Ulrich Bayer war keiner, der schnell aufgab. Er suchte nach Informationen über die Anwaltskanzlei, für die Probst damals gearbeitet hatte und nach den anderen Männern, die er auf dem Foto entdeckt hatte. Vor allem aber suchte er nach dem Mann, der neben Probst auf dem Bild gestanden hatte.

Er fand einige belanglose Artikel und merkte, dass er mit dem Internet nicht weit kommen würde. Frustriert legte er den Kopf in den Nacken und schloss die Augen. Die Müdigkeit hüllte ihn ein wie ein warmer Mantel im Winter und er brauchte seine ganze Willenskraft, um nicht einzuschlafen.

Er fragte sich, ob er nicht einem Hirngespinst hinterherjagte. Aber es gab eine winzige Chance, dass der Mord an Probst mit dem Attentat von 1980 zu tun hatte. Und das reichte ihm völlig, um weiterzumachen.

Aber noch immer hatte er nicht herausbekommen, wer der Mann neben Probst war. Und auch wenn es ihn in den Wahnsinn trieb, musste er sich eingestehen, dass er heute nicht mehr weiterkommen würde.

Er schaltete den Computer aus, aber er wusste, dass er zu

Hause keinen Schlaf finden würde. Bayer zögerte einen Moment, dann entschloss er sich, das Foto Brigitte zu zeigen. Sie kannte jetzt sein Geheimnis, da konnte er sie auch um Rat fragen. Und nachdem sie in seine intimste Privatsphäre eingedrungen war, hatte er auch keine Hemmungen, sie zu Hause aufzusuchen. Das wäre vor einigen Tagen noch anders gewesen.

Er verließ das Polizeipräsidium und fuhr in die Innenstadt. Als er einen Parkplatz gefunden hatte und vor Brigittes Haus stand, kam ein älterer Mann mit dem Handy am Ohr heraus und Bayer murmelte nur: »Zu Frau Faber.« Und schon war er im Hausflur.

Immer noch ganz in Gedanken, stieg er die Treppen hinauf. Als er Schritte hörte, hob er den Kopf und geriet vor lauter Überraschung ins Straucheln.

Da war er. Direkt vor ihm. Der verfluchte Araber, der ihm schon zweimal entwischt war. Was hatte der hier zu suchen? Am späten Abend bei Brigitte Faber im Treppenhaus. Bayer fluchte und zog seine Waffe. Über ihm erschien Brigittes Kopf über dem Treppengeländer. »Vorsicht!«, rief sie. »Er ist bewaffnet!«

Das lenkte Bayer den entscheidenden Moment lang ab. Schon kam Tarek mit zwei kurzen Sprüngen von oben auf ihn zugeschossen und schlug ihm mit dem Ellenbogen vor die Brust. Bayer stolperte und hielt sich mit der linken Hand am Geländer fest, konnte aber den schmerzhaften Sturz aufs Hinterteil nicht verhindern. Er rutschte einige Stufen die Treppen hinab und als er sich wieder aufrappelte, war Tarek schon fast zur Eingangstür hinaus.

29

Verdammter Tarek. Ungefragt war er in ihr Leben zurückgekehrt und hatte es in kürzester Zeit komplett auf den Kopf gestellt. Und als nichts mehr war wie zuvor, war er auch schon wieder verschwunden. Er hatte sie noch einmal in den Arm genommen. Und es hatte sich angefühlt, als sei es ein Abschied für immer. Erst hatte Simone nicht gewusst, ob sie darüber lachen oder weinen sollte. Sie hatte am Fenster gestanden und ihm nachgesehen, bis er um die nächste Ecke gebogen war. In diesem Augenblick war eine unglaubliche Last von ihr abgefallen. Es war besser so. Sie war für solche Abenteuer nicht geschaffen. Von Anfang an hatte sie mit all diesen schrecklichen Dingen nichts zu tun haben wollen. Doch es war wie ein Sog. Zu keinem Zeitpunkt hatte sie die Möglichkeit gehabt, etwas zu entscheiden. Tarek hatte sie immer weiter da hineingezogen. Doch nun war er verschwunden und sie hoffte inständig, dass mit ihm auch alle Probleme gegangen waren und sie ihr altes Leben wieder zurückbekam.

Ihre letzte Energie hatte sie gebraucht, um in der Taxizentrale anzurufen und sich für zwei Tage krankzumelden. Dann war sie ins Bett geschlüpft und hatte sich die Decke über den Kopf gezogen. Trotz der Hitze hatte sie gezittert. Tausend Dinge jagten ihr durch den Kopf und sie hatte gedacht, dass sie nie einschlafen würde. Doch keine fünf Minuten später war sie in einen tiefen Schlaf gefallen.

Als sie erwachte, erkannte sie am Stand der Sonne, dass sie mehrere Stunden geschlafen hatte. Und sofort kehrten die Bilder der schrecklichen Ereignisse der letzten Tage zurück. Doch sie hatten einen Teil ihres Schreckens verloren. Simone schloss noch einmal die Augen und lauschte den ungewohnten Geräuschen von der Straße. Sie konnte sich nicht daran erinnern, wann sie das letzte Mal mitten in der Woche um diese Tageszeit noch im Bett gelegen hatte.

Sie ließ sich Zeit wach zu werden und wollte nicht aufstehen. Wozu auch? Marco in diesem grässlichen Krankenhausbett fiel ihr ein. Aber sie spürte, dass ihr heute die Kraft fehlte, ihn zu besuchen. Das Krankenhaus würde sie ohnehin benachrichtigen, wenn er aufwachte. Doch dann merkte Simone, dass sie Hunger und Durst hatte. Und dass sie aufs Klo musste.

Seufzend stieg sie aus dem Bett, ging nur mit ihrem Schlafshirt bekleidet ins Bad und trank ein Glas Wasser. Sie setzte sich aufs Klo und pinkelte. Und genau in dem Moment, als sie die Spülung drücken wollte, hörte sie es. Ihr Finger erstarrte über dem Spülkasten. Simone hielt den Atem an. Da war das Geräusch erneut. Kein Zweifel, jemand versuchte, ihre Wohnungstür zu öffnen.

30

Es war bereits nach Mitternacht und langsam leerten sich die Lokale in der Innenstadt. Mit viel Glück war es Tarek erneut gelungen, vor seinem Verfolger zu fliehen. Doch er wusste, dass nun jeder Polizist der Stadt nach ihm suchte. Je weniger Leute auf den Straßen unterwegs waren, desto sichtbarer wurde er für sie. Doch noch immer hatte er keinen Schlafplatz. Innerhalb von nur einer Woche waren ihm alle Möglichkeiten abhandengekommen, einen Unterschlupf zu finden. Die eigene Wohnung, das Hotel, Maundu, Marco, Simone.

In seiner Verzweiflung hatte Tarek alle Kneipen abgeklappert, von denen er wusste, dass sich dort Migranten trafen. Aber wo er auch hinkam, an diesem Abend fand er kein bekanntes Gesicht.

Wenn er nicht im Park schlafen wollte, musste er jetzt in den sauren Apfel beißen und zu den Albanern gehen. Er hatte ihre Nähe immer gemieden, weil sie dick im Drogengeschäft steckten. Aber er wusste, wie er mit ihnen Kontakt aufnehmen konnte.

Er ging auf der gegenüberliegenden Straßenseite an seinem Hotel vorbei und sah mit Wehmut an der Fassade empor. War es wirklich erst ein paar Tage her, dass er hier gearbeitet hatte? Es kam ihm wie Jahre vor.

Hinter der nächsten Straßenecke bog er zweimal ab, bis er in einer kleinen, schlecht beleuchteten Gasse stand. Tarek blieb vor einer unscheinbaren Holztür stehen. Kein Schild, keine Klingel. Nichts, das darauf hindeutete, was sich dahinter verbarg.

Er klopfte zweimal, machte eine Pause, klopfte noch zweimal. Noch eine Pause, noch zweimal klopfen. Einige Sekunden vergingen, dann wurde die Tür einen Spaltbreit geöffnet. Ein bulliger Kerl steckte seinen Kopf heraus und warf Tarek einen abschätzenden Blick zu. Offensichtlich wurde er für okay befunden. Der Türsteher öffnete die Tür gerade weit genug, damit Tarek hineinschlüpfen konnte.

Eine steile Treppe führte hinunter in eine archaische Kellerbar. Rauchschwaden hingen unter der Decke, aber der Verstoß gegen das öffentliche Rauchverbot war bestimmt das kleinste Vergehen der hier Anwesenden. An zwei altersschwachen Holztischen saßen insgesamt sechs Männer, die Tarek aufmerksam musterten, als er eintrat. Tarek wandte sich der Theke zu und die Männer widmeten sich wieder dem Kartenspielen.

Am Tresen saß ein drahtiger dunkelhaariger Mann von

vielleicht fünfzig Jahren. Er trug eine glänzende schwarze Lederjacke und war der Einzige, der nicht aufgeblickt hatte, als der Neuankömmling hereingekommen war.

Tarek setzte sich neben ihn. Hinter der Theke stand ein weiterer Mann mit breiten Schultern und schmalem Lächeln. Tarek bestellte ein Bier. Doch der Mann rührte sich nicht. Daran, dass er zu viel zu tun hatte, lag es sicher nicht. Erst als der andere eine kleine Geste mit dem Zeigefinger machte, bekam Tarek sein Bier.

Schweigend saß er nun da und betrachtete seine Bierflasche. Ein Tropfen Wasser lief an dem eiskalten Glas herunter und Tarek schenkte ihm seine ganze Aufmerksamkeit. Bis der Kerl in der Lederjacke zu sprechen begann. Seine Stimme klang, als hätte es rostige Nägel zum Abendessen gegeben.

»Na, Tarek, mein Freund, lange nicht gesehen. Ich dachte, wir wären dir nicht vornehm genug. Hast du deine Meinung geändert?«

»Muss wohl so sein.«

»Kann es sein, dass ich dein Bild neulich groß in der Zeitung gesehen habe?«

»Nein, das war ein Neffe von mir.«

»Und was kann ich für dich tun? Brauchst du eine Waffe? Einen neuen Pass? Oder gleich ein neues Leben?«

»Ein neues Leben wäre nicht schlecht. Aber fürs Erste würde mir auch eine sichere Unterkunft für zwei Nächte genügen.«

»Ist das Grand Hotel schon wieder ausgebucht?«

»Ich hatte Lust auf etwas Rustikaleres.«

»200.«

»Mit Dusche.«

»Dann 300. Aber glaub nicht, dass dir jemand Frühstück ans Bett bringt.«

31

»Wird das heute noch was?«

»Halt die Klappe. Kannst es gerne selbst versuchen, wenn du alles besser weißt. Bist du wirklich sicher, dass wir hier richtig sind?«

»Die Wohnung, die sie gestern durchsucht haben, war offensichtlich die falsche. Und das hier ist die einzige andere, in der eine alleinstehende Frau wohnt. Sonst alles Familien oder Rentner. Es muss hier sein. Aber wenn du nicht bald die Tür aufkriegst, spielt das auch keine Rolle mehr.«

In diesem Moment öffnete sich geräuschlos die Wohnungstür. Noch ein letzter Blick den Flur hinunter, und schon standen die beiden Männer in Simones Flur und hatten die Tür bereits wieder hinter sich geschlossen. Sie zogen ihre Waffen und verharrten lauschend. Gedämpft kamen die Geräusche der Straße zu ihnen herauf. Sonst war nichts zu hören.

Die Küchentür stand offen und einer der beiden schaute kurz um die Ecke. Er schüttelte den Kopf und zeigte nach vorne. Dorthin, wo die Türen zum Wohn- und Schlafzimmer abgingen.

Sie verständigten sich mit Blicken, dann betrat einer das Wohnzimmer, der andere Simones Schlafzimmer.

Eine Minute später trafen die beiden im Schlafzimmer wieder zusammen. »Nichts«, sagt der eine leise. »Aber ich habe das hier gefunden.« Er hielt ein verschwitztes Hemd von Tarek in die Höhe, das der zurückgelassen hatte.

»Wir sind hier richtig. Aber wo stecken unsere Vögelchen? Komm mal her. Ich hab auch was.«

Der Angesprochene ließ Tareks Hemd auf den Boden fallen und trat zum Bett.

»Fass mal an.«

Der Mann legte seine Hand auf die Matratze und zog die Augenbrauen nach oben. »Noch warm.«

»Ganz genau. Aber hier hat nur eine Person geschlafen. Und die muss noch in der Nähe sein. Aber wo?«

Sie sahen sich an und beide kannten die Antwort auf diese Frage. Das Badezimmer. Sie schlichen zurück durch den Flur. Es gab nur noch eine Tür, hinter der sie nicht nachgesehen hatten. Sie stellten sich links und rechts der Tür auf. Einer legte die Hand auf die Klinke. Sie blickten sich an und der andere nickte.

In diesem Moment klingelte sein Handy.

»Du Idiot. Warum ist das nicht abgeschaltet?«

Ohne zu antworten, trat der Angesprochene einen Schritt zurück und zerrte sein Telefon aus der Tasche. Er schaute aufs Display. Es wunderte ihn nicht, diese Nummer zu sehen. Es war nämlich die Einzige, von der er auf diesem Handy angerufen werden konnte. Dieses Telefon gab es überhaupt nur zu diesem Zweck. Er nahm das Gespräch an und flüsterte: »Ich rufe so schnell wie möglich zurück. Jetzt geht es nicht.« Und damit beendete er die Verbindung auch schon wieder.

Der andere Mann machte eine obszöne Geste, dann widmeten sie ihre Aufmerksamkeit wieder der Tür. Leise zu sein, konnten sie sich jetzt wohl schenken.

Einer drückte die Klinke herunter und während der andere die Tür aufstieß, ging er in die Knie, die Waffe im Anschlag. Die Tür schwang auf und knallte gegen die Wand.

Viel gab es in dem kleinen Raum nicht zu sehen. Ein winziges Fenster. Geschlossen. Ein Waschbecken. Darauf eine offene Zahnpastatube und eine Zahnbürste. Ein Klo. Eine Badewanne. Auf dem Boden ein T-Shirt. Sonst nichts. Und niemand.

32

Die Männer standen direkt vor der Badezimmertür. Simone hielt den Atem an. Ein Handy klingelte und sie hörte, wie sich einer der Beiden entfernte. Lange würde sie nicht mehr durchhalten. Warum kamen die Mistkerle nicht endlich rein. Dann hätte sie es sich hinter sich. So oder so.

Schritte. Der Mann kam zurück. Erneut hielt Simone die Luft an. Die Tür wurde aufgerissen und knallte gegen die Wand. Simone konnte nichts sehen außer der Zimmerdecke. Aber sie spürte die Männer und hörte ihren Atem.

»Wo ist die verdammte Schlampe?«, fluchte der Eine.

»Durchs Fenster kann sie nicht raus sein, das ist zu. Sie muss die Wohnung verlassen haben, direkt bevor wir gekommen sind.«

Und dann sagte der Erste den Satz, der Simone beinahe aufschreien ließ. »Dann werden wir hier auf sie warten.«

Die Männer verließen das Bad. Die unmittelbare Gefahr war gebannt, aber trotzdem saß sie in der Falle. Sie hörte, wie sich einer am Kühlschrank zu schaffen machte. Simones Unterschenkel begannen leicht zu zittern. Lange würde sie nicht mehr durchhalten. Auf keinen Fall so lange, bis die Männer wieder verschwanden. Die Idee schien ihr zuerst genial. Sie hatte sich erinnert, wie ihr älterer Bruder ihr den Trick gezeigt hatte. Da war sie acht gewesen. Und sie hatte es geliebt.

Als sie hörte, dass sich jemand an der Tür zu schaffen machte, hatte sie sich schnell angezogen. Und sich in dem schmalen Bad direkt vor der Tür mit dem Rücken an die Wand gepresst und die Füße an die gegenüberliegende gesetzt. Danach war es ganz einfach gewesen. Sie war mit kleinen Schritten an der Wand hochmarschiert, bis ihr Kopf fast an die Decke stieß.

Als die Männer das Bad betraten, standen sie direkt unter

Simone. Ein Blick nach oben hätte genügt und die Kerle hätten sie gehabt. Aber sie schauten nicht hoch. Ihr Vater hatte früher auch nie nach oben geguckt. Aber der hatte gewusst, wo sie war, auch wenn er ihr das erst viele Jahre später erzählt hatte.

Doch was nun? Wenn sie noch lange wartete, würde sie ihre Beine beim Herunterkommen kaum noch bewegen können. Sie musste sofort handeln.

Sie setzte einen Fuß etwas tiefer. Dann den anderen. Mit dem Rücken rutschte sie an der Wand runter. Noch ein kleiner Schritt. Und noch einer. Langsam kam sie wieder aus ihrem luftigen Versteck herab. Aus dem Wohnzimmer hörte sie die Stimmen der Männer, die über Fußball redeten. Sie war schon fast auf Höhe der Türklinke, als es passierte.

In der Hose, die sie in aller Eile übergezogen hatte, befanden sich ein paar Münzen. Die jetzt mit lautem Geklimper auf die Fliesen des Badezimmers fielen.

Sofort ließ Simone sich auf den Boden fallen. Sie knickte leicht ein, ihre Beine zitterten. Aber es waren nur zwei Meter bis zur Haustür. Raus aus dem Bad. Da waren sie schon. Am Ende des Flurs. Simone stürzte zur Wohnungstür, riss sie auf. Sie wollte schreien. Doch da legte sich eine massige Hand auf ihren Mund und schleuderte sie brutal zurück. Die Tür wurde wieder ins Schloss gestoßen. Und es fühlte sich an, als hätte sich die Tür eines Kerkers für immer hinter Simone geschlossen.

33

Als Tarek aufwachte, brauchte er einen Moment, um sich zu orientieren. Er lag auf einem schmuddeligen Feldbett, zugedeckt mit einer groben Wolldecke. Durch die Ritzen der geschlossenen Holzläden fiel das Licht in schmalen Streifen herein. Tarek streifte die Decke ab und setzte sich auf. Er war bis auf die Unterhose nackt, seine restliche Kleidung lag unordentlich auf dem Boden.

Der alte Mann. Jetzt wusste Tarek wieder, wo er war. Der Albaner in der Bar hatte gestern Abend kurz telefoniert und ihm dann einen Namen und eine Adresse aufgeschrieben. Es war kurz nach zwei, als Tarek bei dem unscheinbaren Mietshaus an der Ausfallstraße Richtung Rimini angekommen war. Und als er den Namen auf dem Klingelbrett gefunden hatte, spürte er, dass seine Kraft gerade noch ausreichen würde, um die Treppe hinaufzugehen. Aber für keinen Meter mehr.

Ein mürrischer Alter in grauer Stoffhose und einem fleckigen Unterhemd öffnete ihm. Er sah Tarek skeptisch an, sagte aber kein Wort. Tarek gab ihm den Zettel, den der Albaner geschrieben hatte. Der Alte warf nur einen kurzen Blick darauf, dann trat einen Schritt zur Seite.

Er führte Tarek durch einen schmalen düsteren Flur, dessen einziges Möbelstück ein kleines Tischchen war, auf dem ein altmodisches Telefon mit Wahlscheibe stand. Zur Rechten die offene Tür zur Küche, wo sich Tareks Blicke mit denen einer alten Frau kreuzten, die am Küchentisch saß.

Der Alte zeigte ihm ein winziges Kabuff mit einem Feldbett und kaum war Tarek eingetreten, schloss er auch schon die Tür hinter ihm. Die beiden hatten kein Wort miteinander gewechselt.

Tarek sah sich in dem Zimmerchen um. Alte vergilbte Tapeten, die aussahen, als würden sie jeden Moment von der Wand fallen. Ein Sperrholzschrank mit schiefen Türen. Und über der Tür eine Uhr, die anzeigte, dass es schon auf 13:00 Uhr zuging. Wenn sie nicht falsch ging, dann hatte er mehr als zehn Stunden geschlafen, aber er fühlte sich kein bisschen ausgeruht.

Als er aus dem Zimmer trat, war es in der Wohnung vollkommen still. Tarek ging zu der Küche und da saß die Alte am Tisch, als hätte sie sich seit der letzten Nacht keinen Millimeter fortbewegt. Tarek blieb im Türrahmen stehen und sagte »Guten Morgen«.

Ohne ihn anzusehen, stand die Alte auf, ging gebückt zum Herd und goss ihm einen Espresso aus einer italienischen Kaffeekanne ein. Als er die Tasse mit einem dankbaren Lächeln entgegennahm, sagte sie mit krächzender Stimme ein paar Worte zu ihm. In einer fremden Sprache, von der Tarek kein Wort verstand. Sie bemerkte seine Verwirrung, zog ihn am Arm durch den Flur hinter sich her und zeigte ihm das Badezimmer.

Eine Stunde später saß er im Bus Richtung Zentrum. Frisch geduscht, mit einem sauberen T-Shirt aus dem Chinaladen und einem Stück Pizza im Bauch. Tarek fühlte sich so gut wie seit Tagen nicht mehr, aber dazu brauchte es auch nicht viel. Als er in der Innenstadt ausstieg, hatte er noch immer nicht die leiseste Ahnung, was er als Nächstes tun sollte.

Ziellos schlenderte er umher und seine Gedanken drehten sich im Kreis, ohne dass sich der Nebel in seinem Kopf gelichtet hätte.

Irgendwann erreichte er den *Alter Markt*, einen langgezogenen Platz in der Altstadt, der von einigen wenigen historischen Giebelhäusern und vielen schmucklosen Nachkriegsbauten gesäumt wurde.

Die Touristen saßen an Tischen, die in mehreren Reihen vor den Bars standen. Lachten, schwatzten, tranken Kaffee oder aßen Eis.

Am Ende des Platzes wurde eine Tribüne aufgebaut. Die Plakate, die überall hingen, verrieten Tarek, dass am Abend eine Wahlkampfveranstaltung der *Wahren Deutschen Patrioten* stattfand. *Deutschland den Deutschen* las er auf einem Plakat. *Köln muss wieder sicher werden* auf einem anderen. Und auf einem dritten *Keine weiteren Moscheen in Köln.*

Tarek hatte sich noch nie für die Politik interessiert. Und schon gar nicht in Deutschland. Warum auch, er blieb so oder so ein Ausgegrenzter, den die Deutschen im günstigsten Fall in ihrem Land duldeten. Solange er für einen Hungerlohn ihre Drecksarbeit machte. Doch was die *WDP* wollte, das wusste jeder Ausländer in der Stadt. Wenn die die Wahl gewannen, dann würde das Leben für sie alle noch schwieriger werden als es ohnehin schon war.

Tarek schlenderte über den Platz, den Blick wachsam auf zwei Polizisten gerichtet, die in einiger Entfernung standen. Er kam an eine Ecke, wo einige Taxifahrer auf Kundschaft warteten und hielt automatisch Ausschau nach Simone. Die Fahrer weiter hinten lehnten an ihren Autos, lasen Zeitung, sonnten sich oder plauderten miteinander, aber Simone war nicht unter ihnen.

Fluchtartig hatte er nach der nächtlichen Razzia ihre Wohnung verlassen und seitdem jeden Gedanken an sie verdrängt. Zu sehr war er mit sich selbst beschäftigt gewesen. Umso mehr setzte ihm nun der Anblick der in der Sonne glänzenden Taxis zu.

Er hätte sie nicht einfach alleinlassen dürfen. Nicht, nachdem er sie so tief in diese Sache mit hineingezogen hatte. Er hatte Simone benutzt, weil ihm keine andere Wahl geblieben war. Und war dann verschwunden. Seine Gedanken wanderten zu Marco, der auf der Intensivstation lag. Hoffentlich hatte niemand von seiner Freundschaft zu Simone Wind bekommen. Sonst schwebte sie ebenfalls in Lebensgefahr. Er musste sich bei ihr melden. Musste ihre Stimme hören und wissen, dass es ihr gut ging. Er brauchte ein Telefon. Kurz überlegte Tarek, ob er auch die schöne Kommissarin anrufen sollte. Aber was hätte er ihr sagen sollen? Seit ihrem letzten Treffen hatte er absolut nichts Neues in Erfahrung bringen können.

Er wandte sich von den Taxifahrern ab und beobachtete den Platz. Viele Japaner, viele Deutsche. Pärchen, die Arm in Arm über den Platz schlenderten. Familien mit Kindern. Eine Nonne. Eine junge Frau, die mit wehendem Rock an den Cafés vorbeiradelte.

Eine amerikanische Kleinfamilie lief über den Platz. Die Kinder quengelten und die Eltern stritten sich lautstark. Tarek sah, wie der Vater genervt sein Telefon in die hintere Hosentasche steckte und stattdessen seine Brieftasche aus dem vorderen Fach seiner Umhängetasche holte. Kurz darauf hatten die Kinder ein Eis und Tarek ein neues Handy.

▪ ▪ ▪

Auf dem Festnetz hatte Tarek nur den Anrufbeantworter erreicht. Aber als er sie auf dem Handy anrief, nahm Simone beim zweiten Klingeln das Gespräch an, sagte aber nichts.

»Simone? Hörst du mich?«, fragte er.

»Tarek?« Simones Stimme klang gehetzt. »Tarek, bist du das? Komm nicht hierher! Hörst du mich! Du darfst auf keinen Fall tun, was sie von dir verlangen ...«

Noch bevor sich Tarek von seiner Überraschung erholt hatte, hörte er Lärm auf der Gegenseite. Ein unterdrückter Schrei von Simone. Und plötzlich die Stimme einer fremden Frau.

»Schön, Sie zu hören. Wir hatten schon befürchtet, dass Sie sich gar nicht mehr melden würden.«

»Wer sind Sie?«, schrie Tarek die Fremde an. »Was haben Sie mit Simone gemacht?«

»Wenn Sie mich bitte ausreden lassen würden, dann will ich Ihnen das gerne erklären.« Ihre Stimme war so liebenswürdig, als wolle sie Tarek eine Versicherung verkaufen.

»Ihre Freundin war so freundlich, uns zu begleiten. Wir gehen davon aus, dass Ihnen daran gelegen ist, dass ihr nichts zustößt.«

»Lassen Sie das Gerede«, fuhr Tarek dazwischen. »Sagen Sie einfach, was Sie wollen.«

»Ich sehe, Sie haben verstanden. Sehr schön. Wir möchten Sie in zwei Stunden bei uns sehen. Ich glaube, ich brauche nicht extra erwähnen, was mit Ihrer Freundin passiert, sollten Sie nicht erscheinen.«

»Schon gut. Sparen Sie sich das. Sagen Sie mir einfach, wohin ich kommen soll. Ich werde da sein.«

Sie nannte ihm eine Adresse, von der Tarek noch nie gehört hatte, und fügte noch hinzu: »Und kommen Sie allein und unbewaffnet.«

Tarek brauchte einen Moment, bis er kapierte, dass die Verbindung unterbrochen war. Dann ließ er das Telefon langsam sinken.

Sie hatten Simone!

Minutenlang war er zu keinem anderen Gedanken fähig.

Nachdem er das Handy geklaut hatte, war Tarek zu einem kleinen Platz gegangen, um ungestört telefonieren zu können. Doch jetzt wurde ihm plötzlich bewusst, dass ihn die Gäste der gegenüberliegenden Bar bereits anstarrten.

Rasch ging er weiter, ohne auf den Weg zu achten. An der nächsten Ecke ließ er das Handy in einem Müllcontainer verschwinden. Nachdem er eine Weile ziellos herumgelaufen war, beruhigte sich Tarek allmählich wieder. Streng dein Hirn an!, ermahnte er sich. Simones Leben hängt davon ab. Dass dem so war, daran hatte er nicht den geringsten Zweifel.

Er hatte immer noch keine Ahnung, wer seine Gegner waren. Aber vielleicht würde er es nun endlich erfahren. Doch was wollten sie von ihm? Warum machten sie sich die Mühe,

Simone zu entführen, bloß um an ihn heranzukommen? Was hatte er oder was wusste er, das für sie wichtig war?

Dieser verdammte Koffer mit dem Geld, mit dem alles angefangen hatte, konnte es nicht sein. Den hatte die Fremde nicht einmal erwähnt. Tarek fragte sich, ob er mit der Frau gesprochen hatte, die er im Haus des Anwalts getroffen hatte. An dem Abend, als dieser ermordet wurde. Aber das spielte keine Rolle.

Viel wichtiger war die Frage, was er aus diesem Anruf schlussfolgern sollte? Dass das Geld ihnen nicht mehr wichtig war? Oder dass sie es sich längst zurückgeholt hatten? Den Koffer musste jemand gestohlen haben, der zur fraglichen Zeit vor Ort war. Wenn es Maundu nicht war, blieben eigentlich nur noch die Ehefrau oder der große Unbekannte übrig. Tarek tippte auf die Ehefrau und vermutete, dass sie ihnen vor ihrem Ableben erzählt hatte, wo das Geld war.

Aber was wollten Sie dann von ihm? Er wusste und hatte nichts, was jemand anderem nützlich sein konnte. Sah man mal von den Telefonlisten ab, die er im Kühlfach gefunden hatte. Aber auch die hatte die Frau am Telefon nicht verlangt. Wie sollte sie auch davon wissen?

Tarek fiel nur eine vernünftige Begründung ein, warum sie so hinter ihm her waren. Sie suchten einen Sündenbock, dem sie all das in die Schuhe schieben konnten. Doch dafür eignete sich kein lebender Tarek. Dazu brauchten sie einen Toten, der nichts mehr erzählen konnte. Wenn die Polizei erst einmal seine Leiche gefunden hatte und alle Spuren zu ihm führten, dann würden sie die Ermittlungen einstellen. Als er an diesem Punkt mit seinen Überlegungen angekommen war, wurde ihm klar, dass er ein Problem hatte.

Wenn er sich nicht mit diesen Leuten traf, dann würden sie Simone eiskalt umbringen. Daran zweifelte Tarek keine Sekunde. Und eine weitere heiße Spur würde zu ihm führen.

Aber was wäre, wenn er sich ihnen stellte? Niemals würden sie Simone gehen lassen. Sie wusste fast so viel wie Tarek selbst. Sie würden beide sterben müssen. Wie er es auch drehte und wendete, es endete immer mit Simones Tod. Doch sie im Stich zu lassen, kam Tarek nicht in den Sinn. Er wusste, dass er ins offene Messer lief. Aber er hatte keine andere Wahl.

Abrupt blieb er stehen und schaute sich um. Er orientierte sich an den Spitzen des Doms und machte sich dann auf den Weg zur Tourist-Info, um sich einen Stadtplan zu besorgen.

34

Der weiße Ford-Transporter trug auf der Seite das Logo einer Kölner Baufirma. Der Ort des Treffens war gut ausgesucht. Eine weite Schotterfläche direkt an einer der großen Ausfallstraßen, nur wenige Meter hinter der nächsten Autobahnauffahrt. Weit genug außerhalb der Stadt, um sicherzugehen, dass keine Fußgänger zufällig vorbeikamen. Und von hier konnte man innerhalb einer Minute in viele verschiedene Richtungen verschwinden.

Der Ford stand in der Mitte der Schotterfläche. Unmöglich, sich ihm unbemerkt zu nähern. Von der Straße her war er kaum zu sehen, weil am Straßenrand große Betonröhren gelagert wurden, die die Sicht auf den Platz verdeckten. Aber so wie die Autos hier vorbeirasten, hätte ohnehin niemand von einem parkenden Wagen Kenntnis genommen.

Bruno lehnte an der Fahrertür des Ford und rauchte. Sein Jackett hatte er längst abgelegt. Er trug nur ein eng anliegendes schwarzes T-Shirt, das seinen muskulösen Brustkorb gut zur Geltung brachte. Er stand dort schon seit einer Viertelstunde. Schweiß lief ihm aus allen Poren und mit jeder Minute wurde er übellauniger. Beim kleinsten Windhauch wehte eine Staubwolke über den Platz. Der Staub setzte sich in seinem durchgeschwitzten T-Shirt fest und legte sich auf Gesicht und Arme, wo er sich mit dem Schweiß zu einer klebrigen Masse verband.

Und alles bloß wegen diesem Scheiß-Araber. Wo blieb der verdammte Mistkerl überhaupt? Er hätte schon vor fünf Minuten hier sein sollen. Bruno verstand nicht, warum sie einen solchem Aufstand wegen dem machten und ihn nicht einfach umlegten. Aber die Chefin wollte ihn unbedingt unversehrt haben.

Aber eins hatte sich Bruno geschworen: Wenn der Kerl nicht auftauchte, dann würde er sich die kleine Freundin von dem Araber mal so richtig vornehmen. Die Schlampe hatte noch was gut bei ihm. Obwohl die Nummer, wie sie sich im Badezimmer versteckt hatte, nicht schlecht gewesen war. Das musste man ihr lassen.

Bruno fuhr sich mit der Hand über die linke Wange, wo er einen brennenden roten Striemen bis zum Auge hinauf hatte. Die Chefin hatte darauf bestanden, dass ihr nichts passierte, sonst hätte er der Araberhure den Kratzer mit dem Ring gleich an Ort und Stelle heimgezahlt.

Ein Blick auf die Uhr. Noch fünf Minuten, dann konnten sie verschwinden und mit der Kleinen machen, was sie wollten. Gerd, der auf der anderen Seite des Wagens stand, würde daran sicher auch seine Freude haben.

Als am Rande des Platzes ein Mann auftauchte, war Bruno beinahe ein wenig enttäuscht. Obwohl er wusste, dass die Chefin ihnen den Kopf abreißen würde, wenn sie ohne den Araber zum Treffpunkt kamen.

Da! Das musste der Kerl sein. Wer sollte auch sonst so bekloppt sein, hier bei dieser Hitze rumzulaufen? Er kam zu

Fuß aus Richtung der Autobahnbrücke. Als er den Wagen sah, blieb er stehen und beschattete mit der Hand die Augen, um besser sehen zu können.

Bruno trat seine Zigarette aus. Gemeinsam mit Gerd ging er dem Mann ein paar Schritte entgegen. Der blickte unbeweglich zu ihnen herüber. Von der Straße war der Lärm der vorbeibrausenden Autos zu hören. Ein Windhauch wirbelte Staub auf, dann nahm der Mann die Hand herunter und setzte sich erneut in Bewegung. Bruno rückte seine große Sonnenbrille zurecht und sah reglos zu, wie er langsam näher kam.

Das war der Richtige, kein Zweifel. Seine Hände waren leer und automatisch scannte Brunos Blick ihn ab. Der Araber trug eine Jeans und ein weißes T-Shirt. Eine Waffe konnte er nur im hinteren Hosenbund haben. Dort wäre sie kein Problem für Bruno, dessen eigene Pistole vorne im Gürtel steckte. Bei der kleinsten verdächtigen Bewegung hätte er sie in der Hand.

Der Mann machte noch einige Schritte und blieb etwa zwanzig Meter vor ihnen erneut stehen. »Ich will Simone sehen«, sagte er bestimmt.

»Du hast hier gar keine Forderungen zu stellen«, antwortete Gerd.

»Erst Simone, sonst geh ich keinen Schritt weiter.«

Bruno sah zu Gerd hinüber. Was bildete sich das Arschloch eigentlich ein? Am liebsten hätte er den Mistkerl einfach umgelegt. Stattdessen nickte er Gerd kurz zu.

Der drehte sich um und ging zurück zur Beifahrertür. Simone trat nach ihm, aber er packte sie an den Haaren und zog sie ins Freie. Ihr Gesicht war rot angelaufen von der Hitze im Auto und die Hände waren mit Handschellen gefesselt. Gerd schubste sie vorwärts, stellte sich neben sie, zog seine Pistole und hielt sie Simone an die Schläfe.

»Aber das ist ...«, rief Simone, doch weiter kam sie nicht.

Gerd schlug ihr mit der freien Hand ins Gesicht. »Schnauze. Du redest nur, wenn du gefragt wirst.«

Auch Bruno zog seine Waffe. »Und du kommst jetzt her!«

»Erst lasst ihr Simone gehen.«

»Hast du es immer noch nicht kapiert? Wir bestimmen hier, wo es langgeht«, schrie Bruno. »Herkommen!«

Der Mann rührte sich nicht vom Fleck.

»Verdammte Scheiße«, fluchte Bruno. Er hielt seine Waffe weiter auf sein Gegenüber gerichtet und ging auf ihn zu.

Als er den anderen erreichte, schlug er ihm mit dem Lauf seiner Pistole ins Gesicht und der Mann sank zu Boden.

»Blödes Arschloch«, schrie Bruno den reglos vor ihm Liegenden an und trat ihm noch einmal in den Bauch.

»Idiot«, sagte Gerd. »Und wer schleppt den jetzt zum Auto?«

35

500 Euro hatte Tarek investieren müssen. Er war jetzt so gut wie pleite. Aber darunter wollte es keiner der Männer aus dem kleinen Teehaus machen. Nachdem er sich den Stadtplan besorgt hatte, war er dorthin gegangen, weil es ein Treffpunkt für Nordafrikaner war.

Dem Mann hatte er erzählt, er brauche nur nach Simone zu fragen und mir ihr wieder zu verschwinden. Der Marokkaner hatte ihn schief angeguckt und kein Wort geglaubt, aber die Verlockung, 500 Euro in einer Stunde zu verdienen, war zu groß. Wenn Tarek die Wahrheit gesagt hätte, wäre niemand mitgekommen. Aber er hatte keine Wahl. Allein zu dem Treffpunkt zu gehen, wäre sein Todesurteil gewesen. Und das von Simone.

Noch bevor er in das Teehaus gegangen war, hatte Tarek eine altersschwache Vespa geklaut, die sich leicht kurzschließen ließ und damit waren die beiden Männer zum Stadtrand gefahren. Tarek war mit seiner Wahl nicht unzufrieden. Von Weitem sah ihm der Marokkaner halbwegs ähnlich. Größe, Statur und Haare stimmten, aber niemals würden sie jemanden täuschen können, dem Tarek schon einmal begegnet war.

Mit jedem Meter, den sie sich dem Treffpunkt näherten, steigerte sich das mulmige Gefühl in Tareks Bauch. Ihm wurde schmerzlich klar, dass er überhaupt keinen Plan hatte und dass er wieder nur den Ereignissen hinterherhechelte. Der Marokkaner würde die Gegenseite eine Weile ablenken. Und dann? Tarek hatte keinen Schimmer, wie er Simone befreien und sie alle drei heil aus dieser Sache rausbringen sollte. Er wusste ja nicht einmal, ob Simone bei dem Treffen anwesend sein würde. Was, wenn es nur darum ging, ihn umzubringen und sie den Marokkaner einfach über den Haufen schießen würden?

Als sie unter der Autobahnbrücke hindurchfuhren und Tarek einen Blick auf den Lieferwagen erhaschte, war er kurz davor, dem Mann sein Geld zu geben und ihn nach Hause zu schicken. Aber es gab keine Alternative. Ohne ihn würde die Geschichte hier enden und Simone wäre so gut wie tot.

Voller Angst und geplagt von seinem schlechten Gewissen, hielt Tarek am Straßenrand und ließ seinen Doppelgänger absteigen. Er schärfte ihm noch einmal ein, was er zu sagen hatte und dass er noch fünf Minuten warten solle, bis er losging. Dann brauste er mit der Vespa bis zum anderen Ende des Platzes. Die große Schotterfläche wurde durch ein dichtes Gebüsch begrenzt. Dahinter zweigte ein schmaler Weg ab, der zu den anliegenden Feldern führte.

Tarek stellte den Roller ab und schlug sich in die Büsche. Hier war er quasi unsichtbar, doch bis zu dem weißen Lieferwagen mit dem Logo einer Baufirma waren es bestimmt hundert Meter. Hundert Meter freie Fläche, auf der es nicht den kleinsten Schutz gab. Der Treffpunkt war gut ausgewählt, das musste er den Scheißkerlen lassen.

Vorsichtig robbte er bis zum Rand des Gebüschs. Die anderen konnten ihn hier nicht sehen, aber er musste aufpassen, dass er nicht zu viel Staub aufwirbelte. Ganz langsam, auf allen Vieren, kroch er Zentimeter für Zentimeter weiter.

Der Lieferwagen stand unerreichbar in der Mitte des Platzes. Neben beiden Türen je ein Muskelprotz mit Sonnenbrille. Die rechte Schiebetür war geöffnet. Die Männer hatten die ganze Umgebung perfekt im Blick. Erleichtert stellte Tarek fest, dass er die Kerle noch nie gesehen hatte. Die Chancen stiegen, dass sie den Bluff mit dem Double nicht durchschauen würden. Von Simone keine Spur, aber er konnte auch nicht ins Innere des Lieferwagens sehen.

Qualvoll langsam verstrichen die Sekunden und Tarek bekam Angst, dass sich der Marokkaner einfach mit seinem Hunderter Vorschuss verdrückt hatte. Doch dann kam Bewegung in die Szenerie. Tarek erkannte es zunächst nur an der Reaktion der Männer am Wagen. Die drehten sich plötzlich um und gingen ein paar Meter nach vorne. Weg von ihm.

Und dann sah er auch den Marokkaner. Selbst auf die Entfernung konnte Tarek erkennen, dass sein Schritt unsicher wirkte, als hätte er Angst. Was er bestimmt auch hatte, obwohl er gar nicht wusste, auf welches Himmelfahrtskommando er sich eingelassen hatte.

Jetzt oder nie.

Tarek sprang auf und lief geduckt auf den Lieferwagen zu. Das Knirschen seiner Schritte auf dem Schotter ging im Rauschen des Straßenverkehrs unter. Einen Plan hatte er immer noch nicht, aber wenigstens ein Ziel. Er musste es bis zu dem Wagen schaffen.

Die beiden Männer waren voll auf den Marokkaner konzentriert. Ein Blick zurück und Tarek wäre erledigt gewesen. Sein Doppelgänger blieb jetzt stehen. Genau in dem Moment, als Tarek die Rückfront des Lieferwagens erreichte. Er drückte sich gegen die Rückwand und versuchte, seine Atmung zu beruhigen.

»Ich will Simone sehen«, hörte er den Marokkaner sagen.

Der Mann war perfekt. Er hatte auch mit keiner Wimper gezuckt, als Tarek auf den Lieferwagen zugelaufen war.

»Du hast hier gar keine Forderungen zu stellen«, antwortete einer der beiden Gangster. Offensichtlich erkannten sie nicht, dass nicht Tarek vor ihnen stand.

Tareks Atem hatte sich wieder normalisiert. Er musste jetzt sofort etwas unternehmen. Simone finden. Das war das einzig Sinnvolle, was ihm einfiel. Und hoffen, dass die Männer den Marokkaner nicht einfach erschossen. Er atmete einmal tief durch. Dann lugte er vorsichtig um die Ecke.

Genau in diesem Moment drehte sich einer der Gangster um und ging auf den Lieferwagen zu. Tarek stockte der Atem und sofort verschwand sein Kopf wieder hinter dem Wagen. Hatte der Mann ihn gesehen? Doch dann hörte er plötzlich Simones Stimme und einen winzigen Augenblick lang war er von der Gewissheit erfüllt, dass alles gut werden würde.

Aber nur, wenn er jetzt etwas unternahm. Er zog seine Pistole aus dem Hosenbund und spähte noch einmal um die Ecke. Einer der Gangster hatte seine Waffe auf Simone gerichtet, der andere auf den Marokkaner. Auch wenn es ihm unendlich schwerfiel, er musste sich gedulden, sonst würde es ein Blutbad geben.

Er verfluchte sich dafür, dass er das Handy nicht noch länger behalten hatte. Dann hätte er als letzten Ausweg noch die

Kommissarin anrufen können. Und noch etwas anderes ging ihm durch den Kopf. Sie hatten den Marokkaner nicht sofort erschossen. Das konnte nur bedeuten, dass sie Tarek lebend wollten. Die beiden waren mit Sicherheit nur kleine Erfüllungsgehilfen. Aber mit ein wenig Glück würden sie ihn zu den Hintermännern führen. Oder zu der geheimnisvollen Fremden aus der Villa des Anwalts.

Der Transporter hatte an der Rückseite zwei fensterlose Türen und Tarek legte die Hand auf den Griff. Er atmete tief ein, dann drückte er langsam den Knopf am Türgriff durch. Es war nicht abgeschlossen. Doch den Bruchteil einer Sekunde, bevor er die Tür aufmachte, hielt Tarek inne. Verdammt, die Tür aufzumachen, war das eine. Aber wie bekam er sie wieder zu? Normalerweise schlug man eine Autotür einfach zu. Aber gab es auch innen einen Griff, wenn man sie leise zumachen wollte? Tarek versuchte, sich verzweifelt an alle Transporter zu erinnern, in denen er jemals gesessen hatte. Aber es nutzte nichts. Er würde diese Frage nur beantworten können, indem er die Tür öffnete.

Der einzige andere Weg ins Innere des Lieferwagens war die geöffnete Schiebetür an der Seite. Noch einmal schaute er um die Ecke. Zwei Sekunden, um reinzukommen, schätzte Tarek. Aber sobald er im Blickfeld des Marokkaners auftauchte, würde der automatisch zu ihm hinschauen und ihn damit verraten.

Doch dann kam ihm der Zufall zu Hilfe. Denn der Gangster, der nicht bei Simone stand, schrie in diesem Moment: »Hast du es immer noch nicht kapiert? Wir bestimmen hier, wo es langgeht. Herkommen!«

Und als sich der Marokkaner nicht vom Fleck rührte, fluchte er, hielt seine Waffe auf sein Gegenüber gerichtet und ging auf ihn zu. Den Augenblick, als er den Marokkaner mit dem Lauf der Pistole zu Boden schlug, nutzte Tarek.

»Blödes Arschloch«, hörte er den Gangster schreien, aber da war er auch schon unbemerkt im Transporter verschwunden.

In den Wagen hineinzukommen, war das eine. Sich darin zu verstecken, das andere. Aber das Glück meinte es anscheinend an diesem Tag gut mit Tarek. Der Lieferwagen war fast leer und hätte keine Möglichkeit zum Verstecken geboten, wenn nicht in der Ecke ein Haufen fester Plastikplanen gelegen hätte, unter denen Tarek nun rasch verschwand. Gerade noch rechtzeitig, denn in diesem Moment legten die Männer den ohnmächtigen und gefesselten Marokkaner auf die Ladefläche und schlossen die Tür.

Durch die Trennwand hindurch konnte er undeutlich ihre Stimmen hören. Simone hatten sie mit nach vorne genommen, stellte er erleichtert fest, als er sie laut fluchen hörte. Dann wurde der Motor angelassen und verschluckte ihre Gespräche. Der Wagen holperte über den Schotterplatz, hielt kurz an und bog dann nach links ab. Es ging also Richtung Innenstadt.

Tarek versuchte, sich auf die Strecke zu konzentrieren, doch schon als sie das zweite Mal abbogen, hatte er jede Orientierung verloren.

Er konnte nicht sagen, wie lange sie unterwegs waren und die stickige Luft und das Geschaukel verursachten ihm Übelkeit. Doch irgendwann erreichten sie ihr Ziel. Wo auch immer das lag. Sie hielten und der Fahrer sprach mit jemandem, der neben dem Wagen stand. Kurz darauf rollte er langsam wieder an, fuhr noch ein paar Meter im ersten Gang und dann starb der Motor ab.

36

Sie waren hinausgefahren zu Probsts Villa und hatten dort tatsächlich die Leiche der Ehefrau gefunden. Und es war im Arbeitszimmer von Dr. Probst, als Ulrich Bayer einfiel, wo er den Mann auf dem alten Zeitungsfoto neben Probst schon einmal gesehen hatte.

Nämlich genau hier in diesem Arbeitszimmer. Eine ganze Wand des Zimmers hatte Probst mit gerahmten Fotos behangen, die ausnahmslos den Anwalt zeigten, wie er mit jeweils anderen Leuten in die Kamera lächelte. Bei ihrem Besuch nach Probsts Tod hatte Bayer hier gestanden und die Bilder betrachtet. Einige der Leute auf den Fotos hatte er sofort erkannt, wie zum Beispiel den ehemaligen Ministerpräsidenten oder eine berühmte Filmschauspielerin. Andere hatte er noch nie gesehen, aber Bayer zweifelte nicht daran, dass alle, die hier hingen, wichtige Persönlichkeiten waren.

Und da ganz rechts auf einem kleinen Bild entdeckte er den Mann wieder. Und auch wenn einige Jahre zwischen den beiden Fotos lagen, so hatte Bayer keinen Zweifel, dass es sich um den gleichen Mann handelte. Ulrich Bayer beugte sich nach vorne und las den Namen unterhalb des Bilderrahmens: Ludwig von Bergenheim.

Nicht einen Tag in seinem Leben hatte Bayer blaugemacht und sein schlechtes Gewissen war riesig, weil er die anderen in dieser schwierigen Situation im Stich ließ, aber jetzt musste es sein. Bayer simulierte eine Weile starke Magenschmerzen und meldete sich dann krank.

Die Möglichkeit, endlich die Nadel im Heuhaufen gefunden zu haben, elektrisierte ihn. Ihm war bewusst, dass er einem Phantom hinterherjagte, aber er konnte nicht anders. Er musste dieser Spur folgen. Und zwar auf der Stelle.

Kaum zu Hause, war er auf wundersame Weise wieder genesen. Während der Computer hochfuhr, suchte er eine Telefonnummer, die er schon länger nicht mehr angerufen hatte. Er nahm ein Handy aus der Schreibtischschublade, das er nur für ganz besondere Anrufe nutzte, wählte und nach dem dritten Klingeln wurde auf der Gegenseite abgenommen.

»O nein, Ulrich du bist wirklich eine Plage. Beschäftigst du dich etwa immer noch mit dem Bombenanschlag? Ich hatte gehofft, du hättest es aufgegeben.«

»Lukas, und ich dachte, du kennst mich besser«, scherzte Bayer, wurde aber gleich wieder ernst. »Sagt dir der Name Ludwig von Bergenheim etwas?«

Lukas schwieg einen Moment, dann sagte er vorsichtig: »Von wo rufst du an?«

»Ein Prepaid-Handy, das niemand kennt.«

»Gut. Du weißt, dass wir beide in Teufels Küche kommen, wenn jemand von diesen Telefonaten erfährt.«

»Ja«, sagte Bayer ungeduldig. »Aber du weißt auch, dass ich dich nicht anrufen würde, wenn es nicht wirklich wichtig wäre.«

Lukas seufzte. »An Ludwig von Bergenheim kannst du dich nur verbrennen, Ulrich. Es gibt jede Menge Gerüchte über ihn. Er ist zwar niemals angeklagt worden, aber er hat seine Finger ganz sicher in vielen zwielichtigen Geschäften drin.«

»Reden wir nur von Geld oder auch von Politik?«

»Gibt es da einen Unterschied? Von Bergenheim zieht seit Jahrzehnten im Hintergrund seine Fäden. Hast du etwas gefunden, dass ihn mit dem Anschlag in Verbindung bringt?«

»Nichts Konkretes. Könnte er damit zu tun haben?«

»Von seiner politischen Einstellung her ganz sicher. Und er wäre das richtige Kaliber, um so eine Sache in Auftrag zu geben.«

»Weißt du, was er die letzten Jahre getrieben hat?«

»Ulrich, der Laden, in dem ich arbeite, heißt Geheimdienst, weil so ziemlich alles geheim ist. Ich bin ein zu kleines Licht, um Einblick in solche Akten zu bekommen.«

»Aber du hörst doch so einiges.«

»Gerüchte. Kantinentratsch. Ludwig von Bergenheim ist schon über 90 und hat sich bereits vor über zehn Jahren aus den meisten Geschäften zurückgezogen. Aber er hat zwei Töchter. Die eine ist in die Fußstapfen ihres Vaters getreten. Christine von Bergenheim. Sie leitet inzwischen die Familiengeschäfte. Sie ist keine Unbekannte bei uns. Hat wohl gute Kontakte zur extremen Rechten.«

»Danke, Lukas. Das ist nicht viel, aber du hast mir trotzdem sehr geholfen.«

»Ulrich, aber das war endgültig das letzte Mal. Ich habe es nicht mehr lange bis zur Rente und die möchte ich genießen. Ruf mich nie wieder an.«

Bevor Lukas auflegen konnte, fragte Bayer noch schnell: »Und was ist mit der anderen Tochter?«

Lukas seufzte theatralisch und Bayer dachte schon, der andere hätte aufgelegt. Doch dann hörte er das Klappern von Lukas' Tastatur.

»Über die andere Tochter habe ich kaum Informationen. Sie scheint nicht viel mit dem Rest der Familie zu tun zu haben. Verheiratet ... lebt aber wohl von ihrem Mann getrennt ... oh, das ist interessant ... sie arbeitet bei der Polizei. Vielleicht kennst du sie ja. Seit ihrer Hochzeit heißt sie Brigitte Faber.«

37

Normalerweise überließen die Kölner Ende August die Stadt den Touristen und der Hitze. Wer konnte, verschwand in den Ferien ans Meer. Doch in diesem Sommer schien es, als läge etwas Besonderes in der Luft.

Das eckige Gesicht Frank Kuesters lächelte an jeder Straßenecke von den Wahlplakaten der *Wahren Deutschen Patrioten* herab. Darin unterschied er sich nicht von den Kandidaten der anderen Parteien, die überall einträchtig in einer Reihe hingen. Alle mit dem gleichen einnehmenden Lächeln und alle mit den gleichen Forderungen: Freiheit, Frieden und Wohlstand für Deutschland.

Doch Kuester unterschied sich von seinen Konkurrenten. Denn er schickte sich an, ein Direktmandat für die Rechtspopulisten in Köln zu holen. Ein Umstand, der noch vor einem Jahr undenkbar gewesen wäre.

Doch die immer aggressiver geführten Diskussionen rund um das Thema Flüchtlinge und zwei Skandale in der Stadt, bei denen sich enge Freunde des Bürgermeisters bei der Vergabe von öffentlichen Aufträgen bereichert hatten, ließen Kuester und seine Partei seit Monaten auf einer Erfolgswelle schwimmen.

Und die Morde an einem stadtbekannten Anwalt und dessen Frau, für die beide ein illegaler Einwanderer verantwortlich gemacht wurde, hatten die Stimmung endgültig zugunsten der Rechten umschlagen lassen. Dass diese Verbrechen noch längst nicht aufgeklärt waren, interessierte in dieser aufgeheizten Atmosphäre niemanden.

Frank Kuester mit seinen ausländerfeindlichen Parolen traf plötzlich den Nerv der Zeit. Er brauchte nur dafür zu sorgen, dass sich diese Stimmung bis zum Wahltag hielt, um das symbolträchtige weltoffene Köln zu erobern.

Kuester saß in einem kleinen Büro, mit Blick über den *Alter Markt*, die Füße auf dem Schreibtisch und die Hände im Nacken gefaltet. Nicht mehr lange und er würde Bundestagsabgeordneter in Berlin sein. Und das war erst der Anfang seines Aufstiegs, daran hatte er keinen Zweifel. Wenn für seine Partei alles so weiter lief und mit den Trümpfen, die er noch im Ärmel hatte, war es nur noch eine Frage der Zeit, bis er einen Ministerposten in Berlin bekäme.

Er nahm die Füße vom Tisch und holte ein Tütchen Kokain aus der Brusttasche seines Hemdes. Er legte sich eine Linie auf der Schreibtischunterlage, rollte einen Fünfziger auf und zog sich das Koks in die Nase.

Es war an der Zeit, sich unters Volk zu mischen. Noch ein letzter Blick in den Spiegel, die Haare noch einmal gerichtet und die Krawatte geradegezogen, dann war er soweit.

Das Lokal am *Alter Markt*, das sie extra für diesen Tag angemietet hatten, quoll über von Leuten. Natürlich war heute ihre große zentrale Wahlkampfveranstaltung. Doch noch vor wenigen Wochen hätten sie keinen Veranstaltungsort gebraucht, der sich über drei Etagen erstreckte.

Aber jetzt, wo die *Wahren Deutschen Patrioten* endlich Erfolg hatten, wollte plötzlich jeder dabei sein.

Arschkriecher. Die Hälfte von denen wollte vor vier Wochen noch nicht mit mir in der Öffentlichkeit gesehen werden, dachte Frank Kuester. *Und nun kommt ihr alle aus euren Löchern gekrochen!*

Er ging hinunter ins Erdgeschoss, schüttelte Hände und ließ sich auf die Schulter klopfen.

»Kehlmann, schön Sie zu sehen«, rief Kuester über einige Köpfe hinweg. »Wir sollten nach der Wahl unbedingt mal zusammen Golf spielen.« Dieser widerliche Schleimer war offensichtlich wieder der Erste am Büfett gewesen. Die Mayonnaise in seinem Bart war einfach ekelhaft.

Jetzt, wo es so aussah, als würde Kuester eine große Nummer in der Stadt werden, wollte sich jeder mit ihm gutstellen und tat so, als wären sie seit Jahren gute Freunde. Aber dieses Spielchen beherrschte er auch. Wer nach der Wahl mit ihm ins Geschäft kommen wollte, der musste jetzt noch ordentlich zahlen.

Er schob sich zwischen den Leuten hindurch, nahm sich ein Glas Sekt und plauderte mit jedem ein paar belanglose Worte. Doch dann spürte er, dass sich die Aufmerksamkeit zum Eingang verlagerte. Und er brauchte gar nicht hinzuschauen, um zu wissen, dass Gisbert Eckstein eingetroffen war, ihr großer Parteivorsitzender aus Berlin. Eckstein war groß und er war laut. Er hatte Geist und Witz und die Frauen lagen ihm zu Füßen. Und er hatte Charisma. Mit all diesen Eigenschaften hatte er vor gerade einmal fünf Jahren nahezu im Alleingang die *Wahren Deutschen Patrioten* aus dem Boden gestampft. Eckstein war die *WDP*. Kuester verdankte ihm, wie alle in der Partei, seinen Posten als Vorsitzender in Nordrhein-Westfalen. Und trotzdem hasste er Eckstein. Nein, nicht trotzdem. *Deswegen* hasste er ihn. Denn Eckstein ließ keine Gelegenheit verstreichen, um jedem aufs Brot zu schmieren, was er für ihn getan hatte.

Kuester tat so, als würde er den großen Vorsitzenden gar nicht bemerken. Aber er spürte, dass sich niemand mehr für ihn interessierte und Eckstein alle Aufmerksamkeit auf sich vereinte. Er verachtete diesen arroganten, aufgeblasenen Gockel, aber es blieb ihm nichts anderes übrig, als gute Miene zu machen, wenn er nicht gleich allein in der Ecke stehen wollte.

Wie beiläufig schlenderte er Richtung Eingang, wo Eckstein den Mittelpunkt einer Menschentraube bildete, der er Anekdoten aus seinem aufregenden Leben in Berlin zum Besten gab. Als er Kuester sah, winkte er ihn mit großer Geste herbei. Die Menge teilte sich und ließ ihn durch.

Eckstein legte den Arm um seine Schulter. »Ich hab mich schon gewundert, wo Sie stecken, mein Lieber.«

Das gefällt dir nicht, wenn dir nicht jeder sofort seine Aufwartung macht, dachte Kuester mit Genugtuung, aber er brauchte gar nicht zu antworten, denn Eckstein redete bereits weiter.

»Kuester, ich habe gerade zu Michael Heinzmann hier gesagt, ... Sie kennen sich doch, oder nicht? Na ja, Sie kommen hier ja selten raus aus Ihrem verträumten Nest ... Also, ich sagte zu Heinzmann, dass es schon erstaunlich ist, dass jemand, der so hässliche Krawatten trägt wie Sie, es so weit gebracht hat.«

Alles um ihn herum lachte, als hätten sie den Witz des Jahrhunderts gehört und auch Kuester lächelte gequält. »Nun schauen Sie nicht so sauertöpfisch«, sagte Eckstein und klopfte ihm auf die Schulter. »Falls Sie es nicht bemerkt haben, das war ein Kompliment! Sie werden es noch weit bringen, mein Lieber. Als Erstes werden wir mal in den Bundestag einziehen. Und zwar mit einem Ergebnis, dass keiner mehr an uns vorbeikommt. Und dann weht in Berlin ein anderer Wind! Und wer weiß, mein lieber Kuester, vielleicht werden Sie ja sogar eines Tages Minister.«

Kuester lächelte. Das war das Gute an Eckstein. Man brauchte nie etwas sagen. Wenn man ihm nicht widersprach, war die Welt in Ordnung.

Schauen wir mal, wer am Ende des Tages lacht, dachte Kuester mit Genugtuung. *Ich werde so oder so Karriere machen, solange ich das Video habe, in dem du der Hauptdarsteller bist.*

38

Der Wagen ruckelte noch einmal kurz, bevor der Motor abstarb. Es war nicht nur die plötzliche Stille, die vollkommene Dunkelheit und die stickige Luft, weshalb Tarek den Atem anhielt. Ein Schweißtropfen lief ihm von der Stirn die Wange herunter. Aber er wagte es nicht, ihn wegzuwischen. Jeden Moment würde sich die Tür des Wagens öffnen. Was war das bloß für ein waghalsiges und aberwitziges Manöver, das sie bis hierher gebracht hatte? Aber was für eine Alternative hatte er gehabt?

Der Marokkaner hatte während der ganzen Fahrt keinen Mucks von sich gegeben. Kein gutes Zeichen. Tarek hatte längst aufgehört, an irgendeinen Gott zu glauben. Aber jetzt ertappte er sich dabei, wie er darum betete, dass dem Mann nichts passiert war.

In die Stille hinein hörte er, wie die Fahrertür zugeschlagen wurde. Und dann war es soweit. Tarek drückte sich in die äußerste Ecke und kauerte sich zusammen. Die Tür ging auf und grelles Licht blendete ihn.

Aber er konnte die Umrisse der beiden Männer erkennen, die gemeinsam den Marokkaner aus dem Wagen hoben und mit ihm verschwanden. Jetzt oder nie. Tarek zählte bis drei und kroch auf allen Vieren bis zur offenen Seitentür. Ein kurzer Blick und schon war er im Freien.

Verwirrt blickte er sich um. Der Wagen stand in einer schmalen Gasse, die Tarek nicht kannte. Wo war er? Sie hatten das Auto hinter einem Bauzaun geparkt, der mit einer Plane verhangen war. Zur Rechten ein Haus, das komplett eingerüstet war. Die Haustür, die nur aus ein paar Baubrettern bestand, stand offen, aber keine Menschenseele war zu sehen. Gedämpfter Lärm einer größeren Menschenmenge war zu hören, aber Tarek konnte nicht zuordnen, woher er kam. Und dann Schritte, die aus dem Treppenhaus kamen. Gerade noch gelang es ihm, hinter dem Transporter zu verschwinden, als die Männer wieder auftauchten. Tarek hörte, wie sie Simone vom Vordersitz zerrten, und beobachtete von seinem Versteck aus, wie sie mit ihr wieder im Haus verschwanden.

Er wartete einen Moment, dann folgte er ihnen vorsichtig in den düsteren Hausflur. Er hörte, wie sich Schritte durchs Treppenhaus langsam nach oben entfernten. Vor ihm erstreckte sich ein Flur, an dessen Ende eine Treppe nach oben führte. Zur Linken eine Tür, die nur aus einer Spanplatte bestand. Zementsäcke, die auf dem Boden gestapelt waren, einige Kupferrohre, Kabeltrommeln, Fliesen. Das Haus war eine Baustelle und wahrscheinlich komplett unbewohnt.

Tarek schlich bis zur Ecke und wartete, bis die Schritte irgendwo in einer der oberen Etagen verhallten. Es gab hier nur diesen einen Weg nach oben. Wenn jetzt jemand durch die Haustür kam, saß er in der Falle. Aber er hatte ohnehin keine Wahl. Die Pistole in der Hand, den Blick nach oben gerichtet, den Rücken an die Wand gepresst, schob sich Tarek Stufe für Stufe nach oben. Vorsichtig darauf bedacht, bloß keinen Lärm zu machen. Bei jedem Schritt versicherte er sich kurz, wohin er trat. Im Haus war es jetzt völlig still, nur von der Straße her hörte man gedämpfte Geräusche. Wenn jetzt irgendein Werkzeug die Treppe herunterschepperte, war alles aus.

Aber er erreichte ohne Zwischenfälle den ersten Stock. Wieder zwei einfache Brettertüren. Tarek drückte die Türklinken herunter. Verschlossen, aber er hatte an den Schritten gehört, dass die anderen irgendwo weiter oben sein mussten.

Also weiter. Mit jeder Stufe stieg Tareks Anspannung. Was war das für ein Haus? Wo waren sie? Aber vor allem, warum waren sie hier?

Er schlich weiter hinauf, Stufe für Stufe. Das Treppenhaus war in ein diffuses grünes Dämmerlicht getaucht, weil vor dem ganzen Haus ein Baugerüst aufragte, das mit einem grünen Netz abgehangen war. Und als Tarek zwischen dem ersten und dem zweiten Stock hinaussehen konnte, erkannte er auch, wo sie waren. Am *Alter Markt*, wo er noch am Morgen herumgelaufen war.

Der zweite Stock. Noch immer herrschte gespenstische Stille. Auch hier nur zwei verschlossene Sperrholztüren. Vom Platz vor dem Haus drang Musik und der Lärm einer großen Menschenmenge herein, aber Tarek war so auf die Geräusche im Haus konzentriert, dass er nichts anderes wahrnahm.

Die nächsten Stufen. Tarek stand der Schweiß auf der Stirn. Der dritte Stock. Wieder nur verschlossene Türen. Aber plötzlich über ihm ein Geräusch, als wäre etwas zu Boden gefallen.

Irgendwo über ihm waren Simone und der Marokkaner diesen Gangstern hilflos ausgeliefert. Tarek wäre am liebsten laut schreiend die Treppe hinaufgestürmt. Doch er zwang sich, ruhig zu bleiben. Er atmete dreimal ganz tief durch, dann schlich er weiter hinauf. Jeder Schritt fühlte sich jetzt an wie ein Gang über glühende Kohlen.

Er erreichte den obersten Stock und sah, dass eine Tür nur angelehnt war. Tarek lauschte, aber es war nichts zu hören. Er konnte doch jetzt unmöglich einfach da reinmarschieren, ohne zu wissen, was ihn hinter der Tür erwartete! Doch dann wurde ihm klar, dass genau das die einzige Möglichkeit war, wenn er Simone und den Marokkaner retten wollte. Blieb nur die Frage: Auf die harte oder auf die sanfte Tour?

Tarek entschied sich für die sanfte Variante. Er ging in die Knie und drückte die Tür einen Spalt weit auf. Kurz verharrte er mit angehaltenem Atem, bereit, sich sofort in Deckung zu werfen. Doch nichts passierte.

Tarek schob sich in den Flur der Wohnung. Dunkles Dämmerlicht empfing ihn. Der Flur war voller Werkzeuge. Zur Linken befand sich ein Raum ganz ohne Tür, der wohl mal ein Badezimmer werden sollte. Und drei Meter vor ihm eine weitere Sperrholztür, hinter der er nun gedämpfte Stimmen hörte. Tarek schlich sich bis zu der Tür. Sie war verschlossen. Wenn er da jetzt reinstürmte, würde es ein Blutbad geben, dessen war er sich sicher.

Aber zu seiner Rechten gab es noch eine weitere Tür. Auch sie war verschlossen, doch Tarek konnte dahinter keine Geräusche hören und so drückte er langsam die Klinke herunter. Er schaffte es, geräuschlos in das Zimmer zu kommen. Auch hier überall Werkzeuge und Kabel. Kaum hatte er das Zimmer betreten, wurde der Lärm von draußen lauter. Er schlich zum Fenster und sah unter sich den *Alter Markt*. Am Ende des Platzes war eine Bühne aufgebaut, ganz in Blau und Weiß gehalten, den Farben der *Wahren Deutschen Patrioten*. Vor der Bühne eine Menschenmenge, viele von ihnen mit Deutschlandfahnen.

Doch für all das hatte Tarek nur einen kurzen Blick übrig. Denn zu seiner Linken gab es einen Durchgang zu dem anderen Zimmer, verhangen mit mehreren dicken Plastikplanen, durch die Tarek schemenhafte Bewegungen erkennen konnte.

Tarek schlich die Wand entlang, bis er unbemerkt den Durchgang erreicht hatte. Er legte sich auf den Boden und schob die Plastikplane ganz langsam beiseite, bis er durch einen kleinen Spalt in den Nebenraum hineinspähen konnte.

Nur einen Meter von ihm entfernt saß Simone auf einem Stuhl. Ihre Hände waren mit Klebeband auf dem Rücken gefesselt. Und als sie kurz den Kopf neigte, sah er, dass sie ihr auch über den Mund einen breiten Streifen geklebt hatten.

Ihre Entführer standen in der Mitte des Raums und waren mit dem Marokkaner beschäftigt, der inzwischen wieder zu sich gekommen war. Einer der beiden hatte ihn am T-Shirt gepackt und verpasste ihm gerade eine Ohrfeige.

»Sie müssen mir glauben«, flehte der Marokkaner. »Ich bin nicht der, für den Sie mich halten. Das ist eine Verwechslung.«

»Lüg uns nicht an.« Der Mann hob die Hand zum nächsten Schlag.

Doch in diesem Moment öffnete sich die Tür zum Flur und die schöne Unbekannte, der Tarek am Abend von Dr. Probsts Tod das erste Mal begegnet war, betrat den Raum. Mit einem Blick erfasste sie die Situation. Sie sah den Marokkaner und erkannte sofort, dass sie den Falschen erwischt hatten.

»Ihr verfluchten Schwachköpfe«, beschimpfte sie die Männer, »das ist nicht der, den wir suchen.«

»Nein, der ist hier.«

Alle Köpfe fuhren zu Tarek herum, der mit gezogener Pistole wie ein Zauberer aus dem Nichts die Szenerie betrat.

Die Gangster reagierten wie Profis. Der eine ließ sofort den Marokkaner los, der überrascht zu Boden fiel. Die beiden machten jeweils einen Ausfallschritt und zogen ebenfalls ihre Waffen. Einer richtete seine auf Simone, der andere auf Tarek. Während dessen Waffe auf den Kopf ihrer Chefin gerichtet war.

»Lasst die Knarren fallen«, sagte Tarek.

Ein Lachen der beiden Männer war die Antwort.

»Ich warne euch. Ich habe absolut nichts mehr zu verlieren. Ihr könnt mich oder Simone erschießen. Aber eure Chefin ist in jedem Fall eine tote Frau.«

Die Gangster machten keinerlei Anstalten, die Waffen zu senken, als hätten sie Tareks Worte gar nicht gehört. Ein klassisches Patt. So konnten sie noch bis in alle Ewigkeit rumstehen.

39

Die Sekunden tropften wie kleine Ewigkeiten ins Zimmer. Noch immer hielten sich Tarek und seine Gegner gegenseitig in Schach, als die Tür erneut aufging und Ulrich Bayer mit gezogener Waffe den Raum betrat. Sein Blick huschte durch den Raum und der Lauf seiner Pistole folgte ihm. Von dem Marokkaner, der sich am Boden zusammengekauert und die Hände schützend um den Kopf geschlungen hatte. Über Tarek zu Simone, die sich nicht bewegen konnte und mit weit aufgerissenen Augen das Drama verfolgte. Hinüber zu den anderen beiden Männern.

»Polizei«, sagte Bayer mit fester Stimme und trat zwei Schritte nach vorne. »Alle legen ganz ruhig ihre Waffen auf den Boden. Sofort!«

Doch niemand kümmerte sich um seine Anweisungen. Und vor lauter Anspannung wunderte sich Tarek nicht einmal darüber, wo jetzt auch noch der Kommissar herkam. Wenn in dieser Situation jemand die Nerven verlor, gab es ein Blutbad. Unbeirrt hielt Tarek die Waffe auf die Frau gerichtet. In der Hoffnung, dass sie wirklich so wichtig war, wie er glaubte. Und dass die Gangster ihre Königin nicht gefährden würden.

Doch schon kam erneut Bewegung in die Szenerie. Bayers Kopf zuckte kurz zur Seite, aber als er sah, dass nun auch noch die Kommissarin hinter ihm den Raum betrat, richtete er den Blick sofort wieder nach vorne.

»Das ist aber mal eine echte Überraschung«, sagte Brigitte Faber an Bayer gewandt, ohne sich um die anderen Personen im Raum zu kümmern. »Solltest du nicht krank im Bett liegen?«

Nur kurz traf sich Tareks Blick mit dem der Kommissarin.

Hatte er in ihr eine Verbündete? Dann gab es vielleicht eine Chance, diesen Raum lebend zu verlassen. Tarek konzentrierte sich wieder auf die beiden Gangster. Bei ihnen bestand am ehesten die Gefahr, dass sie durchdrehten. Irgendetwas irritierte ihn hier, aber er konnte in dieser Situation keinen klaren Gedanken fassen.

»Tut mir leid, Brigitte«, antworte Bayer, ohne sich zu ihr umzusehen. »Aber ich wusste nicht mehr, woran ich bei dir bin. Zuerst habe ich mich nur gewundert, dass unser Freund Tarek dir gleich dreimal durch die Lappen gegangen ist. Doch dann habe ich herausgefunden, wer dein Vater ist. Und da war ich mir nicht mehr sicher, wem ich trauen kann. Deshalb musste ich auf eigene Faust handeln. Und dann habe ich deine Schwester beschattet, die mich letztlich hierher geführt hat.«

Er warf einen kurzen Blick zu Brigitte Faber und schrie sie unvermittelt an: »Sie ist deine Schwester, verdammt noch mal! Wusstest du, dass sie in diese Sache involviert ist?«

Tarek war völlig perplex, als er Bayers Worte vernahm. Die geheimnisvolle Fremde und die schöne Kommissarin – Schwestern! Sein Blick huschte von der einen zur anderen und plötzlich sah er Ähnlichkeiten, die ihm bisher nicht aufgefallen waren. Die Augen und die Nase, die Art, wie sie sich bewegten.

Doch ihm blieb keine Zeit, über die Konsequenzen dieser neuen Entwicklung nachzudenken. Denn nun erkannte er auch, was ihn eben irritiert hatte. Es war nur ein kleines Detail. Aber ein Entscheidendes. Er hatte nur kurz zur Kommissarin hingeschaut. Und er hatte ihren Blick gesucht. Doch aus den Augenwinkeln hatte er ihre Waffe gesehen.

Die Waffe hatte einen Schalldämpfer!

Und der zeigte plötzlich genau auf den Kopf von Kommissar Bayer.

»Ja, sie ist meine Schwester«, sagte Brigitte Faber leise. »Und wir kämpfen beide für dieselbe Sache. Mach jetzt keinen Fehler, Ulrich. Leg deine Waffe ganz langsam auf den Boden.«

Ulrich Bayer schien kein bisschen von dieser Aussage beeindruckt zu sein und zielte weiter unbeirrt auf Christine von Bergenheim. »Schade, Brigitte. Bis zuletzt hatte ich gehofft, dass du nicht in diese Sache verstrickt bist. Sagt mir nur eins, dann ergebe ich mich freiwillig. Steckt euer Vater hinter dem Attentat auf das Oktoberfest?«

Christine von Bergenheim lachte auf. »Mein Gott, Sie sind ja wirklich besessen von dieser alten Sache. Brigitte hatte mir bereits davon erzählt. Also schön, es wird ja ohnehin alles unter uns bleiben. Ja, unser Vater gehört zu denen, die dieses Attentat in Auftrag gegeben haben. Sind Sie nun zufrieden?«

Tarek verstand überhaupt nichts mehr. Wovon redeten die? Und was tat die Kommissarin da? Die Frau, der er vertraut hatte. Warum benutzte sie eine Waffe mit Schalldämpfer? Sein Blick wanderte zu der Unbekannten. Dann zu den Gangstern. Und wieder zurück zu Brigitte Faber. Und als er in Ulrich Bayers Augen sah, erkannte er mit Erschrecken, dass seine Hoffnung, hier heil herauszukommen, ein frommer Wunsch gewesen war.

Die Augen des Kommissars waren nur enge Schlitze, Schweiß stand ihm auf der Stirn, seine Nasenflügel bebten und die Hand mit der Waffe zitterte. Und Tarek wusste instinktiv, dass dieser Mann im nächsten Moment eine Dummheit begehen würde.

Bayer glaubte wohl nicht ernsthaft, dass seine Kollegin auf ihn schießen würde. Oder vielleicht war es ihm auch egal. Er riss seine freie Hand hoch und drehte sich gleichzeitig zur Seite, um Brigittes Pistole zur Seite zu schlagen. Doch so weit kam er nicht. Die Pistole der Kommissarin machte nur ein harmloses leises »Plopp« und ihr Arm zuckte einige Zentimeter nach oben. Aber da war Bayer schon tot. Und mit ihm starb Elena ein zweites Mal.

40

Pompöse Musik ertönte aus den Lautsprecherboxen und Jubelgeschrei brach unter den *WDP*-Anhängern auf dem *Alter Markt* aus. Als der Text der Parteihymne einsetzte, sang der ganze Platz lautstark mit. »*Unabhängig, stark, stolz und frei, so schreiten wir voran in Deutschlands Zukunft … in Deutschlands Zukunft.*«

Der ganze Platz war inzwischen ein riesiges Fahnenmeer. Von der gemieteten Kneipe aus war eine Gasse durch die Menge bis zum Podium abgesperrt, durch die Gisbert Eckstein, Frank Kuester und einige weitere lokale *WDP*-Politiker jetzt zur Bühne gingen. Umgeben von grimmig blickenden Leibwächtern in schwarzen Anzügen und einem Dutzend knapp bekleideter Schönheiten schritten sie wie Filmstars voran, schüttelten Hände und ließen sich fotografieren. Es fehlte nur noch der rote Teppich, als sie über eine breite Treppe die Bühne betraten.

Am Ende der Hymne stellten sie sich in einer Reihe auf, die Politiker in der Mitte, die jungen Frauen links und rechts von ihnen. An den Ecken des Podiums waren versteckt Windmaschinen aufgestellt, die ihre langen Haare ebenso wie ihre kurzen Röcke im Wind flattern ließen.

Die Männer winkten in die Menge und der Parteivorsitzende Eckstein trat unter dem Jubel seiner Anhänger zwei Schritte vor. Die erste der jungen Frauen ging von links zu ihm, küsste ihn auf die Wange und wechselte die Seite. Dann kam eine von rechts, küsste ihn ebenfalls und ging nach links. Als alle Frauen auf diese Art ihre Plätze getauscht hatten, fuhr aus dem Bühnenboden ein Rednerpult hoch. Eckstein trat zurück und Frank Kuester trat ans Mikrofon.

»Liebe Freunde ...«, begann er und wartete einen Moment, bis sich die Menge beruhigt hatte. »Liebe Freunde, ich freue mich, dass ihr trotz der Hitze heute so zahlreich erschienen seid. Und ganz besonders freue ich mich, ausgerechnet hier im Zentrum des roten Kölns diesen wunderschönen Platz ganz in Blau und Weiß zu sehen. Den Farben der *Wahren Deutschen Patrioten* und den Farben des zukünftigen Deutschlands.«

Als Jubel aufbrandete, hob er beschwichtigend die Hände und fuhr dann fort: »Blau und Weiß. Wir haben uns bewusst gegen die Farben unseres geliebten Vaterlandes entschieden, weil Schwarz, Rot, Gold gerade in einer Stadt wie Köln seit Jahrzehnten für Korruption, staatliche Willkür und Misswirtschaft der etablierten Parteien stehen.«

Erneut tobte die Menge und Frank Kuester sonnte sich im Beifall. »Vielen Dank, liebe Freunde ... wie ihr ja bereits bemerkt habt, haben wir heute die große Ehre, den Vorsitzenden und Gründer der *Wahren Deutschen Patrioten*, Gisbert Eckstein, in unseren Reihen zu begrüßen.«

Wieder musste er eine Pause einlegen. »Liebe Freunde ... bitte ... bevor Gisbert Eckstein zu uns reden wird, ist es meine Pflicht, ein trauriges Thema anzusprechen. Die tragischen Tode des Anwalt Dr. Dennis Probst und seiner Frau, die vor wenigen Tagen von einem illegalen Einwanderer ermordet wurden. Wir von der *WDP* warnen seit Jahren vor Überfremdung und dem Erstarken krimineller ausländischer Banden. Banden, die unter dem Schutzschirm eines angeblichen Humanismus der linken Stadtregierung nahezu ungehindert ihren kriminellen Machenschaften in Köln nachgehen können. Ich erinnere in diesem Zusammenhang nur an die letzte Silvesternacht, als kriminelle Ausländerhorden unsere Frauen begrapscht und bestohlen haben. Und wie immer in solch einem Fall gab es danach seitens der Politik nichts als Verharmlosungen, Beschwichtigungen und leere Versprechen.

Aber glauben Sie mir, niemand von uns empfindet Genugtuung darüber, dass wir wieder einmal auf solch brutale Weise in unseren Auffassungen bestätigt wurden. Natürlich muss über die politischen Konsequenzen dieser feigen Tat gesprochen werden. Aber heute ist nicht der Tag dafür. Heute trauern wir um zwei herausragende Persönlichkeiten unserer Stadt. Liebe Freunde, lasst uns eine Minute schweigen für Luise und Dennis Probst.«

Jeder der Anwesenden hatte ein Foto des Ehepaares erhalten und nun senkte sich Stille über den Platz und tausende Fotos wurden in die Höhe gehalten.

41

Die Vampirin. Sein Gefühl hatte ihn nicht getäuscht. Tarek beobachtete gebannt, wie sich die Waffe der Kommissarin auf Bayers Kopf richtete. Mit vollkommener Klarheit registrierte er jedes Detail. Den Glanz des schwarzen Schalldämpfers. Das grenzenlose Erstaunen in den Augen des Kommissars. Die eiskalte Entschlossenheit im Blick von Brigitte Faber. Ihr enges ärmelloses T-Shirt. Und wie jeder Muskel ihres Körpers angespannt war.

Und er bemerkte den tödlichen Fehler von Ulrich Bayer.

Denn der konnte, genau wie Tarek, nicht glauben, was gerade geschah. Vielleicht hätte er so oder so sterben müssen. Aber sein Versuch, Brigitte Faber zu entwaffnen, war absolut zum Scheitern verurteilt. Sein linker Arm zuckte nach oben, um die Waffe der Frau zur Seite zu schlagen. Aber das dauerte viel zu lange.

Der Zeigefinger der Kommissarin drückte den Abzug durch und Tarek sah, wie sich ihre Augen schlossen und ihr Gesicht sich zu einer Grimasse verzog.

Die Kugel traf Bayer genau in die Stirn. Sein massiger Körper wurde zurückgeschleudert. Er gab keinen Laut von sich und war schon tot, bevor er den Boden erreichte. Blut und Gehirn spritzen auf die Plastikplanen vor dem Fenster.

Tareks Verstand weigerte sich, das Gesehene zu akzeptieren. Nichts hatte er kapiert, seitdem Maundu ihn überredet hatte, den Anwalt aufzusuchen. Immer hatte er nur reagiert auf Ereignisse, die wie eine riesige Welle über ihn hinweggerollt waren.

Als er den toten Anwalt fand.

Als ihn die Polizei verhaften wollte.

Als er vor irgendwelchen finsteren Gestalten von zu Hause fliehen musste.

Beim Überfall auf Marco.

Als die junge Frau auf offener Straße überfahren wurde.

Und zuletzt bei der Entführung Simones.

Aber während der gesamten Zeit hatte er an einem nie gezweifelt: dass Brigitte Faber zu den Guten gehörte. Dass die schöne Kommissarin ihm glaubte und auf seiner Seite stand. Doch wie passte das mit dem zusammen, was er gerade mit ansehen musste?

Brigitte Faber war Polizistin. Wie konnte sie dermaßen eiskalt ihren Kollegen erschießen? Es gab nur eine Erklärung. Tarek hatte von Anfang an auf das falsche Pferd gesetzt.

Aber woher hätte er auch wissen sollen, dass die beiden Frauen Schwestern waren?

Während er noch damit beschäftigt war, das Gesehene zu verarbeiten, ließ sich die Schwester der Kommissarin zur Seite fallen. Sie rollte sich auf dem Boden ab und brachte sich hinter einer massiven hölzernen Werkbank in Sicherheit. Und mit einem Mal hatte Tarek kein Ziel mehr.

Brigitte Faber schwenkte herum und richtete ihre Pistole ebenfalls auf ihn. Drei gegen einen. Er hatte keine Chance. Er hob die Arme zum Zeichen der Aufgabe. Dann ging er langsam in die Knie und legte seine Waffe auf den Boden.

Er hätte Angst haben sollen, denn die Wahrscheinlichkeit, die nächste halbe Stunde zu überleben war nicht allzu groß. Aber Tarek spürte nichts als eine große Leere in sich. Sollten sie ihn doch erschießen, dann wäre dieser Albtraum wenigstens zu Ende. Nur der Gedanke an Simone hielt einen letzten Rest seines Widerstandswillens aufrecht.

Kaum hatte er seine Waffe abgelegt, stürzte sich einer der beiden Gangster auf ihn, riss ihn zu Boden und rammte ihm sein Knie ins Kreuz.

»Lass ihn aufstehen, wir brauchen ihn noch«, hörte Tarek die Stimme der Schwester der Kommissarin und sofort ließ sein Gegner von ihm ab.

»Da rüber«, kommandierte die Schwester und dirigierte Tarek zu dem Marokkaner hinüber. »Und hilf dem da auch auf.«

Tarek griff dem völlig verängstigten Mann unter die Arme und half ihm auf die Beine.

Die Kommissarin wandte sich an den Gangster, der neben Simone stand, und drückte ihm die Pistole mit dem Schalldämpfer in die Hand. »Ihr Vollidioten habt euch mit einem billigen Anfängertrick reinlegen lassen. Und jetzt haben wir ein weiteres Problem am Hals. Löse es.«

Der Mann erkannte sofort, dass er nur eine Option hatte, wenn er nicht selbst zum Problem werden wollte. Er hob blitzschnell die Pistole und schoss dem Marokkaner in die Brust, sodass der gar nicht mehr reagieren konnte. Rücklings stürzte er zu Boden, genau über den leblosen Körper des Kommissars.

42

Gisbert Eckstein konnte minutenlang nicht mit seiner Rede beginnen. Die Begeisterung seiner Anhänger war so gewaltig, dass diese gleich noch einmal die Hymne der *Wahren Deutschen Patrioten* anstimmten.

Als dann endlich etwas Ruhe einkehrte, rückte sich Eckstein das Mikrofon zurecht und blickte in die Menge. Aber er sagte nichts. Solange, bis der Lärm zu einem leisen Summen geworden war. Nur von weitem hörte man die Trillerpfeifen der Gegendemonstranten in den angrenzenden Straßen.

Dann sagte er mit klarer Stimme: »Deutschland ... ist eine Bastion der christlichen Kultur!«

Eckstein schaute erneut mit ernster Miene in sein Publikum. Zufrieden registrierte er, dass er nun die volle Aufmerksamkeit der Menge hatte.

»Eigentlich lächerlich, dass ich das überhaupt erwähnen muss. Aber seitdem die Linken immer stärker die Islamisierung unseres Landes betreiben, scheint es so, dass dies leider keine Selbstverständlichkeit mehr ist.

Wir, die wir uns hier im Schatten des Kölner Doms versammelt haben, wissen das natürlich. Der Islam und das

Christentum können nicht nebeneinander existieren, wie uns ein Blick in die Zeitung jeden Tag aufs Neue lehrt. Auch die Moslems haben das längst verstanden. Nur die Dummköpfe der Linken mit ihrem verqueren Gutmenschentum glauben immer noch, dass ein friedliches Zusammenleben zweier vollkommen entgegengesetzter Kulturen möglich ist. Aber schauen wir doch einmal, was in Ländern passiert, in denen die Christen in der Minderheit sind: Mord, Verfolgung, Diskriminierung und brennende Kirchen sind dort an der Tagesordnung.«

Jubel brandete auf und Eckstein wartete geduldig, bis erneut Ruhe einkehrte.

»Aber zum Glück gibt es immer mehr Menschen, die sich nicht länger von den linken Demagogen einlullen lassen. Die die Augen öffnen und sehen, was wirklich vor sich geht in Deutschland und in ganz Europa. Denn wer nicht will, dass wir eines Tages im eigenen Land eine Minderheit sind, der muss jetzt etwas tun.

Bevor es zu spät ist!

Bevor in jedem Dorf auf dem Marktplatz eine Moschee anstelle einer Kirche steht.«

Erneut tobte die Menge. Eckstein hob beschwichtigend die Arme.

»Köln ist ein Paradebeispiel für diese Entwicklung. Wenn die Träumer von CDU und SPD, die diese wunderbare Stadt schon seit Jahren heruntergewirtschaftet haben, auch die nächste Wahl gewinnen sollten, dann wird Köln endgültig eine islamische Stadt voller Zigeuner werden. Und der Bau einer weiteren Moschee wird erst der Anfang sein. Diese Moschee wird noch mehr Moslems anziehen, denen die Linken auch noch das Wahlrecht geben wollen. Und spätestens dann wird unser schönes Köln, genau wie das ganze Land, in Unordnung, Chaos und Unsicherheit versinken. Der Anwalt Dr.

Probst und seine Frau sind die letzten tragischen Opfer dieser Entwicklung, aber ich fürchte, wenn wir dem nicht endlich energisch Einhalt gebieten, dann werden noch viele weitere folgen.

Nicht, dass sie mich falsch verstehen. Deutschland ist ein weltoffenes und gastfreundliches Land. Und wir von den *Wahren Deutschen Patrioten* wollen, dass das auch so bleibt. Aber wir sagen ganz klar, dass es keine Toleranz denen gegenüber geben darf, die nicht bereit sind, sich bei uns zu integrieren. Wer als Gast in unser Land kommt, von dem erwarten wir, dass er unsere Werte akzeptiert und sich anständig benimmt. Und die Bereitschaft mitbringt, sich unserem Lebensstil anzupassen. Deshalb fordern wir von der *WDP*:

Sofortige Abschiebung krimineller Ausländer!

Strengere Grenzkontrollen gegen illegale Einwanderung!

Zwingende Deutsch-Kenntnisse für alle, die bei uns leben wollen!

Kein Bau weiterer Moscheen! Weder in Köln noch irgendwo anders in Deutschland!«

Die Stimmung erreichte jetzt ihren Höhepunkt. Die Leute applaudierten frenetisch, blauweiße Fahnen wurden geschwenkt und Eckstein guckte zufrieden in sein Publikum.

Von links kam plötzlich Bewegung in die Menge. Etliche seiner Anhänger, die gerade noch begeistert geklatscht hatten, zogen unter ihren T-Shirts mit einem Mal Regenbogen-Fahnen hervor. Und schlagartig war die sorgsam geplante Choreographie der Veranstaltung auf den Kopf gestellt.

Offensichtlich hatten sich etliche Linke als *WDP*-Anhänger ausstaffiert, um so auf den Platz zu gelangen. Die anwesenden Fernsehkameras schwenkten herum und auch von den Fotografen interessierte sich plötzlich keiner mehr für Eckstein.

Die Demonstranten brüllten irgendetwas, was man auf dem Podium nicht verstehen konnte, weil es im jetzt einsetzenden Tumult unterging. Denn die umstehenden echten *WDP*-Sympathisanten hatten sich inzwischen von ihrer Überraschung erholt. Es kam zu wütenden Wortgefechten und Geschubse. Die *WDP*-Leute versuchten, den Störern die Fahnen zu entreißen. Polizisten kamen angerannt. Ein paar Eier flogen aus den Reihen der Demonstranten in Ecksteins Richtung. Und schon war eine wüste Keilerei im Gange.

43

Wie hatte er diese Ähnlichkeit nur übersehen können? Jetzt, wo Brigitte Faber und die Unbekannte nebeneinanderstanden, war es völlig offensichtlich, dass die beiden Schwestern waren. Sie hatten die gleichen ebenmäßigen Gesichtszüge, die gleichen vollen Lippen und die gleiche Art, sich zu bewegen. Die Kommissarin war etwas kleiner und muskulöser. Aber der eigentliche Grund, warum Tarek die Ähnlichkeit der beiden Frauen nicht früher bemerkt hatte, war deren Aufmachung: Die Kommissarin trug Jeans, festes Schuhwerk und hatte eher einen Haarschnitt als eine Frisur. Während ihre Schwester immer nur im eleganten Business-Look, mit perfekt frisierten langen blonden Haaren, zu sehen war.

»Es tut mir leid, Christine. Ich hatte keine Ahnung, dass dieser Idiot Bayer dich beschattet. Ich dachte wirklich, der liegt krank im Bett«, sagte Brigitte Faber gerade zu ihrer Schwester.

Christine hieß die große Unbekannte also. Doch dieses Wissen brachte Tarek auch nicht weiter. Noch immer war er völlig geschockt davon, was die Kommissarin getan hatte.

»Darauf kommt es jetzt auch nicht mehr an«, sagte Christine. »Bei allem, was in den letzten Stunden schiefgegangen ist, wundert es mich nur, dass wir immer noch voll im Plan sind. Vielleicht hilft es uns ja sogar.«

Tarek hörte ihnen zu und hatte keinen Schimmer, wovon die Frauen redeten. Einer der Gangster drückte ihm die Pistole in die Nieren. Die Kommissarin wandte sich jetzt zu Tarek und trat einen Schritt auf ihn zu. Sie stand dicht vor ihm und als sich ihre Augen trafen, glaubte Tarek, fast so etwas wie Bedauern in ihrem Blick zu erkennen.

»Leider wird das alles an dir hängenbleiben, mein Schöner. Kommissar Bayer hat dich und deinen Komplizen hier überrascht. Er hat deinen Freund in Notwehr erschossen, aber gegen zwei hatte er keine Chance. Und dann hast du ihn kaltblütig in den Kopf geschossen.«

Tarek hielt ihrem Blick stand. »Weder den Kommissar noch den Marokkaner hattet ihr eingeplant. Aber was ist der Grund, warum ihr euch solche Mühe gegeben habt, mich hierherzulocken?«

»Ist das nicht klar?« Die Kommissarin lachte leise. »Wir brauchen einen Sündenbock. Und niemand eignet sich dafür besser als du.«

»Brigitte, bitte ...«, ging ihre Schwester dazwischen.

Doch die Kommissarin hob beschwichtigend den Arm. »Ich denke, wenn er schon den Kopf hinhalten muss, dann ist es nur fair, dass er wenigstens weiß, wofür. Die Zeit haben wir noch.

In wenigen Minuten wird es ein Attentat auf einen Politiker der rechtsgerichteten *Wahren Deutschen Patrioten* geben. Und die Polizei, also genauer gesagt ich, wird den Täter noch am Tatort stellen. Doch er wird Widerstand leisten, sodass die tapfere Polizistin ihn erschießen muss.«

»Und warum macht er das?«, fragte Tarek.

»Aus Hass auf die Ausländerpolitik der Rechten? Oder vielleicht weil er ein islamistischer Extremist ist? Aber wir werden ihn ja leider nicht befragen können, wenn er tot ist. Deshalb werden seine Motive wohl etwas im Dunkel bleiben.«

»Zu schade. Und warum macht ihr das alles wirklich?«

Das Gesicht der Kommissarin versteinerte erneut. »Weil wir unser Land retten wollen.«

Tarek lachte höhnisch auf. »Mir kommen die Tränen. Ihr bringt wirklich einen von euren eigenen Leuten um?«

»Manchmal muss man Opfer bringen. Ein rechter Politiker wird von einem Ausländer ermordet. Was glaubst du, wen die Menschen im Land danach wählen werden?«

»Wer soll euch diese verrückte Story abkaufen? Was ist zum Beispiel mit dem toten Anwalt? Wie wollt ihr das erklären?«

»Du hast offensichtlich keine Ahnung von Politik. Wir haben in dir den perfekten Vorzeigetäter gefunden. Darauf werden sich alle stürzen. Und es werden keine Fragen offenbleiben. Dafür sorge ich schon.«

»Nicht, dass es noch wichtig wäre«, sagte Tarek. »Aber was ist eigentlich aus dem Koffer mit dem Geld geworden, mit dem alles angefangen hat?«

»Das wüssten wir auch gerne. Der war nämlich für die Finanzierung des Attentats gedacht.« Die Kommissarin zuckte mit den Schultern. »Aber das ist jetzt auch gleichgültig. Wir haben es abgeschrieben.«

»Brigitte. Bitte ... wir müssen los.«

»Ja, Christine, du hast recht. Wir haben lange genug geplaudert. Also, dann wollen wir mal.« Sie deutete mit dem Lauf der Pistole auf Simone. »Macht ihr das Klebeband und die Fesseln ab.«

»Lasst Simone gehen. Sie hat damit nichts zu tun«, sagte Tarek. Aber schon, als er es aussprach, wusste er, dass das natürlich vollkommen unmöglich war.

»Ich fürchte, das wird nicht gehen. Sie ist schließlich deine Komplizin. Hat sie dir nie erzählt, dass sie lange Mitglied der kommunistischen Partei war?«, sagte die Kommissarin. »Wir werden bei ihr zu Hause jede Menge Beweise finden, dass sie dieses Attentat mit geplant hat. Und jetzt los.«

Tarek suchte Simones Blick, fand darin jedoch nichts außer Resignation. Aber als sie zur Tür gingen, drückte sie kurz seine Hand. Einer der Gangster und die Schwester der Kommissarin blieben zurück. Tarek, Simone, die Kommissarin und der andere Gangster traten in den menschenleeren Flur hinaus.

»Wir sehen uns am Wagen«, sagte die Kommissarin noch. Dann lenkte sie die Gruppe zu der schmalen Treppe, die ins Dachgeschoss führte. Schweigend stiegen sie die Treppe hinauf und erreichten den Dachboden des Hauses, der ebenfalls eine Baustelle war. Die Schrägen waren bereits mit Gipsplatten verkleidet und in der Mitte des Daches klaffte eine große Öffnung, wo eine geräumige Dachterrasse entstand. Aber die Öffnung war auch hier noch mit Plastikplanen gegen Wind und Wetter geschützt.

Man hörte den frenetischen Jubel der Menschen auf dem *Alter Markt*, weil genau in diesem Moment der Vorsitzende der *WDP* mit seiner Rede begann.

Auf dem Dachboden wurden sie von einem uniformierten Polizisten erwartet. Tarek schätzte ihn auf etwa 40 Jahre, glaubte aber keine Sekunde daran, dass er ein echter Polizist war. Andererseits hatten sich die Grenzen zwischen Gut und Böse so verwischt, dass er längst jede Orientierung verloren hatte.

»Na endlich«, sagte der Mann verärgert, als er sie kommen sah. »Sie sind zu spät.«

»Aber jetzt sind wir hier. Rechtzeitig«, wies die Kommissarin ihn in scharfem Ton zurecht. »Alles läuft nach Plan. Also konzentrieren Sie sich auf Ihre Aufgabe.«

Deutlich war zu sehen, dass dem Mann eine scharfe Entgegnung auf der Zunge lag. Aber was immer er sagen wollte, er schluckte es herunter. Dann drehte er sich um und ging zu der Plastikplane, die vor der Dachöffnung hing. Tarek sah, dass er ein Loch in die Plastikfolie geschnitten hatte.

»Hinsetzen«, befahl die Kommissarin. Tarek und Simone und die beiden Bewacher setzten sich mit dem Rücken an die Wand gegenüber der Öffnung. Von hier aus konnte man hervorragend die Rede des *WDP*-Vorsitzenden hören, aber man sah nichts, außer einem kleinen Stück wolkenlosen dunkelblauen Himmel über Köln.

Links und rechts von ihnen standen die Kommissarin und ihr Komplize und hielten sie mit ihren Waffen in Schach. Tareks und Simones Blicke trafen sich. Ihm war längst egal, was mit ihm passieren würde. Er wollte nur noch, dass alles ein Ende fand. Aber eine Welle der Traurigkeit überrollte ihn bei dem Gedanken, dass er Simone da mit reingezogen hatte. Er hätte ihr gerne gesagt, wie leid ihm alles tat. In diesem Moment lächelte sie ihn traurig an, als hätte sie genau verstanden, was er sagen wollte.

Der falsche oder echte Polizist hatte sich inzwischen hingekniet und aus einem länglichen Koffer ein Gewehr genommen.

Tarek wusste, was gleich passieren würde. So sicher, als würde er die Wiederholung eines Films sehen. Und genau wie im Kino gab es keine Möglichkeit, das zu verhindern. Selbst schreien wäre sinnlos gewesen bei dem Lärm auf dem Platz.

44

Verdammte Dreckskerle!, dachte Gisbert Eckstein. Er war wütend über die linken Spinner, die ihm seine ganze sorgsam ausgetüftelte Choreografie zerstört hatten. Aber er zwang sich zu Gelassenheit.

Denn Eckstein wäre nicht soweit gekommen, wenn er nicht in der Lage gewesen wäre, auch unvorhergesehene Ereignisse zu seinen Gunsten zu nutzen. Diese Störenfriede waren ohnehin nicht seine Klientel, aber sie lieferten ihm eine Steilvorlage.

Er schnappte sich das Mikrofon und wollte einige Bemerkungen dazu machen, dass man hier live erleben konnte, was die Linken unter Demokratie verstanden, als die ersten Eier flogen. Fluchend ging er hinter dem Rednerpult in Deckung.

In diesem Moment fiel vom Dach eines Hauses schräg gegenüber ein Schuss.

In der zweiten Reihe hinter Eckstein standen aufgereiht die Parteibonzen. Ganz links, direkt hinter dem Vorsitzenden, stand Frank Kuester, danach kamen die langhaarigen Schönheiten, die die Bühne dekorierten. Kaum kam das erste Ei geflogen, war die schöne Ordnung dahin. Ein paar der Mädchen kreischten und einer der Männer fluchte laut, als eins der Eier sein Ziel fand.

Niemand hörte den Schuss. Weil die Waffe einen Schalldämpfer hatte. Aber auch weil der Lärm auf dem Platz inzwischen ohrenbetäubend war.

Und niemand bekam mit, dass überhaupt geschossen wurde. Außer Frank Kuester, der sich plötzlich mit schmerzverzerrtem Gesicht an den rechten Arm fasste. Aber auch er verstand nicht, was ihm gerade passierte.

Fassungslos sah er, wie sich der Stoff seines Jacketts dunkel verfärbte. Und als er die Hand wieder wegnahm, war sie rot verschmiert. *Wieso blute ich?*, dachte er noch.

Da fiel der zweite Schuss.

45

Tarek saß regungslos und mit geschlossenen Augen an der Wand und wartete auf das Ende. Doch dann schlug er die Augen auf und sah die Kommissarin an. »Es ist doch nur die halbe Wahrheit, dass ihr das aus politischen Gründen macht. Diese Listen«, sagte er und wartete, bis Brigitte Faber ihn ansah. »Diese Listen, die ich im Gefrierfach des Anwalts gefunden habe, die haben irgendetwas mit dem Kerl zu tun, der gleich erschossen wird, oder? Warum mussten diese jungen Frauen sterben, deren Namen darauf standen?«

Die Kommissarin sah ihn verblüfft an. »Du hast es immer noch nicht kapiert, oder? Du hättest dich da nie einmischen dürfen. Diese Sache ist nicht eine, sondern mindestens hundert Nummern zu groß für dich. Hier geht es um die Zukunft des ganzen Landes.«

»Und warum musste dieser Anwalt sterben?«

»Probst?« Die Kommissarin sah ihn verblüfft an. »Damit haben wir nichts zu tun.«

»Und seine Frau?«

»Damit haben wir genauso wenig zu tun.«

Tarek lehnte den Kopf wieder an die Wand und dachte über die Antworten nach. Doch dann wurde es unten auf dem Platz laut. Sie konnten nicht sehen, was passierte, aber der aggressive Lärm ließ erahnen, dass etwas Unvorhergesehenes geschah.

Tarek sah hinüber zu dem Mann, der wie ein Polizist gekleidet war. Er kniete hinter dem mit Folie abgeklebten Geländer des Balkons, in die er ein Loch geschnitten hatte, das Gewehr mit Schalldämpfer im Anschlag und ein Auge auf das Zielfernrohr gepresst. Kaum merklich veränderte sich die Haltung des Mannes. Sein ganzer Körper spannte sich an und dann schoss er. Tarek wusste sofort, dass der Schuss danebengegangen war. Der Mann stieß einen kurzen Fluch aus, dann konzentrierte er sich erneut. Ein zweiter Schuss. Die Körpersprache des Polizisten verriet, dass er diesmal getroffen hatte.

Denn kaum hatte er abgedrückt, zog er das Gewehr zurück, sprang auf und trat einen Schritt zurück. Unsichtbar für alle, die auf dem Platz standen.

Tarek wusste, dass er nun so gut wie tot war. Er sah die kommenden Minuten wie in einem Film. Sie hatten es bei der Geheimpolizei einmal genauso gemacht. Ein Oppositionspolitiker wurde erschossen. Und sie hatten einen Drogenabhängigen als Täter präsentiert, der natürlich auf der Flucht erschossen worden war. Er war damals erst ein halbes Jahr dabei gewesen. Ein Frischling voller Stolz auf seine Uniform. Die Zweifel waren erst später gekommen. Er hatte nicht gewusst, worum es ging, war aber dabei gewesen, als sie den Toten an den Tatort gefahren hatten.

Welche Ironie, dass er nun auf genau die gleiche Weise sterben würde. Seine Leiche würde neben der Tatwaffe liegen. Polizisten würden ihn umringen und seinen Leichnam fotografieren. Und mitten drin die Kommissarin, die man für ihre Entschlossenheit und ihren Mut loben würde.

Was würde sie ihnen für eine Story präsentieren? Der tote Marokkaner war ein Problem, aber sie würden ihn genau wie Simone zu einem Komplizen Tareks machen. Dann musste die Kommissarin nur noch erklären, warum sie zur richtigen Zeit am Tatort war. Aber da würde sie ganz sicher einen anonymen Anrufer erfinden. Vielleicht jemand, von dem Tarek angeblich die Waffe gekauft hätte und der dann ein schlechtes Gewissen bekam. Sie würde sagen, dass der Anruf so absurd geklungen hatte, dass sie zusammen mit Bayer erst einmal selbst zu dem Haus gefahren wäre, bevor sie Großalarm auslösten.

Tarek legte sich die Geschichte so zurecht, als müsste er gleich selbst den Kollegen die Lage erklären. Und mit Entsetzen merkte er, dass es gar nicht so schwierig war. Alle würden der Kommissarin glauben. Weil sie ihr glauben wollten. Weil sie eine attraktive Frau war. Und weil Tarek nur zu gut in das Bild passte, dass alle bereitwillig akzeptieren würden. Der kriminelle Ausländer, von Hass und Neid getrieben.

Diese Überlegungen hatten nur wenige Sekunden gedauert. Und nun kam der Attentäter in der Polizeiuniform zu ihnen herüber. Sein Gewehr hatte er liegen lassen. Er warf Tarek seine Handschuhe zu, dann wandte er sich an die Kommissarin.

»Ich verlasse mich auf sie«, sagte er und war im nächsten Moment auch schon verschwunden.

Tareks Gehirn rotierte. Er wusste, dass er etwas unternehmen musste, aber die Waffe, die direkt auf seine Stirn zielte, schränkte seine Optionen dramatisch ein.

»Die Handschuhe anziehen«, sagte Brigitte Faber kühl und er tat es, wohl wissend, dass er sich damit dem Abgrund einen weiteren Schritt näherte.

»Aufstehen. Alle beide.«

Die Kommissarin zog ihre Dienstwaffe aus der Tasche und warf Tarek die Pistole vor die Füße, mit der sie eben noch kaltblütig ihren Kollegen Bayer erschossen hatte.

Tarek blieb einfach sitzen und sagte stumm Lebewohl. Womit er nicht gerechnet hatte, war Simone. Sie ergriff seine

Hand und drückte sie kurz. Und dann ging alles ganz schnell. Anstatt aufzustehen, rutschte sie nach vorne und hakte in einer schnellen fließenden Bewegung einen Fuß hinter den rechten Knöchel des Gangsters. Und noch bevor der Mann verstand, was da gerade passierte, trat sie ihm mit dem anderen mit voller Wucht gegen das Knie.

Der Mann machte ein gurgelndes Geräusch und ließ seine Waffe fallen. Er ruderte mit den Armen, dann knallte er mit dem Kopf gegen den Kamin, der mitten im Raum angelegt war, und blieb reglos liegen.

Die Kommissarin hatte nur Augen für Tarek gehabt und fuhr überrascht herum. Es dauerte einen Moment, bis sie verstand, was da gerade passierte, dann richtete sie die Waffe auf Simones Kopf.

Doch Tarek kam ihr für den Bruchteil einer Sekunde zuvor. Er drückte die Hände auf den Boden und ließ seinen Fuß nach oben schnellen. Genau in dem Moment, als die Kommissarin abdrückte. Tareks Fuß traf sie am Handgelenk und der Schuss ging Zentimeter über Simones Kopf in die neu verputzte Wand. Er nutzte den Schwung des Trittes und rollte sich zur Seite. Dorthin, wo die Waffe des anderen Gangsters gelandet war.

Die Kommissarin schwenkte erneut herum. Doch Tarek hatte bereits die Waffe ergriffen und rollte sich weiter ab. Doch er hätte keine Chance gehabt, hätte ihn nicht erneut Simone gerettet. Die hielt plötzlich die Pistole mit dem Schalldämpfer in der Hand und richtete sie auf Brigitte Faber.

»Fallenlassen!«, schrie sie die Kommissarin an.

Und etwas in ihrer Stimme musste Brigitte Faber überzeugt haben, dass Simone tatsächlich abdrücken würde. Sie zögerte eine sehr lange Sekunde, in der ihre Waffe auf Tarek gerichtet war. Vom Platz hörte man den Tumult, der ausgebrochen war, nachdem die ersten im Publikum kapiert hatten, dass hier geschossen wurde.

Dann fiel die Waffe der Kommissarin zu Boden. Tarek sprang auf. Die beiden standen sich so dicht gegenüber wie an dem Abend, als Tarek sie zu Hause besucht hatte. Und genau wie an jenem Abend lächelte Brigitte Faber ihn an.

Tarek hielt ihr ihre eigene Pistole an den Kopf. »Ich sollte dich erschießen«, flüsterte er. »Aber so leicht sollst du nicht davonkommen.«

Er schubste sie einen Meter zur Seite, dorthin, wo ihr Komplize ohnmächtig auf dem Boden lag. In der Mitte des Raums stand ein metallener Tisch mit einer Kreissäge. Tarek nahm der Kommissarin ihre Handschellen ab und ließ sich auch den Schlüssel von ihr geben. Er fesselte ihr linkes Handgelenk und führte die Handschelle um die eine Stange des Tisches. Dann schloss er das Gegenstück um das Handgelenk des immer noch bewusstlosen Mannes. Er warf einen kurzen Blick auf den Platz hinunter. Vor der Bühne war das vollkommene Chaos ausgebrochen. Wie friedlich wirkte dagegen die Leiche Frank Kuesters, die einsam auf der Bühne lag.

46

Wieso blute ich?, dachte Frank Kuester. Fassungslos starrte er seine rotverschmierte Hand an, als hätte er sie nie zuvor angesehen.

Da fiel der zweite Schuss.

Das Letzte, was Frank Kuester in seinem Leben dachte, war: *Die können nicht auf mich schießen. Ich habe doch das Video.*

Dann traf die Kugel seine Stirn, drang durch die Schädeldecke und verwandelte sein Gehirn in einen blutigen Brei, bevor sie ein großes Loch in seinen Hinterkopf riss.

Die junge Frau neben ihm sah, wie Kuester nach hinten gerissen wurde und auf dem Boden der Bühne aufschlug. Fassungslos starrte sie auf den Politiker herab. Dann sah sie an sich hinunter und bemerkte das Blut, das bis in ihr Dekolletee gespritzt war. Sie zitterte am ganzen Körper, doch erst beim zweiten Schuss fing sie an zu schreien.

Die Kunde von dem Attentat breitete sich wellenförmig über den Platz aus. Irgendwer schrie etwas von Al-Kaida. Ein anderer etwas von einer Bombe. Und plötzlich wollte jeder nur weg von dem Platz.

Die Leibwächter zerrten Gisbert Eckstein die Treppen hinunter, um ihn in Sicherheit zu bringen. Automatisch gingen sie davon aus, dass der Anschlag ihm gegolten hatte. Die anderen Mitglieder der *WDP* und die jungen Frauen überließ man sich selbst. Aber in Windeseile leerte sich die Bühne, bis nur noch Frank Kuesters Leichnam mit ausgebreiteten Armen zurückblieb.

Die Sicherheitskräfte waren vollkommen überfordert. Gegen die Panik auf dem Platz waren sie machtlos und keiner von ihnen hatte überhaupt begriffen, was passiert war. Und so liefen sie wild durcheinander und schrien in ihre Mikrofone.

Einige beobachteten die umstehenden Gebäude, um herausfinden, von wo die Schüsse gekommen waren. Doch der Schütze war längst verschwunden, und als ihre Blicke auf das Dach des Hauses trafen, aus dem geschossen worden war, gab es da nichts zu sehen.

Genau zur gleichen Zeit eilten Tarek und Simone die Treppen vom Dachgeschoss herunter. Noch war es ganz ruhig, aber in wenigen Minuten würde es hier überall von Polizei wimmeln. Ohne innezuhalten, liefen sie an der Wohnung vorbei, hinter deren Türen die Leichen des Marokkaners und Kommissar Bayers lagen.

Ohne Zwischenfälle erreichten sie das Erdgeschoss und die schmale Seitentür, durch die sie das Gebäude betreten hatten. Vorsichtig öffnete Tarek die Tür und spähte hinaus. Direkt vor dem Eingang stand der Lieferwagen der Baufirma mit laufendem Motor. Er machte Simone mit Händen und Füßen klar, was er wollte. Und als sie nickte, schlichen sie hinaus und gingen in die Hocke. Sie krochen zur Beifahrertür, dann sprang Simone auf und riss die Tür auf. Im gleichen Moment stand Tarek schon daneben und richtete seine Waffe auf den Kopf von Christine von Bergenheim. Ihr Komplize saß hinter dem Steuer und als er die Situation erfasste, wollte er den Gang einlegen.

»Versuch es erst gar nicht. Sonst ist deine Chefin tot.«

Die Hand des Mannes legte sich wieder aufs Lenkrad.

»Und jetzt rücken wir etwas zusammen.«

Tarek und Simone schoben sich mit auf die Sitzbank und Simone knallte die Tür zu.

»Abfahren«, sagte Tarek. »Weitere Passagiere werden nicht mehr kommen.«

Ohne zu zögern setzte der Gangster den Wagen in Gang und sie schafften es innerhalb von zwei Minuten, aus dem Gewirr der kleinen Straßen hinter dem Rathaus auf die Hauptstraße zu gelangen, wo sie im Strom der Fahrzeuge verschwanden.

Polizeiwagen rasten ihnen entgegen. Mehrere Krankenwagen. Alle mit Sirenen. Aber niemand interessierte sich für den unscheinbaren Lieferwagen.

Tarek saß so nah neben der Schwester der Kommissarin, dass er ihr Parfüm riechen konnte und drückte ihr die Pistole in die Seite.

»Wir fahren jetzt zu dem Platz, an dem unsere Reise heute Nachmittag begonnen hat«, diktierte Tarek ganz ruhig.

Der Mann schaute grimmig zu ihm herüber, sagte aber

nichts und bog an der nächsten Kreuzung rechts ab. Schweigend fuhren sie, bis sie das Zentrum verlassen hatten und der Verkehr etwas ruhiger wurde.

»Was ist mit meiner Schwester passiert?«

Tarek zögerte einen Moment, ob er antworten sollte. Doch dann sagte er: »Sie hat bekommen, was sie verdient hat.«

»Ist sie ...«

»Nein ... sie lebt. Genau wie Ihr anderer Mitarbeiter. Sie können sich also schon auf ihre Aussagen freuen.«

Christine von Bergenheim nickte, dann senkte sich erneut Stille über das Wageninnere. Und Tareks Gedanken wanderten zurück zu dem Attentat.

Warum hatten sie den Politiker umgebracht? Er verstand immer noch nicht die Hintergründe, wusste aber, dass es sinnlos war, die Frau an seiner Seite danach zu fragen. Stattdessen wanderten seine Gedanken weiter zurück. Zu dem Moment, als er die Listen im Eisfach des Anwalts gefunden hatte. Warum mussten Probst und seine Frau sterben? Die Kommissarin hatte versichert, dass die Verschwörer nichts mit deren Tod zu tun hatten. Warum hätte sie an dieser Stelle lügen sollen? Das alles ergab immer noch keinen Sinn.

Sie hatten jetzt die Autobahnbrücke erreicht und der Fahrer fragte: »Und nun?«

»Auf den Platz und dann in der Mitte anhalten«, befahl Tarek.

Der Mann fuhr langsam über den Schotter und stellte den Motor ab.

»Schau mal hinten nach, ob wir etwas finden, womit wir die beiden fesseln können«, sagte Tarek zu Simone.

Simone stieg aus und man hörte, wie sie auf der Ladefläche herumsuchte. Tarek hatte immer noch die Pistole in die Seite der Frau gedrückt, aber sein Blick weilte auf dem Fahrer.

»Lass es«, sagte er beiläufig. »Ich weiß, dass du irgendwo eine Waffe hast. Aber wenn du jetzt keinen Mist machst, dann können wir wenigstens das hier ohne Blutvergießen beenden.«

Die Hand des Mannes lag sofort wieder fest auf dem Lenkrad.

»Hinten sind nur Spanngurte.« Simone war neben der Tür aufgetaucht und hielt einige bunte Gummibänder in die Höhe.

Ohne die Waffe zu senken, rutschte Tarek aus dem Wagen heraus. »Beide auf meiner Seite aussteigen«, befahl er. »Aber ganz langsam.«

Wachsam wartete er, bis sie alle neben dem Wagen standen, dann tastete er den Mann ab und förderte eine Pistole, einen Schlagring, ein Handy und ein Bündel 50-Euro-Scheine zutage.

Als er die Geldscheine in die Hosentasche steckte, sagte der Mann leise: »Du bist schon so gut wie tot.«

Tarek lächelte zum ersten Mal an diesem Tag: »Das habe ich schon öfter gehört in letzter Zeit.«

Nachdem Simone auch noch die Frau durchsucht und ein weiteres Handy gefunden hatte, fesselte Tarek die beiden und sperrte sie danach in den Laderaum des Transporters. Er klopfte noch einmal gegen das Türblech. »Morgen früh sage ich der Polizei Bescheid. Vielleicht habt ihr Glück und jemand klaut den Wagen schon vorher.«

Mit einem alten Lappen wischte er sorgfältig die Waffe ab, mit der Kommissar Bayer erschossen worden war. Er legte sie auf den Fahrersitz, schloss das Auto ab und schleuderte den Wagenschlüssel in weitem Bogen fort. Dann ging er mit Simone zu der Vespa, die immer noch am Rande des Platzes stand.

Einen Moment schaute er nachdenklich auf das Handy, das er eben dem Gangster abgenommen hatte, dann rief er bei der Auskunft an und ließ sich die Nummer des *Kölner Stadtanzeigers* geben, der größten Tageszeitung Kölns.

47

»Habe ich dir wirklich nie erzählt, dass ich seit Jahren Jiu-Jitsu mache?«, fragte Simone lächelnd.

Wie ein Liebespaar waren sie auf der Vespa über den Rhein gefahren. Durch Bergisch-Gladbach hindurch, bis die Gegend immer hügeliger und die Straße immer schmaler wurde. In einer Kehre mit einem kleinen Parkplatz und einer Holzbank hatte er dann spontan angehalten.

»Nein, das hast du mir nie erzählt.« Tarek schüttelte den Kopf. »Aber du hättest dir wahrlich keinen besseren Moment dafür aussuchen können. Unglaublich. Du hast diesen Schrank von einem Kerl einfach umgehauen.«

»Du warst aber auch nicht schlecht«, lachte Simone. Doch nur kurz. Dann senkte sie den Blick. »Hier sieht alles so friedlich aus. Kaum sind wir aus der Stadt raus, kommt mir alles so unwirklich vor, was in den letzten Tagen passiert ist. Vor allem die letzten 24 Stunden ... Danke, dass du gekommen bist, um mich zu retten.«

»Ach, Simone ... Ich habe dich in diese Situation gebracht. Ohne mich wärst du heute friedlich Taxi gefahren. Es tut mir leid, dass ich dich da mit hineingezogen habe ... und nicht nur dich. Aber ich konnte doch unmöglich ahnen, wie sich das entwickelt.«

»Es war nicht deine Schuld. Du bist da genauso reingerutscht wie ich. Wir sind beide Opfer. Schade nur, dass das niemanden interessiert. Die Polizei wird uns jagen. Und diese

Frauen ... wir sind Zeugen ihrer Verbrechen. Sie werden alles daran setzen, um uns zu töten.«

Tarek sah gedankenverloren auf die Stadt hinab und sagte nach einer Weile: »Ich verstehe immer noch nicht, warum sie den Anwalt ermordet haben. Wurde er nur wegen dieser Listen umgebracht, die er in seinem Gefrierfach versteckt hatte? Aber was kann an einigen Telefonnummern so wichtig sein? Oder gab es noch einen anderen Grund?«

»Tarek, hörst du mir überhaupt zu? Was sollen wir jetzt machen? Wir können nicht nach Hause. Und wir haben fast kein Geld mehr. Vielleicht sollten wir uns der Polizei stellen. Sie werden uns früher oder später sowieso schnappen. Wohl eher früher. Und dann wird uns absolut niemand diese abstruse Geschichte glauben. Falls wir überhaupt jemals die Chance bekommen, sie zu erzählen und man uns nicht vorher umbringt.«

Es war, als ob Tarek aus einem schlechten Traum aufwachte. »Was hast du gerade gesagt?«

»Was meinst du?«

»Wir haben kein Geld mehr, hast du gesagt.«

»Oh, wie schön, du hörst mir ja doch zu. Wir haben kein Geld mehr und es gibt keinen Ort, an den wir fliehen könnten. Hast du vor, hier einfach sitzenzubleiben und auf ein Wunder zu hoffen?«

»Das Geld ...«, sagte Tarek nur und war in Gedanken schon wieder ganz weit weg. »Der Anwalt sollte den Attentäter damit bezahlen. Aber anscheinend hat er ein doppeltes Spiel gespielt. Wie kam er sonst an die Unterlagen, die ich in seinem Gefrierfach gefunden habe. Vielleicht war dieser ermordete Politiker gleichzeitig sein Klient. Und da der Anwalt wusste, wie brisant die Sachen waren, die er aufbewahren sollte, hat er Kopien davon versteckt.«

Tarek schaute nachdenklich zu Simone. »Alles hat mit

dem Verschwinden dieses Koffers angefangen ... Simone, wir müssen noch einmal zur Villa des Anwalts. Irgendetwas muss ich da übersehen haben.«

48

Die Vespa knatterte die stille Straße entlang und Tarek hielt genau vor dem Tor von Dr. Probsts Villa. Die Sonne war fast untergegangen und weit und breit war kein Lebenszeichen zu entdecken. Kaum hatte er den Motor abgestellt, sprang er auch schon über das Gartentor. Simone folgte ihm unwillig, und als er zum Haus laufen wollte, packte sie ihn am Arm. »Willst du mir nicht endlich mal erzählen, was wir hier suchen?«

Tarek zögerte kurz. »Hab noch einen Moment Geduld«, sagte er. »Hier in diesem Haus hat die ganze Geschichte angefangen. Und ich hoffe, hier schließt sich der Kreis auch wieder. Aber ich kann dir das jetzt nicht erklären. Erst muss ich Gewissheit haben, dass ich mich nicht irre.«

»Womit irren, Tarek?«

Doch sie bekam keine Antwort, denn er lief schon zum Haus, das friedlich vor ihnen lag. Nirgends brannte ein Licht und Tarek drückte auf der Terrasse sein Gesicht gegen die Scheibe und versuchte, durch die Gardinen ins Wohnzimmer zu blicken. Aber es war bereits zu dunkel, um drinnen etwas zu erkennen.

»Wie sollen wir da reinkommen?«, fragte Simone flüsternd.

»Gute Frage«, antwortete Tarek und sah sich um. Er lief einige Meter bis zum nächsten Blumenbeet und kehrte mit einem großen Stein zurück.

»Du willst doch wohl nicht die Scheibe einwerfen!«

»Hast du eine bessere Idee? Die Nachbarn nebenan sind nicht zu Hause. Bis auf ihren Sohn. Und der ist um diese Zeit wahrscheinlich schon völlig zugekifft. Ich muss da jetzt rein. Und es gibt keinen anderen Weg.«

»Und was ist, wenn sie eine Alarmanlage haben?«

»Die haben sie ziemlich sicher. Aber ich vermute, dass sie nicht eingeschaltet ist. Nach dem Tod von Frau Probst war die Alarmanlage ausgeschaltet und die Polizei wusste hoffentlich nicht, wie man den Alarm aktiviert.«

»Und wenn doch?«

»Langsam solltest du ans Flüchten gewöhnt sein«, sagte Tarek und im nächsten Moment flog der Stein auch schon durch die Scheibe der Terrassentür.

Simone zuckte zusammen bei dem lauten Knall und beide hielten den Atem an und lauschten in die Nacht hinaus. Aber die Nachbarschaft nahm keine Kenntnis von ihnen. Nirgendwo das Geräusch eines Fensters, das geöffnet wurde. Nirgendwo ein Licht, das anging.

Und auch von einer Alarmanlage war nichts zu hören. Jetzt konnten sie nur noch das Pech haben, dass ein stummer Alarm ausgelöst worden war. Der Stein hatte ein scharf gezacktes Loch in der Scheibe hinterlassen, durch das Tarek vorsichtig nach innen griff. Und Sekunden später glitt die Terrassentür sanft zur Seite.

Mit großen Schritten stiegen sie über die Scherben hinweg ins Wohnzimmer. Tarek fühlte sich hier schon beinahe heimisch und ergriff Simones Hand. Erst als sie in der Küche waren, schaltete er das Licht an. Das leise Brummen des Kühlschranks wirkte unnatürlich laut in der vollkommenen Stille, die sie umgab.

Zielstrebig ging Tarek auf ihn zu, doch als er direkt davor stand, zögerte er kurz.

»Wir sind aber nicht hier, weil du Hunger hast, oder?«, fragte Simone.

»Wenn du einen Schatz hättest, wo wäre der sicherste Ort, um ihn zu verstecken?«

»Mmmh ... keine Ahnung. Ich werde darüber nachdenken, wenn ich einen habe. Und wo würdest du ihn verstecken?«

»Unter einem anderen Schatz! Einem, der nicht so wertvoll ist. Und wenn den einer findet, dann wird er aufhören zu suchen. Weil er sich freuen wird, dass er einen Schatz gefunden hat.«

»Sag mal, Tarek, kann es sein, dass du jetzt endgültig übergeschnappt bist?«

»Ich hab dir doch erzählt, wie ich die Listen mit den Telefonnummern in einem Pizzakarton entdeckt habe. Und was habe ich sofort gemacht? Ich habe aufgehört zu suchen! Aber es muss noch etwas anderes geben. Diese Listen sind einfach nicht brisant genug, dass dafür so viele Menschen sterben mussten.«

Beinahe andächtig öffnete er das Eisfach. Ein Schwall kalter Luft schlug ihm entgegen. Und da waren sie. Die beiden Pizzakartons, die Tarek bei seinem letzten Besuch gar nicht mehr angeschaut hatte, nachdem er die Listen gefunden hatte. Er zog sie heraus und gab einen an Simone weiter.

Sie rissen die Verpackung auf wie Kinder das Geschenkpapier am Weihnachtsabend. Und die Enttäuschung war ähnlich groß wie früher, wenn statt eines tollen Spiels ein Schlafanzug zum Vorschein kam.

Pizza. In beiden Kartons war nichts als Pizza. Eine *Rucola und Salami* und eine *Hawaii*. Genau wie auf der Packung angegeben. Wütend schlug Tarek die Tür des Eisfachs zu und ließ sich an der Tür des Kühlschranks zu Boden gleiten.

Simone schaute nachdenklich den Kühlschrank an und legte ihre Pizza auf die Arbeitsfläche. Sie zog eine Schublade auf und wühlte kurz darin herum, bis sie ein stabiles Messer gefunden hatte. Sie öffnete das Eisfach erneut, in dem nun nur noch eine Schale mit Eiswürfeln stand. Sie drückte dem staunenden Tarek die Eiswürfel in die Hand und begann mit dem Messer auf die dicke Eisschicht einzuhacken, die sich im Laufe der Zeit an der Rückwand des Gefrierfachs gebildet hatte.

Und dann drehte sie sich zu Tarek um und hielt mit triumphierendem Lächeln eine durchsichtige Plastikfolie in die Höhe. Darin steckte eine silbern glänzende CD.

Tarek ließ die Schale mit den Eiswürfeln fallen. »Ich bin so ein Vollidiot!«

Ehrfürchtig nahm er Simone die Plastikhülle ab, packte die CD aus und drehte sie in den Händen. »Selbstgebrannt ... was immer da drauf ist, ich bin sicher, das ist der Schlüssel zu den ganzen Morden.«

»Wird uns das irgendetwas nützen?«, fragte Simone skeptisch.

»Besorg mir einen Computer und ich gebe dir eine Antwort.«

»Na, einen Computer wird es in so einem Haushalt ja wohl geben.«

Sie liefen in den oberen Stock und begannen, sämtliche Räume zu durchsuchen. Und wenige Minuten später standen sie frustriert wieder in der Küche.

»Verflixt. Die Polizei hat alle Computer beschlagnahmt«, stellte Tarek fest. Um dann lächelnd die CD hochzuhalten. »Aber die haben sie übersehen.«

»Da sind sie ja nicht die Einzigen«, fügte Simone trocken hinzu. »Und was machen wir jetzt? Zu mir nach Hause können wir nicht.«

»Ich weiß, wo es einen Computer gibt. Komm ...« Tarek nahm sie an die Hand und zog sie hinter sich her. Hinaus auf die Terrasse und durch den Garten. Der Mond war inzwischen aufgegangen und sie hatten keine Probleme den Trampelpfad zu finden, der auf das Nachbargrundstück führte.

Als sie über den Rasen auf das Haus zugingen, sagte Simone: »Du willst doch jetzt wohl nicht noch ein zweites Mal einbrechen?«

»Nein. Ich hoffe, dass jemand zu Hause ist.«

Noch bevor Simone weitere Fragen stellen konnte, erreichten sie das Haus und bemerkten einen Lichtschein, der von der Rückseite her den Garten beleuchtete. Es war wie ein Déjà-vu, als sie um die Ecke bogen und Fabian am Pool liegen sahen, vor sich das kleine Wägelchen mit Getränken. Obwohl es bereits auf Mitternacht zuging, war es immer noch so warm, dass Fabian nur mit Badeshorts bekleidet war.

»Tarek«, sagte er, als die beiden über die Terrasse auf ihn zukamen. »Warum wundert es mich nicht, dass du schon wieder hier auftauchst? Hatten wir uns nicht darauf geeinigt, dass du dich nicht mehr hier blicken lässt?«

»Hallo, Fabian. Tut mir leid. Aber ich brauche noch einmal deine Hilfe. Ein letztes Mal, das verspreche ich dir.«

»Tarek, ich könnte mich ja glatt an deine Besuche gewöhnen. Du sorgst wirklich für Abwechslung. Aber jedes Mal, wenn du hier auftauchst, gibt es eine Leiche.« Fabian war aufgestanden und musterte Simone neugierig.

»Eine Freundin von mir«, sagte Tarek. »Wir ...«

»Sie sollten aufpassen, schöne Frau. Mit diesem Mann befreundet zu sein, ist ziemlich gefährlich.«

»Fabian, ich möchte nicht unhöflich sein«, ging Tarek ungeduldig dazwischen. »Aber wir sind extrem in Eile. Wir brauchen einen Computer.«

Fabian drehte sich zu Tarek um und sein Lächeln verschwand. »Als ich dich das letzte Mal gesehen habe, bist du zu Frau Probst rübergegangen und kurz darauf war sie tot. Willst du mir erzählen, dass du auch damit nichts zu tun hast?«

»Ich weiß, der Anschein spricht nicht gerade für mich. Aber ich habe damit tatsächlich nichts zu tun. Allerdings spielt das jetzt keine Rolle. Wir müssen sofort an deinen Computer.«

»Ach ja, und was ist, wenn ich mich weigere?«

»Du wirst dich nicht weigern.«

Die beiden Männer sahen sich einen Moment in die Augen, dann gab Fabian nach und ging wortlos ins Haus. Sie folgten ihm in das Zimmer im ersten Stock, das Tarek schon kannte. Fabian warf einige Kleidungsstücke vom Stuhl aufs Sofa und schaltete seinen Computer an. Während das Betriebssystem hochfuhr, räumte er einen vollen Aschenbecher und einen Pizzakarton zur Seite und zeigte auf die Tastatur. »Bitte sehr. Und nun?«

Tarek setzte sich und öffnete das CD-Laufwerk. Er legte die Silberscheibe ein und mit einem leisen Surren schloss sich die Schublade. Sonst tat sich nichts. »Wie kann ich prüfen, was auf der CD drauf ist?«

Fabian beugte sich über Tareks Schulter und klickte ein paarmal mit der Maus. »Da ist nur ein Video drauf. Sonst nichts.«

»Können wir das ansehen?«

»Klar.« Wieder klickte Fabian und das Video öffnete sich in einem Fenster.

Das Bild wackelte etwas und man sah leuchtend blaues Meer, von einer Klippe herab gefilmt. Im Vordergrund zwei Büsche und ein einsames Wölkchen am Himmel.

Dann schwenkte die Kamera über einen sanft ansteigenden Hügel zu einer gepflegten Rasenfläche. Dahinter eine leuchtendweiße, zweistöckige Villa. Seitlich ein großer Swimmingpool, auf dem sich winzige Wellen kräuselten. Die Kamera bewegte sich auf das Haus zu und wackelte dabei. Manchmal sah man nur den Himmel, so als würde der Kameramann gar nicht darauf achten, was er aufnahm. Aber jetzt ging er am Rand des Swimmingpools entlang und man sah, dass hier eine Party stattfand. Auf den Liegestühlen am Pool räkelten sich junge Frauen mit nacktem Oberkörper. Auf der Terrasse standen kleine Grüppchen plaudernd beisammen. Die Frauen waren alle sehr jung und sehr knapp bekleidet. Die Männer hatten ausnahmslos die Fünfzig schon überschritten. Sie trugen Badehosen, einige ein leichtes Hemd darüber, anderen war es offensichtlich kein bisschen peinlich, ihre dicken Bäuche zur Schau zu stellen.«

»Hey, den kenne ich doch«, rief Simone und zeigte auf einen Mann mit grauem nach hinten gegeltem Haar auf dem Bildschirm. Aber da war der Bildausschnitt auch schon weitergewandert. »Das war unser Innenminister! Können wir das noch mal sehen?«

»Warte«, sagte Tarek, »lass uns den Film erst zu Ende sehen. Dann können wir ihn uns noch mal in Ruhe angucken. Da filmt einer mit versteckter Kamera. Seht ihr wie die Bilder wackeln? Und niemand reagiert darauf, dass er gefilmt wird.«

Der Kameramann näherte sich einem anderen Grüppchen und verharrte kurz bei einem älteren Mann, der sich aber so in Form gehalten hatte, das kein Gramm Fett über seiner Badehose zu sehen war. Links und rechts von ihm schmiegten sich zwei junge Frauen mit langen Haaren und großen Brüsten an ihn und lachten bei jedem Wort, das er sagte. Aber da der Film ohne Ton war, konnte man ihn nicht verstehen.

»Scheiße, das ist doch dieser Wirtschaftsboss, der andauernd in den Nachrichten zu sehen ist«, rief Fabian aufgeregt.

Plötzlich wurde der Bildschirm dunkel. Ein kurzes Rauschen, dann nur noch ein schwarzes Bild. Doch dieser Zustand dauerte nur einige Sekunden an. Dann sah man mit einem Mal das unscharfe Gesicht des Kameramanns, das direkt ins Objektiv blickte. Die Kamera wurde hin- und hergeschwenkt und man konnte auch ohne Ton erkennen, dass der Mann fluchte.

Simone ergriff die Maus und klickte auf den Pause-Button. »Das ist Frank Kuester«, rief sie aufgeregt und tippte auf das eingefrorene Bild des Mannes auf dem Bildschirm. »Der Politiker von der *WDP*, der heute Abend erschossen wurde.«

»Sie haben Kuester erschossen?« Fabian war vollkommen überrascht.

»Hast du noch keine Nachrichten geguckt?«

»Nachrichten?« Fabian lachte. »Nein, das tue ich mir nicht an. Wozu soll das gut sein?«

Simone schüttelte genervt den Kopf. »Zum Beispiel, um mitzubekommen, dass heute Abend Frank Kuester bei einer Wahlkampfveranstaltung auf dem *Alter Markt* erschossen wurde.«

Fabians Blick wanderte von Simone zu Tarek. »Oh nein«, sagte er. »Lasst mich raten. Ihr beiden steckt da mit drin! Aber wahrscheinlich werdet ihr mir gleich erklären, dass ihr auch damit nichts zu tun habt. Scheiße!«

»Wir haben damit nichts zu tun«, sagte Tarek. »Dieses Video hat Kuester offenbar heimlich gedreht. Und vielleicht könnten wir jetzt mal weitergucken. Ich bin sicher, dass wir dann den Grund zu sehen bekommen, warum er sterben musste.«

Simone ließ den Film weiterlaufen und die Kamera schwenkte vom Gesicht Kuesters wieder herum. Am Licht konnte man erkennen, dass zwischen den beiden Aufnahmeblöcken wohl einige Zeit vergangen war, denn der Himmel war inzwischen rötlich gefärbt. Erneut näherte sich die Kamera dem Pool. In der Zwischenzeit hatte sich dort eine richtige Party entwickelt. Männer und Frauen hatten sich großteils ihrer Kleidung entledigt und im Pool herrschte reges Treiben. Unter großem Applaus sprang eine junge Frau vom Beckenrand ins Wasser. Dann verharrte die Kamera auf einer Liege etwas abseits und fing den dicken Hintern eines Mannes ein, der vor den Augen aller anderen mit einer der Frauen vögelte.

Der nächste Schwenk zeigte Gisbert Eckstein und Simone klang inzwischen gar nicht mehr überrascht, als sie auf den Bildschirm deutete. »Der Vorsitzende der *WDP*! Der war doch heute Abend auch bei der Kundgebung auf dem Platz.«

Eckstein saß nackt an einem kleinen Tischchen, neben ihm eine blutjunge Schönheit mit kaffeebrauner Haut. Eckstein beugte sich vor und zog sich eine Linie Koks rein, dann reichte er den Strohhalm an die Frau weiter. Die schüttelte den Kopf und Ecksteins Miene verfinsterte sich. Er packte sie am Kinn und sagte etwas zu ihr. Dann drückte er ihren Kopf auf die Tischplatte herunter und hielt sie so lange fest, bis sie den Strohhalm nahm und die Linie Koks in die Nase saugte. Ein Lächeln glitt über sein Gesicht und er tätschelte der Frau zufrieden die Wange.

Die Kamera schwenkte erneut weiter. Offensichtlich drehte Kuester eine Runde um den Pool. Und jetzt war es Tarek, der jemanden erkannte. Das Bild zeigte nur kurz das Gesicht einer Frau am Beckenrand, aber er war sich sicher, dass es sich um die Frau handelte, deren Namen er auf einer der Listen entdeckt hatte. Die Frau, die kurz nach seinem Besuch auf offener Straße überfahren worden war!

Er hatte es schon geahnt, als er die ersten Bilder des Videos gesehen hatte, aber jetzt war sich Tarek ganz sicher: Frank Kuester hatte Listen aller Leute angelegt, die auf diesem Video zu sehen waren.

Langsam wanderte der Blick der Kamera weiter und schwenkte noch einmal über den Pool. Dann setzte Kuester seinen Rundgang fort. Der dicke Mann mühte sich noch immer auf der jungen Frau ab, aber Kuester schien kein Interesse daran zu haben, denn die Kamera blieb nur ein paar Sekunden auf der Szene stehen.

Dafür interessierte er sich umso mehr für das, was bei seinem Parteifreund Eckstein passierte. Anscheinend hatte sich Kuester nun hingesetzt und die Kamera abgestellt, denn das Wackeln hatte aufgehört und der Blickwinkel war jetzt tiefer.

Das Objektiv war genau auf Augenhöhe mit der jungen Frau, die bei Kuesters letzter Runde das Koks geschnupft hatte. Sie blickte entnervt direkt in die Kamera, aber offensichtlich bemerkte sie nicht, dass sie gefilmt wurde.

Ihr nackter Oberkörper lag auf dem Glastisch und ihre prallen Brüste wurden durch die Glasplatte noch zusätzlich nach oben gedrückt. Ein alter Mann mit Glatze, dickem Bauch und spindeldürren Armen nahm sie von hinten. Links und rechts von ihm standen ein weiterer Mann und Gisbert Eckstein. Beide lachend und mit erigiertem Glied. Als der Dicke einen Orgasmus bekam, dauerte es nur wenige Augenblicke, bis er von dem zweiten Mann abgelöst wurde.

Man sah, wie sich die Miene der Frau schmerzhaft verzog, als er in sie eindrang, dann legte sich eine Mischung aus Ekel und Langeweile über ihr Gesicht.

Es dauerte nicht lange, dann warf der Mann den Kopf in den Nacken und zuckte noch zwei Mal kurz mit den Hüften. Und schon räumte er den Platz für Eckstein. Der mühte sich kurz hinter der Frau ab, dann verfinsterte sich sein Gesicht. Er hielt inne und griff der Frau in die Haare. Dann zog er sie in die Höhe, drehte sie zu sich um und auch ohne Ton sah man, dass er sie beschimpfte. Als er ihr grob an die Brust fasste, gab sie ihm eine Ohrfeige.

Verblüfft schaute Eckstein sie an, und verpasste ihr im nächsten Augenblick einen heftigen Faustschlag. Ihr Kopf wurde herumgerissen, sie drehte eine Pirouette und fiel der Länge nach hin. Ihr Kopf schlug genau auf den Beckenrand auf, und obwohl der Film keinen Ton hatte, glaubte man das Knacken ihres Genicks zu hören.

Die Kamera hatte die ganze Szene als stummer Beobachter eingefangen. Jetzt schaute die junge Frau erneut direkt ins Objektiv. Aber ihr Blick war leer. Aus ihrem Mund tropfte etwas Blut in den Pool und trieb langsam übers Wasser. Dann brach der Film ab.

49

Schweigend saßen sie vor dem Bildschirm und starrten auf das schwarze Fenster des Videoplayers.

Es war Tarek, der das Schweigen brach. »Dann wissen wir jetzt also, warum Kuester sterben musste. Er hatte alles mit versteckter Kamera gefilmt. Wahrscheinlich wollte er Eckstein erpressen. Und damit hat er nicht nur sein Todesurteil unterschrieben, sondern auch das all der Mädchen, die bei der Party waren.«

»Das erklärt auch Kuesters steilen Aufstieg in den letzten Monaten«, sagte Simone. »Innerhalb eines halben Jahres hat er sich von einem bedeutungslosen Hinterbänkler zu einem der Hoffnungsträger der *WDP* gewandelt. Natürlich nur dank der Protektion des großen Vorsitzenden Gisbert Eckstein.«

»Aber dann wurde er vielleicht zu gierig«, ergänzte Tarek. »Und da haben sie sich einen wundervollen Plan ausgedacht, wie sie seinen Tod politisch nutzen könnten. Sie wollten mit dem Attentat auf Kuester die Stimmung im Land vor den Wahlen anheizen.«

Fabian saß neben ihnen und schüttelte fassungslos den Kopf. »Auf diesem Video sind einige der wichtigsten Männer des Landes zu sehen. Die können doch nicht alle ...«

»Doch sie können ganz offensichtlich. Sie alle waren bereit, über Leichen zu gehen, damit dieser Film nicht an die Öffentlichkeit gelangt. Zumindest alle, die Kuester mit diesem Film erpresst hat.«

»Das erklärt auch, warum diese Leute uns immer mehrere Schritte voraus waren. Sie haben beste Kontakte zum Geheimdienst und zur Polizei«, sagte Simone und schüttelte ebenfalls den Kopf. »Es ist ein Wunder, dass wir noch am Leben sind. Aber sie werden uns weiter jagen, bis sie uns haben.«

»Nein. Sie werden nur so lange hinter uns her sein, wie dieses Video geheim ist!«

»Ich glaube, jetzt mache ich doch mal den Fernseher an«, sagte Fabian. »Es kommen gleich die Spätnachrichten.«

In der Ecke des Zimmers stand ein riesiger Flachbildschirm, den Fabian nun einschaltete. Genau in dem Moment, als die Nachrichten begannen. Natürlich war das Attentat auf Kuester das Thema des Tages. Ein Kameramann hatte die ganze Szene gefilmt und Tarek und Simone sahen zum ersten Mal, was sich auf dem *Alter Markt* abgespielt hat. Die tödlichen Schüsse auf den Politiker und die danach einsetzende Panik. Interviews mit Augenzeugen, mit Rettungskräften, mit Polizisten. Wilde Spekulationen über Täter und Hintergründe.

Aber kein Wort davon, dass Tarek und Simone gesucht wurden. Kein Wort davon, dass die Kommissarin auf dem Dach des Rathauses gefunden worden war. Angekettet neben der Tatwaffe.

Und kein Wort vom Tod des Kommissars und des Marokkaners.

»Sie versuchen alles zu vertuschen«, sagte Simone ohne große Verwunderung.

Tarek starrte immer noch stumm auf den Bildschirm, als bereits der nächste Beitrag lief.

»Dieses Video«, sagte er nach einer Weile leise, ohne aufzusehen, »erklärt einiges. Warum Kuester ermordet wurde. Warum die Attentäter immer über alles Bescheid wussten. Aber es erklärt nicht, warum der Anwalt Dr. Probst ermordet wurde. Der Anwalt war der Mittelsmann zu den Killern, die Kuester töten sollten. Das erklärt den Koffer mit dem Geld. Aber nicht seine Ermordung. Ich denke, es gibt zwei mögliche Erklärungen für seinen Tod.

Entweder sind seine Freunde ihm auf die Schliche gekommen, dass er sein eigenes Ding dreht. Worauf die Unterlagen im Eisfach hindeuten. Aber dagegen spricht, dass die Gruppe um die Kommissarin anscheinend von Probsts Tod völlig überrascht wurde. Wenn Sie ihn umgebracht hätten, dann hätten sie das Geld nicht suchen müssen. Dann hätte Maundu nicht sterben und sie hätten mich nicht jagen müssen.«

Als Tarek schwieg, fragte Fabian: »Das klingt logisch. Aber was ist dann Möglichkeit zwei?«

»Ich habe lange über den Tod von Frau Probst nachgedacht. Als ich bei ihr war, wollte sie mir etwas erzählen. Etwas, das wichtig war. Aber doch nicht so wichtig, dass es ihr gleich bei der Polizei eingefallen wäre. Doch dann bin ich niedergeschlagen worden. Und als ich aufwachte, war sie tot. Wie passt dieser Mord in die Geschichte, habe ich mich die ganze Zeit gefragt?

Bis mir klar wurde, dass er gar nicht da reinpasst. Der Mord an Frau Probst hatte rein gar nichts mit dem Attentat und diesem Video zu tun. Die Attentäter haben mich die ganze Zeit gesucht, die hätten mich mitgenommen, nachdem sie Frau Probst ermordet hatten.

Der Mörder musste also einen Vorteil davon haben, mich dort lebendig liegenzulassen.«

»Ach, und welchen?«, fragte Fabian.

»Die Polizei sollte mich für den Mörder der Witwe halten!«

»Aber Frau Probst wurde erst Tage später gefunden. Hätte der Mörder denn nicht die Polizei gerufen, solange du da noch gelegen hast?«

»Nein, es war egal, ob sie mich am Tatort finden oder ob ich verschwinden würde. Ich hatte genügend Spuren hinterlassen. Und solange ich auf der Flucht war, konnte ich der Polizei meine Version nicht erzählen.«

»Und hast du auch eine Idee, wer dieser Mörder sein könnte?«, fragte Fabian.

Tarek sah ihn nachdenklich an, dann sagte er leise: »Du, Fabian. Du hast Dr. Probst umgebracht. Und auch seine Frau. Außerdem bist du für den Tod meines Freundes Maundu verantwortlich. Und dafür, dass mein anderer Freund Marco im Koma liegt.«

Fabian und Simone sahen ihn gleichermaßen verblüfft an. Dann lachte Fabian laut los. Er ließ sich in seinen Stuhl fallen, legte den Kopf in den Nacken und lachte, lachte, lachte.

Da sprang Tarek auf, packte ihn am T-Shirt und riss ihn hoch. Sofort verstummte Fabians Lachen. Ihre Nasen berührten sich beinahe, als Tarek mit gefährlich ruhiger Stimme sagte: »Wir sind hier nicht vor Gericht, Fabian. Hier kann dir kein von deinem Vater bezahlter Anwalt helfen.«

»Tarek, du bist ja verrückt«, jammerte Fabian. »Lass mich los. Ich habe nichts getan.«

Tarek stieß ihn so heftig auf seinen Stuhl zurück, dass Fabian beinahe nach hinten umgekippt wäre. »Ich habe lange darüber nachgedacht, wer noch als Täter infrage kommen könnte. Im Haus waren nur der Anwalt und seine Frau. Und im Garten Maundu. Wenn jemand das Tor passiert hätte, dann hätte Maundu das mitbekommen. Also hatte ich zuerst die Ehefrau in Verdacht. Aber mit ihrem Tod brach diese Theorie in sich zusammen. Sag du es mir, Fabian. Auf welchem Weg hätte noch jemand ins Haus kommen und den Koffer klauen können?«

»Woher soll ich das wissen?« Fabian war förmlich auf dem Stuhl zusammengeschrumpft.

»Ich Idiot hätte viel eher drauf kommen müssen. Der Trampelpfad zwischen Probsts Grundstück und eurem war der einzige Weg, auf dem der Täter gekommen sein konnte.«

Tarek ging zum Fenster und sah hinaus in den Garten und das dahinterliegende Haus der Probsts. Auf der Fensterbank lag ein Fernglas. Tarek nahm es, drehte sich um und zeigte damit auf Fabian.

»Du hast die Ehefrau von hier aus beobachtet, wenn sie sich nackt gesonnt hat, stimmt's? Und du konntest von hier aus ins Schlafzimmer der Probsts sehen. Wenn sie die Vorhänge zugezogen haben, dann hast du ihnen vom Garten aus heimlich beim Sex zugeschaut.«

»Tarek ... ich ... es ist nicht so, wie du denkst ...«

Unvermittelt warf Tarek das Fernglas quer durchs Zimmer. Es verfehlte nur knapp Fabians Kopf und schlug ein Loch in die Zimmertür.

»Fabian, du erzählst mir jetzt sofort, was an diesem Tag passiert ist«, schrie Tarek. »Oder ich schwöre dir, dass ich dich in deinem Swimmingpool ersäufe, so wie du es mit Frau Probst getan hast.«

»Ich ... ja, es stimmt. Manchmal, wenn ich allein zu Hause war, habe ich mich rübergeschlichen. Wenn sie die Vorhänge zugezogen hatten, dann konnte man, wenn man genau vor dem Fenster stand, darunter hindurchsehen.«

»Und was war an diesem Nachmittag?«

Fabian krümmte sich zusammen. Er legte die Ellenbogen auf die Knie und vergrub den Kopf in den Händen. Seine Stimme war jetzt nur noch ein Flüstern. »Die Frau war eine Schlampe. Sie hat andauernd andere Männer zu Besuch gehabt. Und wenn sie allein war, hat sie oft das Licht angelassen und sich am offenen Fenster ausgezogen. Sie hat genau gewusst, dass ich sie beobachte. Und es hat ihr Spaß gemacht.

An dem Nachmittag kam Dr. Probst früh nach Hause. Normalerweise kam er immer erst spät abends. Aber nicht an diesem Tag. Ich hab ihn gesehen, wie er den Weg entlangging mit seinem Koffer. Seine Frau lag auf der Terrasse in einem knappen Bikini, und als Probst kam, hatte er wohl schlechte Laune. Ich konnte es bis zu mir rauf hören, wie er sie anschnauzte. Dass sie hier nicht halbnackt rumliegen und sich vom Gärtner angaffen lassen soll.

Die beiden sind kurz danach im Haus verschwunden und dann wurden im Schlafzimmer die Vorhänge zugezogen. Na ja ... und da habe ich mich rübergeschlichen, um ihnen zuzusehen. Ich wollte zum Schlafzimmerfenster. Aber dann bin ich an der offenen Terrassentür vorbeigekommen. Und da stand dieser Koffer. Ich weiß nicht, was in mich gefahren ist, aber ich wollte mal sehen, was so ein wichtiger Anwalt mit sich rumschleppt. Und da habe ich den Koffer aufgemacht.«

»Und was war drin?«, fragte Simone, weil Fabian nicht weitersprach.

Fabian richtete sich auf und sah Simone an. »Geld. Der Scheißkoffer war randvoll mit Geld.«

Er erhob sich und ging zum Bett. »Ich habe überhaupt nicht nachgedacht. Aber plötzlich war ich wieder in meinem Zimmer und hatte den Koffer bei mir.«

Er bückte sich, zog unter dem Bett einen braunen Lederkoffer hervor und reichte ihn Tarek. »Ist alles noch drin. Ich hab mich nicht getraut, was davon zu nehmen.«

Tarek öffnete den Deckel und sah Bündel von sauber gestapelten Euronoten. Dieser Koffer hatte eine Lawine ausgelöst, deren erstes Opfer Maundu war und der Tarek und Simone erst im allerletzten Moment entkommen waren.

Fabian setzte sich aufs Bett und erzählte weiter. »Nach einer Weile hörte ich, wie Probst den Gärtner zur Sau machte, weil er glaubte, dass der das Geld gestohlen hatte. Da wusste ich, dass es zu spät war, den Koffer wieder zurückzustellen. Und dann habe ich gesehen, wie der Gärtner geflüchtet ist und irgendein komischer Kerl, der inzwischen aufgetaucht war, ihn verfolgte. Da habe ich ein total schlechtes Gewissen bekommen. Aber irgendwie dachte ich, die Sache wäre damit erledigt. Ich konnte doch nicht ahnen, dass ...«

»Dass sie Maundu umbringen würden«, ergänzte Tarek den Satz. »Nein, das konntest du nicht ahnen. Aber dann ist dir Probst auf die Schliche gekommen, stimmt's?«

»Als ich wieder zu Hause war, da wollte ich vom Garten aus sehen, was drüben los war. Und da hat mich Probst entdeckt. Und er hat rumgebrüllt, ich solle sofort rüberkommen. Ich hatte so viel Schiss, dass ich mich nicht getraut habe, ihm zu sagen, dass er mich in Ruhe lassen soll. Und da bin ich rübergegangen. Ganz normal vorne durch das Tor. Von dem Pfad hinten im Garten wusste er nichts und ich dachte, das wäre auch nicht der richtige Moment, ihn darauf hinzuweisen.

Vor einem Jahr hat er mich mal am Schlafzimmerfenster erwischt, wie ich seine Frau beobachtet habe. Ich hab eine Riesentracht Prügel bezogen, aber er hat es niemandem erzählt. Aber daran hat er sich wohl erinnert und geahnt, wo sein Geld abgeblieben ist.

Ich war noch nicht ganz da, da hat er mich schon gefragt, wo sein Koffer ist. Ich hab natürlich gesagt, dass ich keine Ahnung habe, wovon er redet.

Da hat er mich gepackt und ins Wohnzimmer geschubst. Er hat rumgebrüllt, dass er sofort sein Geld zurückhaben will. Der war vollkommen durchgeknallt. Er hat mich geohrfeigt, ich hatte echt Schiss, dass der mich umbringt. Aber noch mehr Angst hatte ich, zuzugeben, dass ich den Koffer wirklich geklaut hatte.

Er schubste mich also quer durchs Zimmer und ich weichte immer weiter zurück und sagte immer wieder, dass ich keine Ahnung habe, wovon er redet. Und dann konnte ich nicht weiter zurück, weil hinter mir die Anrichte war. Probst knallte mir links und rechts eine und dann hatte ich plötzlich das Messer in der Hand. Das lag da an der Bar, um Zitronen zu schneiden.«

»Und da hast du ihn umgebracht.«

»Was sollte ich denn machen? Das war reine Notwehr.«

»Und Frau Probst? War das auch Notwehr?«, fragte Tarek mit mühsam unterdrücktem Zorn. »Als ihr klar wurde, dass weder Maundu noch ich den Koffer geklaut hatten, da kam auch sie irgendwann auf dich. Das war es, was sie mir erzählen wollte.«

»Als du nach dem Besuch bei mir rübergegangen bist, um mit ihr zu reden, da habe ich es mit der Angst zu tun bekommen. Ich bin dir hinterhergeschlichen, um euch zu belauschen.«

»Ja, und als du merktest, dass sie dich verdächtigt, hast du mich niedergeschlagen und sie umgebracht. Und mich hast du liegengelassen, um mir alles anzuhängen.«

»Ich ...«

»Halt einfach deine Klappe, Fabian. Ich will deine Rechtfertigungen nicht hören.«

Unvermittelt sprang Fabian auf und versuchte, aus dem Zimmer zu fliehen. Er hatte allerdings bloß Augen für Tarek, der am Fenster stand. Und so wurde er völlig von Simone überrascht, die ihm ein Bein stellte und ihm den Arm auf den Rücken drehte, kaum dass er auf dem Fußboden gelandet war.

Tarek lächelte, als Simone den einen Kopf größeren Fabian hochwuchtete und ihn aufs Bett zurückverfrachtete.

»Was machen wir jetzt mit dem Scheißkerl?«, fragte sie.

Tarek schaute nachdenklich auf Fabian. Ohne den Blick von ihm abzuwenden, sagte er zu Simone: »Du kennst dich doch mit Computern aus. Schau doch mal, ob unser Freund Fabian einen Facebook-Account hat.«

Simone setzte sich an die Tastatur und rief den Browser auf: »Bei Facebook und YouTube ist er schon mal angemeldet.«

»Prima. Dann lade doch mal das Video dort hoch.«

Simone sah ihn überrascht an. Aber nur kurz. Dann grinste sie. »Keine schlechte Idee. Ich denke, das wird ziemlich schnell die Runde machen.«

Fabian, der eben noch apathisch auf dem Bett gelegen hatte, sprang auf. »Das könnt ihr nicht machen! Ihr könnt dieses Video nicht unter meinem Namen ins Netz stellen. Die bringen mich um!«

Mit zwei schnellen Schritten war Tarek bei ihm und schubste ihn zurück aufs Bett. Er zog den Stecker einer Stehlampe aus der Steckdose und riss das Kabel aus der Lampe heraus. Fabian leistete keinen Widerstand mehr, als Tarek ihn auf den Bauch drehte und ihm die Arme auf dem Rücken fesselte.

»Fertig«, rief Simone wenig später. »Das Video ist online.«

»Gut. Lass uns noch ein paar Mails in Fabians Namen an alle Fernsehsender und großen Zeitungen verschicken, damit der Film auch die richtige Aufmerksamkeit bekommt.«

Vom Bett war nur noch ein leises Stöhnen zu vernehmen, als Simone das Mailprogramm öffnete und im Internet die wichtigen nationalen und internationalen Sender und Zeitungen heraussuchte.

Sie schrieb die Mails an Dutzende Adressen, doch bevor sie die absandte, sagte Tarek: »Warte noch einen Moment. Ruf mal die Textverarbeitung auf.« Dann setzte er sich an den PC und schrieb alles auf, was mit dem Mord an Dr. Probst und seiner Frau zu tun hatte. Er druckte die drei Seiten zweifach aus und ging damit hinüber zu Fabian, der den Kopf im Kissen vergraben hatte und ein leises monotones Wimmern von sich gab. Tarek löste ihm die Fesseln und hielt ihm die Blätter und einen Kugelschreiber hin. »Unterschreib das.«

Ohne auch nur ein Wort zu lesen, setzte Fabian seinen Namen darunter und ließ sich wieder aufs Bett fallen. Als Tarek ihn erneut fesselte, schickte Simone die Mails in die Welt hinaus.

»Wir sollten machen, dass wir hier wegkommen«, sagte sie, als das letzte Mail versandt war.

Fabian sah ihnen mit flehendem Blick hinterher, als sie das Zimmer verließen, aber er schwieg. An der Tür sagte Tarek: »Mach dir keine Sorgen, ich bin ziemlich sicher, dass bald jemand kommt, der dich befreit.« Dann schloss er die Tür ab.

Als sie das Haus verließen, hielt er in der einen Hand den Koffer mit dem Geld, in der anderen Fabians Geständnis und den Schlüssel zu dessen rotem Porsche.

50

»Ich kann es immer noch nicht fassen, dass du das Rätsel gelöst hast«, sagte Simone anerkennend, als sie den Porsche auf dem Parkplatz des Krankenhauses abstellten.

»Ich auch nicht. Aber vor allem verspüre ich dabei keinerlei Genugtuung«, antwortete Tarek nach kurzem Überlegen.

»Was glaubst du, wird mit Fabian geschehen?«

»Ich habe keine Ahnung und es ist mir auch ziemlich egal.«

Das Hochhaus ragte drohend vor ihnen in der Dunkelheit auf. Nur in zwei Fenstern brannte noch Licht. Die ganze Stadt war für einen kurzen Moment zur Ruhe gekommen. Aber die Luft war immer noch drückend heiß und bald schon würde ein neuer Tag anbrechen und im Fernsehen und Internet würden die ersten Meldungen über das Video auftauchen.

»Was hätten wir mit Fabian machen sollen?«, sagte Tarek und seine Stimme zitterte vor Müdigkeit. »Die Polizei zu rufen, schien mir irgendwie unpassend, nach allem, was passiert ist. Das Geständnis habe ich ihn nur zur Sicherheit unterschreiben lassen, falls er mir die Morde in die Schuhe schieben will. Mal schauen, ob er es schafft, sich aus der Sache rauszureden. Ich bin jedenfalls sicher, dass keiner mehr versuchen wird uns umzubringen, nachdem jetzt das ganze Land von dem Video weiß.«

Sie hatten den hell erleuchteten Eingangsbereich erreicht und schlichen sich an dem sanft schlummernden Pförtner vorbei ins Treppenhaus. Auch in Marcos Flur war keine Menschenseele zu entdecken. Leise öffnete Simone die Zimmertür und sie schlichen sich an Marcos Bett. Keiner der drei Männer im Zimmer wachte auf, als sie sich an sein Bett setzten.

Marco lag noch immer im Koma, aber Simone hatte am Tag ihrer Entführung noch mit den Ärzten gesprochen und die hatten ihr Hoffnung gemacht, dass er bald aufwachen würde. Schweigend saßen sie eine Weile da und Tarek hielt Marcos Hand. Die Apparate neben seinem Bett blinkten beruhigend vor sich hin und sie hingen ihren Gedanken nach. Die Müdigkeit kroch Tarek in die Knochen und es fühlte sich an, als würde er sich langsam zu Stein verwandeln.

Vor dem Fenster war bereits der nahende Morgen zu erahnen und er wäre einfach neben Marco sitzengeblieben, wenn Simone nicht irgendwann aufgestanden wäre.

»Können wir etwas für ihn tun?«, fragte Tarek, als sie es geschafft hatten, ungesehen zurück zum Parkplatz zu kommen.

»Nein, im Moment wohl nicht. Falls du an irgendeinen Gott glaubst, könntest du für ihn beten.«

»Dann kann ich nichts für ihn tun.«

Sie waren am Porsche angekommen, aber Tarek machte keinerlei Anstalten einzusteigen.

»Wo willst du jetzt hin?«, fragte Simone.

Tarek zögerte einen Moment, bevor er antwortete. »Ich weiß nicht. Weg von hier. Irgendwohin, wo ich in Frieden leben kann. Ich denke, ich werde mir mit dem Geld ein neues Leben kaufen.«

»Ich hoffe, du musst dafür nicht zu weit gehen.« Simone strich ihm sanft über die Wange.

»Und du?«

Sie schaute ihn traurig an. »Keine Ahnung. Ich werde schon durchkommen. Ich denke, nachdem jetzt jeder das Video kennt, wird man mich in Ruhe lassen.«

»Vielleicht könnten wir gemeinsam ...«

»Nein, Tarek. Es ist besser so für uns beide. Weißt du, ich habe dir immer vertraut. Aber wie es scheint, ziehst du das Unglück magisch an. Ich kann so nicht leben.«

Tarek lächelte traurig. »Niemand hat mich je gefragt, ob ich so leben möchte. Aber wahrscheinlich hast du recht. Sehen wir uns irgendwann mal wieder?«

»Ich weiß nicht ... nein ... ich glaube nicht.«

Tarek sperrte das Auto auf, holte den Koffer heraus und öffnete ihn. Er schmiss die Hälfte des Geldes auf den Beifahrersitz des Porsches, klappte den Koffer wieder zu und reichte ihn Simone.

Doch sie schüttelte vehement den Kopf. »Ich werde das auf keinen Fall nehmen. An diesem Geld klebt viel zu viel Blut. Wenn ich auch nur einen dieser Scheine ausgeben würde, dann hätte ich das Gefühl, mitschuldig zu sein.«

Tarek hielt ihr immer noch den Koffer entgegen. »Nimm es für Marco. Er wird es brauchen, wenn er wieder aufwacht.«

Simone zögerte noch einen Moment, dann nahm sie den Koffer. »Für Marco.«

Sie schwiegen. Es gab nichts mehr zu sagen. Simone beugte sich vor und gab ihm einen Kuss auf die Wange. Tarek schloss die Augen und als er sie wieder öffnete, war sie verschwunden.

Wenn der Jäger zum Gejagten wird ...

Das Programm

448 Seiten
Klappenbroschur
Edition 211
im Bookspot Verlag
ISBN 978-3-95669-017-4
14,80 €

Ein unkonventionelles Ermittlerpaar des BKA, Nicolas Eichborn und Helen Wagner, ermittelt in einer Mordserie an jungen Frauen. Sie entdecken, dass es um Gehirnwäsche und ein Forschungsprojekt aus der Zeit des Kalten Krieges geht. Dessen Ziel: durch Bewusstseinsmanipulation den perfekten Killer zu schaffen.
Da erfahren die beiden, dass dieses Programm noch immer existiert …

Falsche Fährten

448 Seiten
Klappenbroschur
Edition 211
im Bookspot Verlag
ISBN 978-3-95669-033-4
14,80 €

Sie arbeiteten zu DDR-Zeiten an einem gemeinsamen Projekt, einem, das Todesopfer forderte – und nun sind sie, allesamt Ärzte, selbst tot.
Die BKA-Ermittler Nicolas Eichborn und Helen Wagner tauchen ein in die Welt skrupelloser Pharmariesen und müssen bald erfahren, dass es Menschen gibt, die für Geld über Leichen gehen.
Doch nichts ist so, wie es anfangs schien …

Spektakuläre Romane […], die mich in allen Belangen überzeugt haben […] Durch das große Maß an Spannung steht man so unter Strom, als würde man mit einem Taser direkt an den Nervenbahnen gekitzelt werden. Redaktion Leserkanone.de